1850

Das Buch

An einem Morgen im Juni werden Commissario Grauner und sein neapolitanischer Kollege Saltapepe ins Passeiertal gerufen: Ein Mann wurde ermordet, seine Leiche auf einer Wiese am Waldrand grotesk in Szene gesetzt. Im nahegelegenen Dorf hüllen sich die Bewohner in Schweigen. Hier, im Tal, spricht man nicht mit Leuten von außerhalb. Schon gar nicht mit Polizisten. Auch nicht mit diesen Geologen, die seit Wochen oben am Berg herumschnüffeln. Ein schrulliger Kunstexperte verrät den Ermittlern schließlich, dass die Inszenierung der Leiche einem Gemälde Botticellis nachempfunden ist: *Venere nei boschi,* Venus im Wald. Während Saltapepe bis nach Florenz fährt, um mehr über die Geschichte des Gemäldes herauszufinden, ermittelt Grauner in den Tiefen eines Bergwerks. Als ein dunkles Grollen ertönt, ahnt er, dass er dieses Mal zu viel riskiert hat.

Der Autor

Lenz Koppelstätter, Jahrgang 1982, ist in Südtirol geboren und aufgewachsen. Er arbeitet als Medienentwickler und als Reporter für die *Frankfurter Allgemeine Sonntagszeitung, Geo Saison* und *Salon.* Alle sieben Bände der Krimireihe um Commissario Grauner, »Der Tote am Gletscher«, »Die Stille der Lärchen«, »Nachts am Brenner«, »Das Tal im Nebel«, »Das Leuchten über dem Gipfel«, »Das dunkle Dorf« und »Bei den Tannen« waren ein großer Erfolg bei Lesern und Presse.

LENZ KOPPELSTÄTTER

IN
TIEFEN
SEEN

Ein Fall für
Commissario Grauner

Kiepenheuer & Witsch

Personen und Handlungen dieses Romans sind frei erfunden. In Bezug auf Ortsbeschreibungen nimmt sich der Autor Freiheiten heraus. Das Böse greift nach dem Schönen. Doch das Schöne ist unfassbar und frei.

3. Auflage 2025

© 2023, Verlag Kiepenheuer & Witsch GmbH & Co. KG,
Bahnhofsvorplatz 1, 50667 Köln
Alle Rechte vorbehalten
Die Nutzung unserer Werke für Text- und Data-Mining
im Sinne von § 44b UrhG behalten wir uns explizit vor.
Covergestaltung Barbara Thoben, Köln
Covermotiv © Scacciamosche/istockimages
Karten auf beiden Umschlaginnenseiten: Oliver Wetterauer
Illustration als Abschnittstrenner im Text Oliver Wetterauer
Gesetzt aus der Minion
Satz Buch-Werkstatt GmbH, Bad Aibling
Druck und Bindung GGP Media GmbH, Pößneck
ISBN 978-3-462-00153-2

Kontaktadresse nach EU-Produktsicherheitsverordnung:
produktsicherheit@kiwi-verlag.de

Prolog

Je tiefer das Tal ist, in dem du lebst, desto beängstigender ist die Dunkelheit, die darin lauert. Je höher die Berge sind, die dich umzingeln, desto weniger dringt die Welt zu dir durch. Je dichter der Wald ist, desto dichter ist auch das Labyrinth in dir selbst, aus dem du irgendwann nicht mehr hinausfindest, auch wenn du es versuchst.

Georg Krawinkel richtete sich auf, löste die Finger von der klebrigen Theke. Er drehte sich um, schaute zu den Männern neben sich, in die glasigen Augen, die geröteten Gesichter. Zu den Männern an den Tischen, die aus dem Dorf, die Karten spielten, Speck in sich hineinstopften. Dann zu den Männern ganz hinten in der Ecke, den drei Fremden, die leuchtende Funktionskleidung trugen, wie sie sonst nur Touristen anhatten. Die Mineralwasser tranken. Wasser! In einem Gasthaus!

Er hatte sich genug Mut angetrunken. Er ging zu ihnen hinüber, er würde es jetzt tun, der Zeitpunkt war gekommen. Sonst würde bald etwas Schlimmes passieren. Ganz sicher. Sie blickten auf, zuckten zusammen. Er schluckte, ballte die Faust in der Hosentasche und zwang sich, weiterzumachen. Der Vater und der Großvater waren nie unsicher gewesen. Zumindest hatten sie es nie gezeigt. Ein Krawinkel hatte stark zu sein. Stark und gefürchtet.

Georg Krawinkel kniff die Augen zusammen, was ihn, so glaubte er, finsterer aussehen ließ, so wie sich solche Stadtmenschen, diese Studierten, einen bösen Talmenschen vorstellten.

»Lass es, Georg!«, vernahm er die Stimme des Wirts aus weiter Ferne. Es war zu spät. Nun konnte er nicht mehr zurück.

»So, so«, sagte er und er hörte seine Männer am Budl kichern, bald würden sie schallend lachen, »aus Bozen seid ihr also, Geologen seid ihr. Und ihr wollt uns erzählen, dass oben bei den Almen der Berg auseinanderbricht und uns unter sich begräbt, ha!«

Stühle wurden zurückgeschoben, er vernahm hinter sich ein unverständliches, tiefes Grummeln.

»Männer!«, war die Stimme des Wirts zu hören, beschwichtigend, mahnend.

Aber es war zu spät, das wusste der Wirt sicher selbst. Die Männer aus dem Dorf – und auch ein paar rüstige Weibsbilder – bildeten einen Kreis um den Tisch der Fremden. Der Wirt trat zur Eingangstür, neben der ein Telefon an der Wand hing, wie es wohl nur noch hier im Passeiertal benutzt wurde, weil der Handyempfang so schlecht war, weil es Orte gab, wie die *Blaue Traube*, wo es überhaupt kein Netz gab, nur dieses alte Telefon, in das der Wirt nun eine Zwei-Euro-Münze kullern ließ.

Der Krawinkel Georg bückte sich zu einem der Fremden hinab, fasste mit klobigen, dreckigen, von der Arbeit auf dem Feld gezeichneten Fingern in dessen Mineralwasser, nahm die Zitronenscheibe heraus, steckte sie sich zwischen die Lippen, ließ sie samt Schale im dunklen Mund verschwinden, kaute darauf herum, verzog keine Miene, schluckte sie hinunter. Das hatte er in einem alten Gangsterfilm gesehen.

»Wir äh, nein, nein, Sie übertreiben maßlos. Wir untersuchen«, stammelte der Mann und brach ab, als Krawinkel ihn am Funktionskleidungskragen packte und hochzog. Auch die beiden anderen Geologen standen nun auf, ganz langsam. Sie wurden gepackt, von hinten, zappelten in den dicken Armen der Bauern wie Borkenkäfer.

»Ihr untersucht's hier gar nix, verstanden?«

Die Geologen nickten zitternd.

»Bei uns wird nichts untersucht. Wenn's hier was zu untersuchen gibt, dann machen wir das schon selbst, ja?«

Krawinkel spürte, wie die Hitze des Weins in ihm hochstieg. Im Augenwinkel sah er, wie sich einer seiner Männer hinter den Wirt stellte, ihm den Hörer aus der Hand nahm und auflegte.

Stille, beinahe. Nur das Rauschen im Kopf. Das Geräusch der Schuhsohlen auf dem nassen Boden, wenn er sich bewegte. Kein Rufen, kein Zwitschern. Keine Stimmen, nein, auch die waren nur in seinem Kopf. Dunkelheit, absolute Finsternis. Kein Lichtschimmer, der unter einer Tür hindurchdrang, kein Handy, dessen Bildschirm aufleuchtete, kein Streichholz, das aufflammte. Nichts.

»Das war's dann wohl«, sagte Grauner und lehnte sich an die feuchte Wand. Er schloss die Augen. Er überlegte, was nun noch zu tun war. Die letzten Dinge. Beten? An die Liebsten denken? Obwohl es kalt war hier unten, lief ihm der Schweiß den Rücken hinab. Er dachte immer, er würde das schaffen. Sterben ohne Angst. Was für eine lächerliche, naive Selbstüberschätzung. Grauner, du kleiner, zerbrechlicher Mensch.

Er beschloss, die Angst zuzulassen. Er weinte, schluchzte. Schrie. Der feuchte Fels warf die Worte zu ihm zurück. Nichts wurde besser dadurch, erschöpft ließ er sich auf die Knie sinken und vergrub das Gesicht in den Händen. Die Worte des Blinden geisterten ihm durch den Kopf. »Zehn Tage lang hörten sie ihr Klopfen. Danach hörten sie nichts mehr. Und als sie gefunden wurden, sahen sie die angenagten Lederschuhe. Und die abgenagten Fingerkuppen. Doch sie waren nicht verhungert, sie waren erstickt. Der Sauerstoff war ausgegangen.«

Auf allen vieren tastete er sich voran, schob den Kopf nach vorn, stieß mit der Stirn gegen den Fels, streckte die Zunge aus, leckte Tropfen ab, die dort hingen. Dann ließ er sich zu Boden sinken. Weg mit den fürchterlichen Gedanken. Her mit den schönen. Es war alles, was ihm blieb. Es war nicht so leicht. Er versuchte es. Eine Blumenwiese. Er und Alba, ein Bächlein, sie küssen sich. Das Krankenhaus von Bozen. Alba hält dieses schöne, kleine Stückchen Leben in den Armen. Sie sitzen zusammen in der Stube, er will *Derrick* schauen, Sara den neuen *Harry Potter*. Alba, hardimitzn, sie schlägt sich auf Saras Seite. Vorbei, oh Gott, vorbei.

2. Juni

1

Grauner nahm den staubigen, schimmeligen Geruch wahr, er schloss die Augen und ging einige Meter über den Flur Richtung Ausgang. Er kannte den Weg, er war ihn in den vergangenen Jahrzehnten Tausende Male gegangen. Er spitzte die Ohren, hörte die typischen Geräusche seines Commissario-Alltags: das Blubbern des Kaffeeautomaten, der den schrecklichsten Kaffee der Welt ausspuckte, da war sich der Commissario hundertprozentig sicher, dafür musste er nicht um die Welt reisen, was ihm ohnehin ein Graus wäre. Er hörte das Summen des Druckers, das Rattern des Faxgeräts, das gedämpfte Lachen aus den Büros der Kollegen von der Wirtschaftskriminalität.

Er öffnete die Augen wieder, ging die Treppen hinab, nickte dem Portier freundlich zu, stieß die Eingangstür auf. Dann stand er da im Innenhof, den Kopf wie ein Tier in die Höhe gereckt. Er schnupperte. Er war sich sicher, beobachtet zu werden. Die Polizisten drüben an der Kontrollschranke stießen sich vermutlich gerade an, grinsten sich zu, ahmten ihn nach, es war ihm einerlei.

Er nahm den Benzingeruch wahr, der sich in die frische Luft mischte, er hörte das Rauschen des Verkehrs drüben am Verdi-Platz, Autoreifen quietschten, Hupen, Hundegebell. Die Hunde bellten anders hier in der Stadt. Hysterischer. Er liebte diese ersten Feierabendminuten, das Gefühl, das sich in ihm ausbreitete. Die Vorfreude.

Grauner stieg in den Panda, reihte sich ein in den Wahnsinn des Feierabendverkehrs, bummelte gemächlich in Richtung Eisacktal, an der Autobahneinfahrt *Bozen Nord* bogen wie immer viele ab, nun kam er schneller voran, fuhr schließlich selbst ab, hinauf auf den Berg, die Serpentinen hoch, Fenster auf, Mahler an. Volle Pulle. Die *Achte*, die es ihm neuerdings angetan hatte. Das Finale! Der Chor! *Alles Vergängliche ist nur ein Gleichnis. Das Unzulängliche, hier wird's Ereignis, das Unbeschreibliche, hier ist's getan ...*

Die Questura-Gerüche, die Stadtgeräusche, er ließ sie stets noch einmal auf sich wirken vor dem Losfahren, und wenn er dann nach Hause kam, erfasste ihn ein Glücksgefühl, das er kaum beschreiben konnte. Auch nach all den Jahren noch. Es war beinahe wie eine Droge. Er war süchtig danach. Die Sicht auf die Berge, den hellen Dolomitenfels, von der Abendsonne erleuchtet. Die frische Luft, der Wind, der in den Blättern der Kastanienbäume spielte. Es war ein heilsames Ritual, das langsame Leiserdrehen der Sinfonie, wenn er auf den Hof fuhr, das Muhen seiner geliebten Viecher, die bereits auf ihn warteten. Das Tätscheln der warmen Leiber, Margarete, brav, Annabella, ruhig. Das Einatmen des Stallgeruchs, dieses intensiven, würzigen, göttlichen Stallgeruchs.

Ja, gleich würde er oben am Hof sein, die Kühe versorgen, ins Haus gehen, schauen, was es zum Abendbrot gab.

Hoffentlich Spinatknödel, die hatte Alba schon lange nicht mehr gemacht. Er würde ihr einen dicken Kuss auf die Wange geben, sie würden sich mit den Knödeln vor den Computer setzen, sich über *Zoom* mit Sara und Mickey unterhalten. Die beiden wollten ihnen heute Abend die ersten Vorschläge für die Webseite zeigen, die ein befreundeter Webdesigner aus dem 2. Bezirk für sie entworfen hatte. Eine Webseite für den Graunerhof.

Nun, Grauner hatte nicht ganz verstanden, was daran so spannend sein sollte, aber egal, er freute sich, mit seiner Tochter und ihrem Freund zu sprechen, er wollte hören, dass es ihnen gut ging beim Studium in Wien, er wollte sich vergewissern, dass sie glücklich waren. War Sara glücklich, so war er es auch. So einfach war das Leben manchmal. Er lenkte den Wagen die Serpentinen entlang, sah zum Beifahrersitz, sein Handy blinkte. Tappeiner. Seine Assistentin. Er hielt am Straßenrand. Ahnte nichts Gutes. Seine Assistentin würde ihn nie ohne Grund anrufen, so kurz nach Feierabend.

Er nahm das Handy, drehte Mahler leiser, atmete noch einmal tief aus, bevor er abhob. »Ja?«

»Ein Anruf, Grauner.«

»Ja, und?«

»Ein eigenartiger Anruf, gerade eben.«

Er machte den Motor aus.

»Sag schon! Ein Mord?«

»Äh … ich weiß nicht.« Tappeiner klang verunsichert.

»Wie, du weißt nicht?«

»Eine Männerstimme. Anonym. Ich weiß, das war wahrscheinlich ein Spinner, Grauner, aber …«

Der Commissario blieb ganz ruhig. Ein Spinner. Sie hatten es in der Questura viel mit Spinnern zu tun. Mehr noch als mit Mördern. Weil es nun mal mehr Spinner gab als Mörder. Zum Glück. Sie riefen meistens an, diese Spinner. Selten kamen sie vorbei. Sie schimpften einfach los. Über irgendwas: eine Geschwindigkeitskamera, die sie geblitzt hatte. Bei der Fahrt zum Gasthaus und auf dem Nachhauseweg noch einmal. Ob es da Mengenrabatt gebe.

Sie beschwerten sich über die neue Alkoholobergrenze beim Skifahren. 0,5 Promille. Was haben sich diese Herren in Rom da schon wieder gedacht? Heiliger Alberto Tomba! Wie solle man diesen Skizirkus denn aushalten ohne ordentlichen Birnenschnaps im Blut?

Sie fluchten über das Kirchenglockengeläut sonntags in der Früh. Ob man das nicht verschieben könne. Auf mittags.

Sie klagten auch über die Paragleiter, die sich von den Bergen stürzten, diese Schirme, müssten die denn neonfarben sein? Das sei doch grässlich. Könne man das nicht verbieten? Weiß sei doch viel schöner. Und unauffälliger. Wären sie weiß, könnte man sie für flinke Wolken halten.

Meistens legte Grauner bei solchen Anrufen den Hörer hin, drehte eine Runde durch die Questura, ging aufs Klo, dann nahm er den Hörer wieder auf, sagte, er werde sich um die Angelegenheit kümmern, ja, ganz sicher, ja, höchstpersönlich, ja, das sei Chefsache, nein, er brauche keinen Namen, der Anruf werde automatisch registriert, er könne auf seinem Bildschirm sehen, wer da anrufe, Namen und Adresse, sehr gut, ah, da sehe er auch, dass da eine Anzeige vorliege gegen den Anrufenden, uiuiui, das sehe gar nicht gut aus. Da müsse er wohl bald mal die Kollegen vorbeischicken, da ... Hören Sie mich noch? ... Die

12

Verbindung ist ganz schlecht, wir haben hier ... Ah, verdammt, jetzt ist der Bildschirm schwarz, so ein Pech auch, können Sie bitte noch einmal in einer halben Stunde anrufen? Dann ...

Aufgelegt. Problem erledigt.

»Ja und, was wollte der Spinner?«

Er hörte Tappeiners Atem am anderen Ende der Leitung. »Der Mann lallte, er war ganz außer sich. Er sagte, es werde einen Mord geben. Die Stimme klang außerdem dumpf, so, als hielte er sich die Hand oder ein Tuch vor den Mund.«

Grauner runzelte die Stirn. »Was genau hat er gesagt?«

»Er sagte: ›Es wird ein Mord passieren im Passeiertal. Hier in St. Leonhard. Oder irgendwo oben am Berg. Der Charly wird sterben. Sie müssen ihn finden. Ihn beschützen. Sonst ... sonst wird wieder ein Unglück geschehen.‹ Das war's.«

Grauner drehte die Musik ganz aus. »Charly? Welcher Charly?«

»Ich weiß es nicht.« Tappeiners Stimme klang nun beinahe verzweifelt. »Ich habe dem Mann gesagt, er soll mir seinen Namen nennen, er soll mir sagen, wer dieser Charly ist, wer ihn umbringen will.«

»Und?«, fragte Grauner.

»Nichts.« Tappeiner seufzte. »Aufgelegt.«

Grauner bedankte sich bei ihr. Bevor er auflegte, sagte er ihr noch, sie solle getrost nach Hause gehen, er werde sich um alles kümmern. Eigentlich wollte er sich um gar nichts kümmern. Ein Spinner, ganz sicher war es nur ein Spinner, murmelte er in sich hinein. Er drehte den Schlüssel im Zündschloss, doch er fuhr nicht los. Er machte den Motor wieder aus. Saß stumm im Panda. Schaltete Mahlers Achte wieder an. *Wie Felsenabgrund mir zu Füßen, auf tiefem Abgrund lastend ruht, wie tausend Bäche strahlend fließen, zum grausen Sturz des Schams der Flut …*

Er starrte in den dunklen Wald, der hinter der Leitplanke und einer kleinen Wiese begann. Er hatte auf halbem Weg zwischen der Schlucht, in der der Eisack tobte, und seinem Dorf, über dem die Sterne weiß glitzerten, angehalten.

»Und wenn er doch recht behält, dieser Anrufer?«, fragte er in die Stille hinein, so als spräche er mit dem Panda.

Der Panda antwortete nicht.

»Was dann?«

Grauner nahm das Handy in die Hand, nein, es würde ihm sonst keine Ruhe lassen, er würde die ganze Nacht kein Auge zutun. Er googelte *Charly* und *Passeiertal*. Kein Treffer, der ihn weiterbrachte.

Er rief Alba an, sagte ihr, dass es länger dauern werde, dass er noch einen Einsatz habe, dass sie Sara und Mickey bitte vertrösten solle.

Er öffnete WhatsApp, wollte seiner Tochter ein Herz schicken, aus Versehen schickte er eine Champagnerflasche und ein Pferd. Er rief den Staatsanwalt an. Im Hintergrund Gläsergeklirre, Gelächter. Er erinnerte sich, Belli war auf dem Willkommensempfang des neuen Regierungskommissars. Er informierte seinen Vorgesetzten kurz und knapp über den Anruf. Er hätte nicht voraussagen können, wie Belli reagierte. Vielleicht ein bisschen wütend. Weil er ihn wegen solch eines Spinners anrief. Oder total wütend. Weil er nicht bereits mit drei Polizeiautos, Blaulicht und Sirenen in Richtung Passeiertal unterwegs war.

Belli wollte, dass er hinfuhr. Grauner atmete auf. Belli wollte auch, dass er Saltapepe mitnahm. Was ihm gar nicht

14

gefiel. Aber was sollte er machen? Er rief den Ispettore an. Der ging nicht ran.

2

St. Leonhard, verdammt. Grauner konnte immer noch nicht recht glauben, dass er nun hier war. Alles dunkel. Keine Straßenlaterne brannte. Es war Viertel nach zehn.

»Ma porca puttana!«

Der Commissario zuckte zusammen. Ispettore Saltapepe, der neben ihm auf dem Beifahrersitz saß, hielt das Handy vors Gesicht, ganz nah, dann weiter weg, dann nach links, dann in die Höhe.

»Santo cielo, madonna mia, ti prego, non farmi questo. Pietà! Pietà! Santo Diego Armando Maradona! San Gennaro! Pietà! Aiuto! No, no, no. Non farmi questo. Vado in ginocchio. Sono un povero peccatore, lo so, lo ammetto, ma questo è una questione di vita o di morte, santissimi santi, no. Per favore, chiedo il vostro supporto, aiutatemi, aiutate un povero peccatore! Salvatemi da questo inferno!«

Saltapepe machte das Autoradio an, drehte an einem der Knöpfe. Von Sender zu Sender, es rauschte, nur ab und an ertönte Ziehorgelmusik. Er öffnete die Tür. Sprang hinaus. Lief wie ein erschrockener Marder über den finsteren Dorfplatz von St. Leonhard. Fluchte weiter. Grauner grinste anerkennend.

Als der Commissario bei ihm in Bozen vor der Tür gestanden hatte, hatte sich Saltapepe verwundert die Augen gerieben, dann protestiert. Grauner hatte an ihm vorbei in die

Wohnung des Ispettore geschaut. Er hatte den Geruch von Knoblauch und Tomatensoße wahrgenommen. Das Wasser war ihm im Munde zusammengelaufen.

»Ich, äh, du … kommst etwas ungelegen«, sagte der Ispettore.

»Verstehe schon«, sagte Grauner und grinste. Klar, Frauengeschichten, dachte er.

Saltapepes Miene blieb ernst, er drehte sich um, zeigte ins Wohnzimmer, auf den Fernseher. »Ich kann jetzt hier nicht weg. Vorletzter Spieltag. Es geht um die Champions-League-Plätze.«

Der Commissario schaute überrascht. »Du musst«, sagte er.

»Das kannst du mir nicht antun!«

»Befehl von Belli.«

Sie hatten auf der Fahrt über die *MeBo*-Schnellstraße kein Wort gesprochen. Saltapepe hatte aufs Handy gestarrt, immer wieder stockte die Übertragung, dann lief sie wieder. Bei der Fahrt durch Meran schrie er so laut auf, dass Grauner beinahe in den Straßengraben gefahren wäre. Eins zu null für Neapel. Als sie das Dörfchen Saltaus passierten, schrie er noch einmal. Elfmeter für die Salernitana. Er kaute auf den Lippen herum, dann an den Fingernägeln. Eine Minute später wimmerte er. Elfer versenkt. Eins zu eins.

Nun hüpfte er also auf dem Dorfplatz von St. Leonhard herum. Grauner stieg aus. Ging zu ihm, legte ihm die Hand auf die Schulter.

»Und?«, fragte er.

Der Ispettore schaute tatsächlich kurz auf.

»Kein Netz, gar kein Netz.«

»Ist doch …«

»Was? Egal? Nicht so wichtig? Grauner …« Saltapepe steckte das Handy weg. Drehte sich zum Commissario. Er sprach sehr, sehr langsam. »Ich weiß, Johann …«, Grauner konnte sich nicht daran erinnern, dass er ihn jemals Johann genannt hatte, »dass du vom Fußball nichts verstehst. Musst du nicht, muss man wirklich nicht. Manchmal denke ich mir, wie schön wäre die Welt, wenn es den Fußball nicht gäbe, wenn es unsere Mannschaft nicht gäbe, unser Stadion, es wäre alles … einfacher. Aber auch sinnloser. Der Fußball, Napoli, das ist ein Teil von mir. Würde es Napoli nicht geben, das wäre, vielleicht, ja, das wäre so, als hättest du deine Kühe, deinen Stall, deinen Hof nicht.«

Grauner nickte. Er begann seinen Kollegen zu verstehen.

»Ich war schon seit Jahren nicht mehr im Stadion, Grauner. Früher, in Neapel, war ich bei fast jedem Heimspiel da. Eine Fernbeziehung ist nicht einfach, ich weiß nicht, ob du jemals eine geführt hast, ich tue es gerade. Bei den Frauen mag es vielleicht anders sein, aber bei Napoli, da bin ich der treueste Hund, den du findest unter dieser Sonne, da kenne ich nichts. Ich habe, seitdem ich hier in dieses verfluchte Südtirol versetzt worden bin, kein einziges Spiel versäumt, ich habe jedes einzelne angeschaut, im Wohnzimmer, auf dem Handy, in der *Bar dello Sport*. Oder es zumindest im Radio verfolgt. Ich habe jedes einzelne Tor miterlebt, jedes Gegentor, jeden Sieg, jede Niederlage, bis …«, er packte Grauner, schüttelte ihn, »bis du heute Abend vor meiner Tür aufgetaucht bist und mir irgendetwas von einem Verrückten erzählt hast, von einem Mord, der hier stattfinden soll, in diesem … Wie heißt dieses Tal noch mal? Ist auch egal, ich habe genug von diesen Tälern, Grauner. Basta! Wie soll das weitergehen? Soll das mein Leben sein? Noch ein Tal, noch ein Mord? Ich … Napoli, wir spielen gerade – und was mache ich? Ich stehe hier in der Kälte. Ich werde mir das nie verzeihen. Ich lasse meine Elf im Stich gerade, ich …« Er stoppte abrupt. Starrte an Grauner vorbei in die Dunkelheit.

Der Commissario drehte sich um und erschrak. Eine Gestalt hatte sich aus den Schatten gelöst und kam auf sie zu. Sie war ganz in Schwarz gekleidet, schwarzer Hut mit breiter Krempe, schwarzer Talar, nur am Hals blitzte ein weißes Stück Kragen hervor. Ein Geistlicher. Ein Priester. Ein junges, fast bübisches Gesicht. Der Dorfpfarrer wohl, vermutete Grauner, dessen Herzschlag sich langsam wieder normalisierte.

Die Schuhe des Mannes klapperten auf den Pflastersteinen. Er stoppte zwei Meter vor den Ermittlern. Senkte den Kopf leicht zum Gruß, faltete die Hände, sprach: »Gottes Segen sei mit euch. Sagt, was macht ihr hier mitten in der Nacht?«

»Wir, äh … Herr Pfarrer, wir sind hier, weil …« Der Commissario wusste nicht so recht, was er sagen sollte. Im Augenwinkel sah er, dass der Ispettore entschlossen nach vorne trat.

»Padre, gut, dass wir Sie treffen. Sagen Sie, ist eines Ihrer Schäfchen vielleicht gerade gestorben? Also, genauer gesagt, abgemurkst worden?« Er blinzelte, drehte sich zu Grauner. Öffnete theatralisch die Arme. »Siehst du, nix. Also, lass uns wieder nach Bozen fahren.«

Der Commissario atmete schnaubend aus, sah zum Geistlichen, der keine Anstalten machte, Saltapepes Frage zu beantworten. Er konnte es ihm nicht verübeln. »Hochwürden«, sagte Grauner. »Kennen Sie einen gewissen Charly? Gibt es einen Charly in Ihrer Gemeinde? Oder einen Karl, den alle Charly nennen?«

Der Mann verzog keine Miene, schüttelte nur bestimmt den Kopf. »Charly«, sagte er dann, »nein, einen Charly gibt es hier nicht.«

3

Grauner konnte nicht schlafen. Im blassen Licht des Mondes, das durch das Fenster fiel, hob und senkte sich Albas Brustkorb. Sie schnarchte leise. Er griff nach dem Handy auf dem Nachtkästchen, öffnete die WhatsApp-Nachricht, die Sara ihm vorhin geschrieben hatte. Er verstand sie noch immer nicht ganz, obwohl er sie schon ein paarmal gelesen hatte. Kein Vorwurf. Obwohl er den lange geplanten Videotermin hatte sausen lassen.

Sara und Mickey waren seit Wochen damit beschäftigt, einen Businessplan auszuarbeiten, um die Zukunft des Graunerhofs zu sichern. Sie hatten viel vor, zu viel für Grauners Geschmack. Aber er hatte sich geschworen, sie machen zu lassen. Und nur, wenn es zum Äußersten käme, und auch dann nur in Absprache mit Alba, milde einzugreifen. Sich an ein Credo Gustav Mahlers zu halten: Sie sind jung. Ich bin alt. Sie haben wohl recht.

Pferde! Super Idee, Papa!, hatte sie geschrieben. *Eigentlich wollte ich dich schon längst darauf ansprechen. Bin so erleichtert, dass der Vorschlag von dir kommt. Weg mit den Kühen. Kühe waren gestern. Unser Hof wird ein Pferdehof! Schmatz. Dicken Kuss. Liebe dich!*

Plötzlich, mitten in der Nacht, ging ihm ein Licht auf. Er verstand, was er angerichtet hatte. Er hatte ihr ein Pferdekopf-Emoji geschickt. Und sie hatte das falsch gedeutet, völlig falsch. Er stöhnte, legte das Handy auf das Nachtkästchen, das Licht des Bildschirms erlosch. Finsternis.

Pferde! Das würde er nicht überleben. Er hatte sich das alles anders vorgestellt. Ja, es musste sich etwas verändern auf dem Hof. Die Milch brachte nichts mehr ein. Sara und Mickey hatten Ideen, durchaus gute Ideen, er konnte sich mit vielem anfreunden, mit anderem zumindest arrangieren.

Sie wollten den Hof übernehmen – nach und nach, parallel zum Studium. Ihn ganz neu aufziehen. Mit einem Streichelzoo, mit Schafen, Ziegen, aber auch mit peruanischen Lamas und tibetanischen Yaks. Mit Schweinen, für die im Internet Patenschaften übernommen werden konnten. Sie wollten Erdwärme nutzen, Solarzellen auf dem Dach installieren. Keine Kachelofenwärme mehr, da hatte er schon schlucken müssen.

Ein neuer Graunerhof sollte entstehen: Mit *Instagram*- und *TikTok*-Profil. Sie wollten einen großen Gemüsegarten anlegen, voller alter Sorten, mit Japanischer Weinbeere, mit Gelber Bete, mit Glückskleeblüten, mit Senfkohl, mit chinesischem Elefantenknoblauch, mit Mexikanischer Minigurke, mit Hörnchenkürbis, mit Purple-Dragon-Karotte, mit Knollenfenchel, mit Afrikanischer Parakresse, mit Teltower Rübchen, mit Hirschhornwegerich, mit Austernkraut, mit Erdbeerspinat, mit Kaiserin-Sissi-Tomate, mit Süßdolde, mit Kerbelrübe, mit Würzsilie, mit Braunschweiger-Blut-Zwiebel, mit Golden-Butter-Zucchini.

Alles schön, alles sicher gut. Aber ohne Kühe? Was würde mit seinen Kühen geschehen? Er wagte nicht einmal, daran zu denken. Er drehte sich zu Alba. Rüttelte an ihrer Schulter.

»Johann, was …«, stöhnte sie schlaftrunken.

»Alba! Steh auf! Pack deine Sachen zusammen, wir fahren nach Wien. Wir müssen das stoppen, das geht zu …«
Der Bildschirm seines Handys leuchtete auf. Das Gerät vibrierte. Die Questura rief an. Um Viertel vor fünf.

»Charly«, flüsterte er. »Also doch.«

3. Juni

1

Der Commissario sah nach oben, wo sich ein weißer Streifen zwischen das dunkle Grün und das leuchtende Blau gezwängt hatte. Bald würden erste Strahlen zu sehen sein, dann würde die Sonne hinter den bewaldeten Hügeln emporsteigen.

Er zwang sich, den Blick zu senken. Er stand auf einer Wiese, etwas außerhalb des Dorfes, die sanft bis zu den ersten Bäumen des Waldes anstieg. Weiter hinten entdeckte er ein einsames Bauernhaus, zu dem die Wiese wohl gehörte. Mit einem alten schwarzen Schindeldach, die einzelnen Holzstücke waren mit großen Steinen beschwert. Die Wiese war nicht gemäht, Gräser und Blumen wuchsen auf ihr, blaue, gelbe, violette, rote, weiße Farbtupfer in einem Meer aus Grün. Nelken, Skabiosen, Wiesensalbei, Flockenblume, Schafgarbe, Hahnenfuß.

Grauner beobachtete eine Grille, die von einem Grashalm auf den nächsten sprang, dann entdeckte er eine zweite. Vorboten des anbrechenden Tages. An manchen

Stellen hatten die Männer in den weißen Schutzanzügen die Blumen und Gräser platt getreten. Hinter dem Holzzaun standen die Menschen aus dem Dorf. Starrend, tuschelnd.

Zwei Mitarbeiter der Scientifica, wie die Spurensicherung in Südtirol hieß, kamen auf den Commissario zu, sie trugen einen leeren Leichentransportsack, einer der beiden räusperte sich. »Dürfen wir?«, fragte der andere.

Grauner nickte langsam. Es sträubte sich zwar alles in ihm, aber er musste die Szenerie noch einige Sekunden auf sich wirken lassen. Er wusste aus Erfahrung, dass ihn das Bild des Toten während der Ermittlungen begleiten würde. Als junger Kommissar hatten ihn diese Bilder bis in seine Träume verfolgt, hatten ihn schweißgebadet aus dem Schlaf aufschrecken lassen. Und er ahnte, dass es diesmal nach langer Zeit wieder passieren könnte.

Er hatte schon viele grausame Tatorte gesehen. Aber so etwas noch nie. Schwindel packte ihn, er atmete konzentriert drei Mal langsam ein und aus. Dann ging es wieder. Einigermaßen.

»Commissario …«

Grauner nickte und trat beiseite. Die beiden Männer legten den Leichensack ab, die Schatten wanderten die Wiese hoch, die Sonne war nun über den Hügel gekrochen. Sie wärmte Grauners Gesicht, sie leuchtete sanft auf das Dorf, St. Leonhard, auf die Männer und Frauen, die hinter dem Zaun standen, die Polizisten, die Spurensicherer, auf Saltapepe und Tappeiner, Staatsanwalt Belli, der soeben eingetroffen war, auf den Chef der Spurensicherung, Max Weiherer, der auf die um ihn versammelten Mitarbeiter einredete, auf das Auto des Weißen Kreuzes, auf den Polizeihubschrauber, den Polizeiwagen, auf den Toten und all die merkwürdigen Dinge, die vor Grauner im Gras lagen.

Der Tote war nackt. Dreitagebart, schulterlanges rötliches Haar. Sommersprossen. Helle, wässrig blaue Augen. Fünfzig Jahre alt vielleicht. Die Finger voller Farbe. Gelb, blau, rot. Schnitte im Oberkörper, die Haut hing in Fetzen herab. Schnitte im Bauch, aus dem Teile des Darms quollen. Schnitte im Gesicht, den Wangen, der Nase, dem Mund. Aufgeplatzte Lippen. Ein Auge fehlte, ein Ohr ebenso, an der Stirn war der Schädelknochen zu sehen. Überall war Blut. Um den Kopf hatte jemand einen Kranz aus Blumen gebunden. Im Gras neben dem leblosen Körper: tote Vögel. Spatzen. Schwalben. Äpfel. Birnen. Eine Plastikpuppe, ebenso nackt. Zwei Flügel eines Schwans. Blut auf dem weißen Gefieder. Eine Sense. Die Klinge rostig, auch an ihr klebte dunkles Blut. Das war wohl die Tatwaffe, mutmaßte Grauner, doch was hatte es mit dem Rest auf sich?

Der Commissario wandte sich ab.

Es war der Besitzer der Wiese gewesen, ein gewisser Thomas Tretter, der mitten in der Nacht die Polizei alarmiert hatte, so viel wurde Grauner schon vorhin, gleich bei der Ankunft, mitgeteilt. Oder vielmehr, nein, das war nicht ganz richtig. Dieser Tretter hatte wohl mitten in der Nacht an die Tür des Pfarrhauses gleich neben der Kirche geklopft, der Pfarrer hatte ihm aufgemacht. Das hatte er später den Polizeikollegen erzählt. Tretter habe dem Pfarrer mitgeteilt, dass da ein nackter, entstellter Toter auf seiner Wiese liege. Der Pfarrer sei mit dem Bauern zum Bürgermeister gegangen, gemeinsam hätten sie entschieden, die Dorfcarabinieri zu verständigen.

Das war, Grauner wusste das, üblich in den hintersten Südtiroler Taldörfern. Zuerst wurde die Dorfautorität benachrichtigt, bevor man sich an irgendeinen Carabiniere wandte, der womöglich erst seit ein paar Jahren unter ihnen weilte.

Die Carabinieri waren daraufhin zur Wiese gefahren. Einer von ihnen hatte in der Kaserne in Bozen angerufen, dort hatte man die Staatsanwaltschaft informiert. Belli wurde aus dem Schlaf geholt, er ließ die Questura anrufen, die sollten Grauner wecken, er sollte mit seinem Team schnellstmöglich ins Tal kommen.

Schnellstmöglich! Grauner hatte mittlerweile erfahren, dass vom Auffinden des Toten bis zum Anruf auf seinem Handy rund anderthalb Stunden vergangen waren. So viel verlorene Zeit. Er versuchte, sich nicht zu ärgern, aber es gelang ihm nicht.

Am Rande der Wiese traf Grauner auf Saltapepe, Tappeiner und Weiherer. Der Commissario lehnte sich gegen das morsche Holz des Zauns.

»Was ist mit dem Bauern, der den Toten gefunden hat, diesem Tretter?«

Tappeiner nickte hinüber in Richtung Dorf, dessen Dächer nun in der Morgensonne glitzerten.

»Der liegt beim Dorfarzt. Auch der Pfarrer und der Bürgermeister sind bei ihm. Er hat ein paar Beruhigungstabletten bekommen. Und Schnaps. Er müsste jetzt ansprechbar sein. Hoffe ich.«

Grauner drehte sich zum Spurensicherer. »Ist der hier ermordet worden? Oder wurde die Leiche hergeschleppt?«

Weiherer hob eine Augenbraue. »Es sieht alles danach aus, dass der Fundort auch der Tatort ist. Denn das fehlende

Auge, das fehlende Ohr und Teile des Dickdarms der Leiche wurden ebenfalls auf der Wiese sichergestellt.«

Die kleine Gruppe lief den Zaun entlang bis zu einem Holztor, das von einem Polizisten bewacht wurde. Er öffnete das Tor und nickte ihnen zu, als sie auf den Weg traten, auf dem das halbe Dorf zu stehen schien und sie anstarrte. Grauner hörte ein leises, beinahe schüchternes Hüsteln. Er drehte sich um, der Ispettore und Tappeiner taten es ihm gleich. Er schaute in das Gesicht einer alten Frau. Ein gebrechliches, gebücktes Mütterlein, dem eine schwarze Strickdecke um die Schultern hing. Die Frau zitterte, wohl vor Aufregung. Wie Gletscherspalten durchzogen tiefe Falten ihre dunkle, ledrige Haut, doch die eisblauen Augen wirkten beinahe kindlich. Ihre verzottelten grauen Haare waren dick wie Stroh. Sie war wunderschön.

Nur Frauen, die ihr ganzes Leben zwischen den Bergen verbracht hatten, sahen so aus. Nicht wie Fremdkörper inmitten der Natur, sondern wie ein Teil von ihr. Seemenschen, hatte ihm Saltapepe einmal gesagt, Männer und Frauen, die ihr Leben lang aufs Meer hinausgefahren waren, sähen genauso aus wie die Menschen hier oben auf den Höfen. Grauner konnte das nicht beurteilen, aber es mochte stimmen.

»Hören Sie, alte Frau«, sagte Saltapepe kaugummikauend, »Sie ...«

Die Frau zuckte zurück.

Grauner legte die Hand auf Saltapepes Arm. Er beugte sich zu der Alten hinab.

Sie sprach krächzend, unverständlich.

»Was?«, sagte Grauner, und ging etwas in die Knie, um sie besser verstehen zu können. Ihre dünnen dunkelroten Lippen bewegten sich, sie hatte keine Zähne im Mund.

»Dieses Bild habe ich schon einmal gesehen«, sagte sie.

Sie zeigte auf die blühende Wiese, wo die Spurensicherer die Leiche in den Transportsack hoben.

»Was meinen Sie?«, fragte Grauner.

Sie schaute zu ihm auf. Schloss kurz die Augen.

»Dieses Bild habe ich schon einmal gesehen. Das habe ich schon einmal gesehen«, wiederholte sie.

Der Commissario drehte sich unbeholfen um. Tappeiner verstand, sie berührte den Arm der Frau, legte ihr eine Hand auf die Schulter.

»Kommen Sie«, sagte sie, »ich bringe Sie weg. Wo wohnen Sie denn?«

Die Frau runzelte die Stirn, ließ sich aber von Grauners Assistentin wegführen.

»Wie heißen Sie denn?« Sie entfernten sich langsam.

»Ich bin die Barbara.«

»Ich bin die Silvia.«

»Ich bin die Dorfälteste«, hörte Grauner die Frau noch sagen. »Das hier habe ich schon einmal …« Der Rest des Satzes ging unter, da in diesem Moment die Rotoren des Hubschraubers ansprangen. Die Spurensicherer hievten den Leichensack über den Zaun, Wind kam auf, blies Staub in die Gesichter der Umstehenden, zerrte an den Jacken, ließ die nahen Tannen und Fichten wogen, drückte das lange Gras der Wiese zu Boden.

»Das hier habe ich schon einmal gesehen«, wiederholte Grauner murmelnd.

Nein, man musste nichts von Fußball verstehen. Wirklich nicht. Ganz ehrlich, Saltapepe war es sogar lieber, wenn einer nichts von Fußball verstand. Damit kam er zurecht. Er selbst fand ein Leben ohne Fußball zwar sinnlos, aber bitte.

Menschen, die nichts von Fußball verstanden und demzufolge auch nicht über Fußball reden wollten, tolerierte er. Andere waren schlimmer.

Die Viertschlimmsten waren beispielsweise die, die nach Lust und Laune den Verein wechselten. Die Drittschlimmsten waren jene, die nur bei Welt- und Europameisterschaften Fußball schauten. Die dann schrien und weinten und drei Sekunden später schon alles vergessen hatten, das lustige Fan-Utensil, meist ein Partyhut in Nationalfarben, noch auf dem Kopf. Die Zweitschlimmsten waren die, die aus Süditalien kamen und zur Juve aus dem Norden hielten, weil die meist gewann. Die Allerschlimmsten waren aber die, die zu gar niemandem hielten, die einfach gerne schönen Fußball schauten, wie sie sagten, keinen Catenaccio, sondern Tiki-Taka, die dann von Fußballballett und falschen Neunen faselten. Idioten!

Alles Idioten, auch dieser Mann, der ihm nun gegenüberstand und ihn angrinste.

Sie waren mit Grauners Panda zum Dorf hinabgefahren. Sie hatten in der Bäckerei nach dem Haus des Dorfarztes gefragt, es befand sich auf der anderen Seite des kleinen Platzes.

Der Bauer, der den Toten gefunden hatte, lag auf einem Krankenbett, drei Männer standen um ihn herum. Den einen kannten sie bereits. Es war der Pfarrer, dem sie in der Nacht begegnet waren. Er war noch genauso blass wie vor wenigen Stunden, wirkte im Licht aber deutlich jünger. Blondes Haar. Er nickte ihnen zu und brummte: »Hochwürden Paul Windisch.«

Der Mann im weißen Kittel war der Dorfarzt. Der dritte Mann, der einen kleinen Bierbauch vor sich hertrug und in Bergschuhen, Jeanshose und einer neongelben Trainingsanzugsjacke steckte, drückte allen die Hand. »Kofler, Sebastian Kofler, der Bürgermeister bin ich.«

»Saltapepe, kein Südtiroler, oder?«, sagte er, als die Ermittler sich vorgestellt hatten.

Der Ispettore nickte und ärgerte sich sofort darüber.

»Mailand? AC oder Inter?«, fragte Kofler weiter.

Saltapepe schluckte. Ihm war noch immer ein bisschen übel. Ihm waren Tote abends lieber, morgens schlugen sie ihm immer auf den Magen. Besonders, wenn jemand auf so bestialische Art hingerichtet worden war. »Ich bin Neapolitaner«, sagte er schließlich.

»Ah, Napoli«, schrie der Mann beinahe. »Echt blöd gelaufen gestern Abend, nicht?« Er schien tatsächlich eine Antwort zu erwarten, quasselte aber nach einigen Sekunden weiter, als er kapierte, dass er keine erhalten würde. »Ausgerechnet Insigne. Ein weiterer Elfer. In der dreiundneunzigsten Minute. Es wäre das 2:1 gewesen. Der sichere Champions-League-Platz. An die Latte! Bitter, ganz, ganz bitter. Also Maradona hätte den gemacht. Bitter! Für euch. Gut für uns …«

Saltapepe runzelte die Stirn.

»Jetzt schaffen wir es hoffentlich, am letzten Spieltag an euch vorbeizuziehen. Ich bin Juventino. Seit ein paar Jahren. Früher war ich Milanista, als da noch die Holländer gespielt haben, aber aus Protest gegen den Berlusconi bin ich zur Juve gewechselt, die spielen auch einfach den schöneren Fußball. Aber am liebsten schaue ich natürlich die Weltmeisterschaften. Zu wem halten Sie denn da? Ich immer zu Kamerun, wenn sie dabei sind. Sonst zu Deutschland, die sind ja immer dabei. Ich will ...«

Saltapepe war sicher nicht der abergläubischste aller Neapolitaner unter diesem Himmel, aber das musste er auch nicht sein, um zu wissen, dass er und nur er am Lattenschuss schuld war. Weil er nicht vor dem Fernseher gesessen hatte, weil er nicht, wie sonst immer beim Elfmeter, die Hände gefaltet und ein schnelles *Vaterunser* gebetet hatte.

Und jetzt auch das noch. Ein Südtiroler Talbürgermeister, der Juventino war. Wie um Gottes willen kam der auf die Idee, Juventino zu sein? Es war wie eine Seuche. Beinahe überall waren diese Juventini. Aber hier, am Ende der Welt, hätte Saltapepe sie nicht vermutet. Er bemerkte, dass der Mann noch immer redete.

»... immer Tore sehen, Tore, Tore, Tore! Ich habe eine kleine Schalsammlung und ein signiertes Trikot von Roberto Baggio, als der noch bei Brescia ...«

»Können wir mit ihm sprechen?«, unterbrach der Ispettore ihn.

Der Mann im weißen Kittel trat zur Seite. Thomas Tretter, der Bauer auf dem Krankenbett, wirkte müde, die Haare hingen ihm nass ins Gesicht. Er begann zu erzählen, mit schwacher Stimme, aber so hastig, als wollte er so schnell wie möglich alles loswerden. Er habe in den frühen Morgenstunden den Hund bellen hören. Das passiere schon mal, da in jenen Stunden manchmal Rehe an den Waldrand kämen. Nein, nein, wegen der Rehe belle der Hund nicht, sondern wegen der Wölfe, die dann meist nicht weit seien.

Er sei dann, so erzählte Tretter weiter, irgendwann, als das Bellen nicht aufhörte, runter zu seinem Schäferhund, habe ihn losgebunden, das Viech sei knurrend zur Wiese gehastet, er hinterher. Beinahe gestolpert sei er über den Toten und den ganzen Krempel, der da gelegen habe. Deshalb seien sein Pyjama und der Schafwollmantel, den er nur schnell übergeworfen hatte, auch voller Blut.

»Das sage ich Ihnen gleich, ich habe sie auch nicht gewaschen, weil, das würde mich ja nur noch verdächtiger machen, oder?«

Er schaute fragend zum Bürgermeister. Der zuckte die Achseln, beide schauten sie zu den Ermittlern.

Saltapepe schwieg, er wusste, dass Grauner jetzt übernehmen wollte. Sie hatten lange gebraucht, um sich aufeinander einzuspielen. Ein paar Jahre sogar. Nun ging's. Nun waren sie, das hätte er früher vehement verneint, ein gutes Team. Sie übernahmen abwechselnd die Rolle des *bad cop*, so wie Weltklasse-Mittelfeldspieler, die, aus Spaß und um den Gegner zu verwirren, mitten im Spiel die Position wechselten.

Und dann war da ja noch Tappeiner. Sie hielt sich im Hintergrund, doch im entscheidenden Moment trat sie nach vorne. Und brauchte oftmals nur wenige Worte, um ihr Gegenüber in Erklärungsnot zu bringen. Saltapepe war froh, dass sie dabei war. Es waren einige Monate vergangen, seitdem sie beide … Ja, was war da eigentlich geschehen? Er wusste es immer noch nicht. Er schaute zu ihr, sie schaute weg. Grauners Stimme riss ihn aus den Gedanken.

Der Commissario versuchte, all die Informationen und Eindrücke, die in der vergangenen Stunde auf ihn eingeprasselt waren, zu ordnen. Es passte ihm ganz gut, dass der Ispettore meist derjenige war, der das Gespräch einleitete. Er fand nicht, dass er es besonders gut machte, aber es verschaffte ihm etwas Zeit, die Gesprächspartner erst einmal zu beobachten. Diese Männer wussten etwas, das ganze Dorf wusste etwas, was ihnen, den Ermittlern, verschwiegen wurde. Da war er sich sicher.

Dorf-*Omertà*. Wie gut kannte er das. Er sprach das Wort nie aus, weil Saltapepe sich über ihn lustig machen würde. Grauner, *Omertà*, das Schweigen allen Schweigens, das gibt es hier nicht. Auch wenn die Menschen in den Tälern verschlossen sind. Sizilien ist das hier noch lange nicht. Grauner wusste nicht, wie es in Sizilien war, er war bei Gott froh, hier in Südtirol zu ermitteln. Hier, in den Dörfern und Tälern, ließ sich die *Omertà* durchaus durchbrechen, man musste nur wissen, wie. Ein Dorf, ein Tal, das war eine Schicksalsgemeinschaft. Wenn da einer von außen kam, hielten die Menschen zusammen. Blieb man aber lange genug dort, offenbarten sich uralte Konflikte. Grauner räusperte sich. Er hatte den Männern geduldig zugehört, nun war es genug.

»Haben Sie Kinder?«, fragte er den Bauern.

Der Mann schaute überrascht. »Einen Sohn, Anton«, sagte er dann.

»Spielt der kleine Anton mit Puppen?«

»Anton ist einunddreißig, der hilft lieber im Stall mit.«

»Und Ihre Frau, flicht die gerne Blumenkränze?«

Der Bauer schüttelte den Kopf.

Grauner brummte, er ahnte, dass das alles zu nichts führte. »Schwäne, haben Sie Schwäne?«

»Kühe, Schweine, Hühner, einen Hahn, einen Hund, zwei Katzen, aber Schwäne? Nein, keine Schwäne«, sagte Tretter.

»Und die Vögel, die Schwalben und Spatzen fallen bei euch im Tal einfach so vom Himmel herab?« Der Commissario sah den Mann unverwandt an.

Tretter, der Bürgermeister und der Arzt hoben und senkten beinahe synchron die Schultern. Der Pfarrer verharrte still. Schaute verlegen zu Boden.

»Die Sense?«, fragte Grauner schließlich.

»Die ist nicht von mir«, sagte Tretter sogleich. »Meine hängt im Stall. Sie können sie gerne haben, kein Problem, nehmen Sie sie mit, sie …«

»Hat jemand von Ihnen eine Idee, wem sie gehören könnte?«, fragte Grauner knapp.

Achselzucken.

»Gut, dann lassen Sie uns zum Toten kommen. Wie heißt er mit vollem Namen? Charly – ich nehme an, er heißt Karl. Karl … wie noch?«

Die Männer schwiegen. Grauner runzelte die Stirn. Was sollte das? »Also, der Name. Charly? Charly … wer?«, fragte er noch einmal.

Der Arzt trat einen Schritt vor.

»Charly, Herr Kommissar, nein, nein, der Tote heißt nicht Charly, wie kommen Sie darauf? Das ist der Hannes. Der Kiem Hannes, der ist …« Er brach ab, schien nach Worten zu suchen.

Der Bürgermeister, der Bauer auf dem Krankenbett, der Arzt und der Pfarrer nickten, vermieden es aber, ihn anzuschauen.

»Hannes Kiem«, sprach Grauner nach einigen Sekunden langsam weiter, »der Tote heißt also Hannes Kiem. Was können Sie uns über ihn berichten?«

»Nicht viel«, sagte Kofler zögernd.

»Der Kiem ging nicht viel unter die Leute«, sagte der Arzt.

»Ich kenne den eigentlich, wenn ich so darüber nachdenke, überhaupt nicht«, sagte der Bauer.

Der Pfarrer sagte nichts.

»Der brauchte nicht viel zum Leben«, fuhr Kofler schließlich fort. »Der malte gerne, ja, ein Maler war der, wenn auch kein besonders guter, wenn Sie mich fragen. Aber was weiß ich schon. Ich interessiere mich mehr für Fußball, von der Kunst verstehe ich nix.«

Grauner drehte sich zum Pfarrer. »Wir kennen uns ja bereits, Hochwürden, nicht?«

Der Blick des Geistlichen suchte Halt, wanderte rastlos über die kahlen Wände der Praxis.

»Ihr Vater da oben im Himmel«, Grauner hob den Kopf zur Decke des Raumes, der Putz bröckelte in den schimmeligen Ecken ab, »der macht es mir manchmal ganz schön schwer.«

Der Pfarrer nickte. »Uns allen, lieber Herr Kommissar, mir auch.«

Grauner grinste. »Wissen Sie, ich bin jetzt schon mein halbes Leben lang auf Mörderjagd. Mal in diesem Tal, mal in jenem. Ich hatte gehofft, da würde sich irgendwann Routine einstellen.«

Der Pfarrer hob den Zeigefinger. »Routine ist Langeweile. Gott will uns doch nicht langweilen.«

Grauner tat so, als hätte er den Einwurf nicht gehört. »Da ist etwas, das lässt mir keine Ruhe.«

»Sagen Sie schon, Herr Kommissar!«, forderte der Bürgermeister.

»Es lässt mir keine Ruhe, dass ich kein Wort von alldem glaube, was Sie mir hier erzählen«, sagte Grauner. »Ihnen allen nicht. Ich glaube, dass das Dorf weiß, was passiert ist. Es zumindest ahnt.« Er drehte sich zum Bauern hin. »Tretter, Sie erzählen mir hier, Ihr Hund hätte Sie geweckt. Dabei hat unsere Spurensicherung bereits festgestellt, dass der Fundort der Leiche auch der Tatort ist. Hannes Kiem wurde auf Ihrem Grundstück abgeschlachtet, so etwas, glauben Sie mir, geht nicht lautlos vonstatten. Der hat geschrien. Um sein Leben, vor Schmerzen.«

Er sah, wie die Farbe aus den Gesichtern der Männer wich. Nur das des Pfarrers blieb unverändert.

»So was hört nicht nur Ihr Hund. Das reißt auch Sie aus dem Schlaf«, sagte er zu Tretter. Dann drehte er sich wieder zu den anderen. »Und hier im Dorf hat man die Schreie bestimmt auch gehört.«

Kofler schüttelte den Kopf. Ihm liefen Schweißperlen über die Stirn. »Nein, nein, ich denke nicht, dass man das hört, da stehen ja Tannen und Fichten zwischen der Wiese und dem … außerdem, wenn der Wind talauswärts bläst, was er nachts manchmal …«

»Wir werden das prüfen, seien Sie gewiss.« Grauner drehte sich um, nickte Saltapepe und Tappeiner zu, dann gingen die drei Ermittler zur Tür hinaus.

Beim Panda angelangt, verteilte Grauner die Aufgaben für die kommenden Stunden. Er wollte sich das Haus des Toten anschauen. Saltapepe sollte sich unter den Leuten im Dorf umhören. Er sollte sich von Weiherer außerdem Fotos der

Fundstücke am Tatort geben lassen. Von der Plastikpuppe, dem Blumenkranz, den Flügeln, den Vögeln. Vielleicht gab es jemanden, der wusste, wo das alles herkam. Danach sollte er schnellstmöglich in die Questura fahren. Das Archiv durchstöbern. Vielleicht fand sich da eine Spur. Außerdem sollte er nachschauen, ob die Kollegen den Anruf von gestern Abend zurückverfolgen konnten.

Er fragte sich, warum der Anrufer den Beamten den Namen Charly genannt hatte. Womöglich eine Verwechslung? Ganz sicher war: Der Mann wusste etwas. Er kannte womöglich den Mörder. »Silvia, bring in Erfahrung, wie viele Männer namens Karl es hier im Tal gibt. Und, ich weiß zwar nicht wie, aber versuch herauszufinden, ob einer davon Charly genannt wird. Und geh später zur Kirche, such diesen Hochwürden Windisch noch einmal auf. Ich hatte das Gefühl, der würde uns mehr sagen, wenn …«

»Wenn er allein ist und kein Bürgermeister und kein Dorfarzt und kein Bauer danebenstehen«, beendete Tappeiner den Satz.

Grauner nickte. Saltapepe ebenfalls. Die Straßen waren nun voller Leben. Die Bewohner gingen hastig über den Dorfplatz, imitierten Normalität. Weiter hinten blinkten noch die Blaulichter der Polizei. Und der Rettungswagen. Die Wiese, sie war, trotz einiger Bäume, gut zu sehen von hier aus. Sie wirkte beinahe wie, ja, wie eine grüne Bühne. Er musste dahin zurück. Weiherer, den Chef der Scientifica, finden. Und er musste noch etwas anderes tun. Etwas, das er vorhin angekündigt hatte.

3

Saltapepe zwängte sich durch die Männer hindurch, die vor der Tür des alten Dorfgasthauses standen, legte die Hand auf die Klinke und hielt inne. Ein ungutes Gefühl beschlich ihn. Warum nur? Dio mio, er war in Neapel Stammgast einer Hafenbar gewesen, durch deren Tür sich nie und nimmer ein Tourist gewagt hätte. Ja, er musste an Fredo denken, jetzt, wo er vor der *Blauen Traube* stand. Bei Fredo gab es den besten Espresso Neapels, was bedeutete, dass es der beste Espresso der Welt war. Daran gab es keinen Zweifel. Er kostete sechzig Cent, kam aus einer alten, verrosteten Kaffeemaschine, die wohl mindestens einen Weltkrieg miterlebt hatte, zwei vielleicht, die Fredo aber täglich gründlich putzte, eine Stunde lang, bevor er morgens um halb sieben die Bar öffnete.

Putzen, putzen, putzen, Kaffeemaschine putzen, nur mit Wasser und einem Lappen, sonst nichts. Das sei das Geheimnis guten Kaffees. Und dass die Maschine ständig lief, ja, das auch, und dass er sie nur mit hochwertigen Arabica-Bohnen aus Brasilien fütterte. Er kaufte die Ware stets direkt am Kai, illegal von einem korrupten Schiffsjungen, der auf dem Containerschiff aus Recife arbeitete. So lief das am Golf. Vom Koks, das der junge Seemann ebenfalls vertickte, ließ Fredo die Finger. Zum Glück. Sonst wäre Saltapepe in Gewissenskonflikte geraten.

»Fredo«, hatte ihn Saltapepe einmal gefragt, »wie schaffst du es nur, dass dir hier am Hafen die Touristen nicht die Bude einrennen?«

Fredo hatte nur gelacht, sich über den Tresen gelehnt und ihm zugeraunt, dass das ganz einfach sei. »Du musst nur stets ein paar grimmige Hafenarbeiter vor der Tür sitzen haben, denen du das Bier zum Vorzugspreis verkaufst. Und wenn sich doch einmal eine Touristengruppe hereinverirrt, dann verlange ich das Doppelte von dem, was ich einem Neapolitaner abnehmen würde.«

Saltapepe hatte genickt, er selbst hatte schon lange keinen Cent mehr bei Fredo gezahlt. Seit dem Tag, an dem sein Bruder an dessen Tresen getötet worden war. Nie hätte es Fredo übers Herz gebracht, je wieder Geld von ihm zu nehmen.

Die schwere Tür quietschte beim Öffnen, alle Gesichter wandten sich um, als der Ispettore eintrat. Er scannte mit einem schnellen Rundumblick den Raum ab. Auch wenn er seit Jahren nicht mehr in Neapel wohnte, war er es nicht losgeworden: das Gefühl, dass ständig irgendwo Gefahr lauerte.

Er ging zum Budl, wie die Südtiroler die Theke nannten, musterte den Wirt, der wirkte harmlos. Er bestellte einen Espresso, der Mann hob eine Augenbraue.

»Bei uns trinkt man eher Wein.« Er sagte es durchaus freundlich, kein Hohn in der Stimme.

Saltapepe schaute auf die Armbanduhr. Es war kurz vor zwölf.

»In der Früh Weißwein, ab Mittag Rotwein«, beantwortete der Wirt die Frage, die nicht gestellt worden war.

»Trotzdem einen Espresso, bitte«, sagte Saltapepe. Er vernahm hinter sich das Geräusch scharrender Stuhlbeine auf dem Boden. Er drehte sich nicht um.

»Der schmeckt scheußlich«, sagte der Wirt, machte sich aber an der dreckigen Kaffeemaschine zu schaffen.

»Und ein …«, Saltapepe beendete den Satz nicht, er sah,

dass auf den beiden Brioches in der Plastikvitrine zwei fette Fliegen am Zucker leckten.

Daneben lag eine belegte Semmel, die Salamischeibe darin hing schlapp herunter, der Käse wölbte sich an den Rändern nach oben.

Mit einem Mal spürte er jemanden neben sich, ganz nah, obwohl an der Theke genügend Platz war.

»Wirt!«, sagte eine raue Stimme, »noch einen Krug Weißburgunder. Und eine Flasche Vernatsch für nachher. Und Schnäpse. Treber. Für uns am Tisch hinten. Und für den hier auch einen.«

Der Mann rammte Saltapepe den Ellenbogen in die Seite. Saltapepe beschloss, es ihm durchgehen zu lassen. Er bemerkte sofort, dass der Mann zu viel getrunken hatte. Viel zu viel.

Neben den gelben Schneidezähnen klafften dunkle Lücken, als der Trinker ihn angrinste. Sein Alter war schwer zu erraten. Saltapepe schätzte ihn auf um die fünfzig.

»Danke, aber nein, danke. Um die Uhrzeit trinke ich nicht, außerdem bin ich im Dienst«, sagte er.

In der Sekunde erlosch das Grinsen im Gesicht des Rüpels. »Damit das gleich klar ist, damit wir uns von Anfang an verstehen. Drei Sachen, die du dir merken solltest. Ich darf doch *du* sagen, oder?«

Der Wirt stellte den Krug Weißwein und die Flasche Rotwein auf den Tresen, außerdem ein Tablett mit Schnäpsen. Dann schob er Saltapepe seinen Espresso hin. Der Ispettore griff nach der Tasse, nahm einen ersten Schluck. Er hatte tatsächlich noch nie eine derart scheußliche Brühe getrunken. Noch nicht einmal in der Questura von Bozen.

Er nickte, sagte ganz ruhig: »Ja, wir können uns gerne duzen.«

Der Wirt hob entschuldigend die Schultern. Der Betrunkene nahm eines der Schnaps-Stamperln und schüttete den Inhalt in Saltapepes halb leere Tasse.

»So trinkst halt einen Corretto«, sagte er, und die ganze Bar lachte, »das macht dich fit für den ganzen Tag.«

Saltapepe tobte innerlich, doch er schaffte es, ganz ruhig zu bleiben. Der Mann schien nicht zu ahnen, dass er mit einem Polizisten sprach. Dabei sollte es bleiben. Vorerst, dachte der Ispettore.

»So, also, erstens: Ich bin der Krawinkel Georg, der Sohn vom Krawinkel Hans, der Enkel vom Krawinkel Ernst, Gott hab sie beide selig, ich bin der Bruder der Krawinkel Mary, das merkst du dir am besten, uns Krawinkel gibt es hier im Tal schon seit ... ja, seit immer schon. Seit der Geburt der Berge. Bauern sind wir. Wie fast alle hier. In diesem Tal haben die Bauern das Sagen. Und wir Krawinkel-Bauern am meisten von allen.«

Die Gespräche um sie herum waren verstummt. Saltapepe schob die Tasse beiseite und bedeutete dem Mann, weiterzusprechen.

»Zweitens: Der Bürgermeister hat nix zu sagen hier, der Pfarrer auch nicht, wir sind ein Bauerntal, da gelten Bauernregeln. Und drittens ...« Nun klopfte er Saltapepe mit dem Zeigefinger gegen das Kinn.

Dem Ispettore war klar, dass er sich nicht mehr lange würde zusammenreißen können. Es war ein schmaler Grat, auf dem er gerade balancierte. Er bewies Souveränität, wenn er sich nicht provozieren ließ. Doch er musste den richtigen Moment erwischen, dem Treiben Einhalt zu gebieten. Dieser Moment, so fand er, war jetzt gekommen. Er schaute dem Mann tief und bestimmt in die Augen, fummelte gleichzeitig mit der einen Hand in der Jackentasche herum, um nach seinem Polizeiausweis zu suchen. Er bekam ihn zwischen ein paar Geldscheinen und Münzen zu fassen.

»Drittens: Ich will keinen verdammten Geologen mehr sehen in meinem Tal! Verstanden?! Ich habe mich doch …«, er ballte die Hände zu Fäusten, »… gegenüber deinen Kollegen klar ausgedrückt. Kaum zu glauben, dass die sich trauen, wieder jemanden zu schicken.«

Gelächter schallte von überall her. Der Wirt war einen Schritt zurückgetreten und schüttelte leicht den Kopf.

»Verschwinde! Verschwindet alle aus unserem Tal! Verschwindet, ihr Geologen, und nehmt die Polizisten gleich mit, die drüben am Tretter-Hof herumschnüffeln. Um unsere Toten kümmern wir uns schon selber. Um unsere Mörder auch. Das ist unser Tal, das sind unsere Berge.« Er holte aus, versuchte den Ispettore wegzuschubsen, dieser wich jedoch blitzschnell aus, der Mann drehte sich um sich selbst, verlor das Gleichgewicht, fiel hin.

Saltapepe schaute auf ihn hinab. Er sprach langsam und klar. » Wer ist Charly? Kennen Sie einen Charly?«

Krawinkel raffte sich schnaubend auf. Der Ispettore hörte, wie an den Tischen um ihn herum Stühle zurückgeschoben wurden, einer fiel um, Männer standen auf und kamen näher, im Augenwinkel sah er, wie der Wirt ans Ende der Theke eilte, zum Telefon, das dort an der Wand hing.

Saltapepe dachte fieberhaft nach. Er hatte etwa ein Dutzend Männer vor sich, nun war es so weit, es war an der Zeit, die Pistole zu ziehen, ja, er musste es wohl tun.

Dann, plötzlich, drang ein Schrei von draußen ins Innere des Gasthauses. Einer der Männer stürzte zur Tür, trat hinaus, ein weiterer öffnete ein Fenster.

»Hilfe! Hilfe! So helft mir doch. Ahhhhhh!«

Ein paar Sekunden war nichts zu hören. Dann ertönte die Stimme wieder und Saltapepe erkannte, dass es der Commissario war, der da schrie. Er verstand sofort. Grauner war nicht in Gefahr. Er testete vielmehr, ob die Schreie des Sterbenden in der Nacht zu hören gewesen waren.

Dann setzte das Kirchenläuten ein. Es war zwölf Uhr. Die Männer wichen zurück, sie trotteten wortlos zur Tür und auf den Dorfplatz hinaus. Als das ohrenbetäubende Glockengeläut verklungen war, schenkte der Wirt dem Ispettore und sich selbst noch ein Stamperle mit Treber ein. Sie tranken, schwiegen.

»Was ist hier los in diesem Dorf?«, fragte Saltapepe schließlich.

4

Das Glockengeläut hatte Tappeiners Gruß übertönt. Pfarrer Windisch bedeutete ihr mit einer Handbewegung, im Beichtstuhl Platz zu nehmen, er dachte wohl, sie würde sich ihrer Sünden entledigen wollen. Das wollte sie nicht, doch sie kam seiner Einladung nach.

Bevor sie die Kirche betreten hatte, hatte Grauners Assistentin auf der Gemeinde nach den im Tal wohnenden Männern mit dem Vornamen Karl gefragt. Der Gemeindesekretär hatte ihr eine Liste ausgedruckt, noch bevor sie überhaupt dazu kam, sich als Polizistin auszuweisen. Das hatte sie bereits des Öfteren erlebt, dass in Südtirols Tälern Datenschutz, wenn überhaupt, recht sporadisch angewandt wurde.

Da wurde beim Hausarzt schon mal die Tür zum Warteraum offen gelassen, während lauthals die Hodenkrebsdiagnose verkündet wurde.

Da wurden bei der Bank die zu unterschreibenden Kreditunterlagen schon mal der Schwägerin mitgegeben, die wohne doch gleich nebenan.

Da wurden auch auf der Gemeinde Daten eines jeden einem jeden ausgehändigt. Es kannte ja sowieso jeder jeden.

Siebzehn Menschen namens Karl waren auf dem Amt gemeldet. »Aber Charly, nein«, sagte der Gemeindesekretär, »ich kenne keinen, der so gerufen wird.«

Tappeiner überflog die Namen und Kontaktdaten, sie entschied sich dafür, die Liste der neuen Praktikantin zu geben. Sabrina Donnachiara hatte vor einiger Zeit bereits in der Wirtschaftskriminalität Erfahrungen gesammelt und würde sie nun in den Sommermonaten unterstützen. Sie wunderte sich zwar ein wenig, Grauner duldete in der Regel keine Praktikanten, aber es war ihr einerlei. Seit ein paar Wochen war Sabrina nun da, etwas unbeholfen war sie manchmal, doch für ein paar Telefonanrufe reichte es. Es war Tappeiner längst aufgefallen, dass sie die ganze Zeit um Saltapepe herumschwänzelte. Sie versuchte, es zu ignorieren. Sie wollte, dass es ihr egal war. Was ihr nur so halb gelang.

»Sprich die Männer sofort mit Charly an, ja?«, hatte sie ihr am Telefon gesagt. »Hör dir an, wie sie reagieren.«

Das Gebimmel verstummte.

»Herr Pfarrer, ich möchte nicht beichten«, sagte Tappeiner, als sie sich setzte.

Sie hörte, wie der Pfarrer auf der anderen Seite des Holzgitters hin und her rutschte.

»Was wollen Sie dann noch von mir?«

»Ich will wissen, ob vielleicht der eine oder andere aus dem Dorf zu Ihnen gekommen ist und vielleicht im Vorfeld von dem gesprochen hat, was heute Nacht passiert ist.«

»Ha!«, sagte der Geistliche energisch. »Das Beichtgeheimnis ist heilig, das wissen Sie. Das ist eine Sache zwischen dem Sünder und Gott. Wir dürfen nicht Gott spielen. Sie nicht. Ich auch nicht.«

Sie schwieg eine Weile. Überlegte. »Ich denke, der Mörder spielt Gott«, sagte sie schließlich. »Oder, Pfarrer?«

Sie hörte ein Murmeln. Na immerhin, dachte sie, er scheint zu zweifeln, ist ja schon mal was.

»Was ist los in Ihrem Dorf, Herr Pfarrer?«

Er schien mit sich zu ringen, dann sprach er mit zusammengebissenen Zähnen. »Die Angst geht um«, sagte er, »das spüren Sie doch, oder?«

Sie nickte.

»Es sind die Krawinkel-Geschwister mit ihrer Bande, die das Tal in ihren Fängen haben.«

Krawinkel, sie überlegte, ob sie diesen Namen schon einmal gehört hatte. Hatte sie nicht. »Brüder?«, sagte sie.

»Bruder und Schwester. Georg und Mary.«

Sie holte ihr Notizbuch aus der Tasche und notierte sich die Namen.

Der Pfarrer fuhr fort. »Nicht der Bürgermeister, nicht ich, sie, sie allein bestimmen, was im Tal geschieht. Manchmal auch mit Gewalt.«

»Und wenn ein Mord geschieht, ein bestialischer?«

»Ich …« Er stockte, schien nach Worten zu suchen, »ich … ich sage nicht, dass sie es waren …«

Sie vermutete, dass der Satz noch nicht zu Ende war. »Aber?«

Doch da kam nichts mehr. Von draußen war ein Quietschen zu hören, die Kirchentür.

»Der Tote, Hannes Kiem, stand er den Geschwistern im Weg?«

Sie vernahm langsame Schritte auf dem Steinboden. Sie hallten durch das gesamte Kirchenschiff.

Er flüsterte. »Der Kiem, der hatte weiter im Tal, auf halber Strecke zwischen St. Leonhard und dem Weiler Gomion, seinen Hof. Der Wald dahinter gehört den Krawinkel-Geschwistern, die Wiesen drumherum auch. Einige Hektar davon gehörten bereits ihrem Großvater Ernst, einige hat ihr Vater Hans dazugekauft, beide sind bereits tot, Gott hab sie selig, Gott hab alle Menschen selig.«

Sie notierte sich auch diese beiden Namen und wunderte sich, warum der Mann gleich allen Menschen die Seligkeit wünschte. So als ob er unterstreichen wollte, dass Gott gütig sei, allen gegenüber, den Guten und den Bösen. War es so gemeint?

»Es heißt, die Krawinkel-Geschwister wollen da einen neuen Stall für ihr Zuchtgestüt errichten. Groß soll er werden. Die wollen dafür auch Kiems Grundstück aufkaufen. Sie haben Vollblutaraber, Englische Vollblüter, American Quarter Horses, Haflinger. Der Stall auf ihrem Hof platzt aus allen Nähten.«

Das war etwas, immerhin. Die zarte Andeutung einer Spur. Ein Anhaltspunkt. Und doch passte so vieles gar nicht zusammen. Ein solch bestialischer Mord wegen eines Stücks Grund? Und warum war der Tatort so inszeniert worden? Noch immer waren draußen Schritte zu hören.

»Pfarrer, eine Puppe, ein Blumenkranz, Schwanenflügel, Äpfel und Birnen, Vögel. Wissen Sie, was das bedeutet?«

Er atmete vernehmlich aus. »Nein. Das wirkt alles so …«, er zögerte, »… märchenhaft.«

Sie wunderte sich über das Wort. »Ein bestialischer Mord. Wie ein Schauspiel in Szene gesetzt. Für alle sichtbar. Ein Zeichen. Was für ein Zeichen könnte das sein, Hochwürden?«

»Ich habe wirklich nicht den blassesten Schimmer.«

Sie glaubte ihm. »Gibt es hier im Tal jemanden, der einen Schwan vermissen könnte?«

Er schien zu überlegen. »Ich glaube, draußen in Saltaus, am Taleingang, der Huber vom Hotel *Alpenglück*, der hat Schwäne.«

Saltaus und *Huber* und *Alpenglück* schrieb sie in ihr Notizbuch.

»Karl Huber?«, fragte sie.

Der Schatten hinter dem Holzgitter schüttelte den Kopf.

»Charly Huber?«

»Nein, äh, wieso? Nein. Richard Huber.«

Richard, notierte sie.

»Ich danke Ihnen, Herr Pfarrer«, sagte Tappeiner dann und öffnete die Tür des Beichtstuhls. Sie blinzelte, in den bunten Lichtkegeln, die die Sonne durch die bemalten Fenster warf, tanzte der Staub. Sie schaute nach vorn zum Altar, ein altes Mütterlein entzündete eine Kerze, drehte sich um, ging gebückt und schweren Schrittes auf die erste Kirchenbank zu. Sie trug ein schwarzes Kleid, ein schwarzes Seidentuch über dem geneigten Kopf. Der Pfarrer öffnete die Beichtstuhltür. »Die nächste bitte!«, rief er.

Die Alte schaute auf. Tappeiner erkannte sie wieder. Es war Barbara, die Dorfälteste, die an der Wiese beim Toten an sie herangetreten war. Die ein paar wirre Worte an Grauner gerichtet hatte.

Die Schritte der Frau hallten erneut durch das Kirchen-schiff, die Lautstärke passte nicht zu ihrem unsicheren, gebrechlich wirkenden Gang. Sie bekreuzigte sich, bevor sie im Beichtstuhl verschwand.

Tappeiner bekreuzigte sich nie, wenn sie eine Kirche betrat oder verließ, auch jetzt nicht, als sie die schwere Tür öffnete und hinter sich schloss. Das mit dem Glauben hatte sich für sie schon erledigt, als sie noch klein gewesen war. Und dennoch ließ sie diese Szene nicht los, während sie über den Dorfplatz in Richtung ihres Autos lief, das Handy hervorholte, darauf herumtippte. Ein altes Mütterlein, eine Kerze entzündend. Für wen sie das wohl gemacht hatte? Für den Toten? Für die Hinterbliebenen? Für sich selbst? Was sie wohl zu beichten hatte? Wie konnte sich so eine alte Frau versündigt haben? Sie wusste es nicht.

Waren Kerze und Beichte zu etwas nütze? Tappeiner war weit davon entfernt, dies zu verneinen. Das hätte sie als anmaßend empfunden. Auf dem Dorfplatz herrschte reger Betrieb. Sie sah Saltapepe, drüben beim Gasthaus, er stand unschlüssig vor der Tür. Sie hörte ein Wiehern hinter sich, ein Schnauben, das lauter werdende Geklapper von Hufen. Ein paar Gestalten ritten nah an ihr vorbei, der Geruch von Pferdeschweiß trat ihr in die Nase. Ein angenehmer, warmer Geruch. Eine der Gestalten schaute zu ihr hinab, ein Mann, aufgedunsenes Gesicht, müde Augen.

Als er mit der Zunge schnalzte, wieherte sein Pferd. Die Tiere waren wunderschön, eines hob den glänzenden dunkelbraunen Schweif, Pferdeäpfel ploppten zu Boden.

»Silvia!« Saltapepe hatte sie erreicht, er keuchte. »Was ist nur los mit diesem Dorf?« Er packte sie am Ärmel. »Komm, lass uns noch gemeinsam ein paar Befragungen durchführen und dann schnell nach Bozen zurückkehren.«

Sie nickte. »Ja, und auf der Fahrt raus aus dem Tal schauen wir noch nach ein paar Schwänen.«

5

Grauner und Weiherer fuhren mit dem Panda des Commissario tiefer ins Tal hinein. Mal führte die Straße durch Wald, mal an Wiesen entlang. Auf manchen tummelten sich Bauern, sie hatten Heu zu großen Ballen zusammengerollt, sie hievten sie sich auf die Schultern. Die Rücken der Bauern krümmten sich unter dem Gewicht.

Die beiden Ermittler bogen links auf einen Schotterweg ab, eine nicht ganz zuverlässig wirkende Holzbrücke trug sie über ein sprudelndes Bächlein hinweg. Sie hielten vor einem heruntergekommenen Häuschen, der Holzstall daneben sah nicht viel besser aus. Hätte Grauner nicht gewusst, dass der Tote hier gewohnt hatte, er hätte das Gehöft für verlassen gehalten. Sie stiegen aus. Der Commissario zeigte auf den Schuppen, Weiherer nickte und stiefelte los. Das Stalltor stand offen, die verrostete Schnauze eines alten Traktors war darin zu erkennen, der Rest versank im Schwarz.

Als Grauner das Haus erreicht hatte, sah er, dass der Verputz an vielen Stellen abbröckelte und dass jemand an diesen Stellen kleine Comicfiguren gezeichnet hatte. Drei Strichmännchen, die wohl Bauarbeiter verkörpern sollten, einer hielt eine Wasserwaage an die Bruchstelle des Verputzes, einer lehnte eine Leiter gegen den Zement, ein dritter saß daneben, rauchte. Ein paar Zentimeter entfernt lag ein dicker Zwerg auf einer Wolke und trank aus einem Weinfass. Grauner war ganz entzückt, er vergaß beinahe, warum er hier war. Er drückte die morsche Tür, die einen Spalt breit offen gestanden hatte, nach innen.

Ein muffiger Geruch drang ihm entgegen. Als er noch in Verona studiert hatte, hatte er Studienkollegen, vier Jungs, manchmal in ihrer Wohngemeinschaft besucht. Dort hatte es ähnlich gerochen. Er suchte im Halbdunkeln nach dem Lichtschalter, fand ihn, das Licht flackerte, dann schien es matt auf die spärliche Einrichtung. Die Wände und der Boden des Flurs waren mit Farbtupfern übersät. Er musste an die Worte des Bürgermeisters und die farbbefleckten Finger des Toten denken. Ein Maler.

Links ging es zur Küche, in der Spüle stapelte sich schmutziges Geschirr, Fliegen surrten über offenen Tomatensoßendosen im Kreis, auf dem Herd stand ein Topf mit angeschimmelten Spaghetti. Grauner trat näher an den Tisch heran und warf einen Blick auf die Zeitung, die dort lag. Es war der *Südtirol Kurier,* Charly Weinreichs Artikel über einen Vorfall auf dem Bozner Waltherplatz, er kannte ihn bereits. Unbekannte hatten der Walther-von-der-Vogelweide-Statue nachts eine Baby-Tragetasche umgelegt und die Fingernägel und Lippen kirschrot angemalt.

Tags darauf hatte sich im Netz die Gruppe *Südtiroler Feminist*innenfront* zu der Tat bekannt, Staatsanwalt Belli hatte tatsächlich erwogen, Grauner zu beauftragen, Ermittlungen einzuleiten. Der Commissario war widerwillig zum Waltherplatz gelaufen, hatte schmunzelnd zur fesch geschminkten Waltherstatue hochgeschaut, zwei von Weiherers Leuten herbeigerufen, sie sollten ein wenig in den Mülleimern herumsuchen.

»Und dann Ihnen oder direkt Belli Bericht erstatten, falls wir was finden?«, fragten sie, als sie ankamen.

»Einfach ein bisschen wühlen, nix finden«, präzisierte Grauner, holte sich auf dem Obstmarkt ein Eis und schlenderte in die Questura zurück.

Am nächsten Tag meldete sich die *Front Südtiroler Feminist*innen* via Brief bei sämtlichen Medienvertretern des Landes. Sie sei für den geschminkten Walther zuständig, niemand sonst. Die *Südtiroler Feminist*innenfront* würde sich mit fremden Federn schmücken. Belli lief wütend durch die Flure, Grauner amüsierte sich köstlich, als sich die Waltherstatue tags darauf mit Skibrille auf dem Kopf präsentierte, man hatte ihr nun auch Skier um die Hüften gebunden.

In einem handgeschriebenen Brief, der im Maul eines der Marmorlöwen unter dem Minnesängerdenkmal steckte, bekannte sich die *Südtiroler Antischneekanonenfront* gemeinsam mit der *Südtiroler Antifront der Schneekanonen* zu dieser Tat. Da schnallte nun endlich auch der Staatsanwalt, dass es sich bei der ganzen Sache wohl um einen Studentenscherz handelte. Grauner riet ihm, den Weinreich vom *Kurier* zum Mittagessen einzuladen und ihn nach ein paar Gläsern Lagrein zu bitten, nicht mehr drüber zu schreiben, dann würde bald niemand mehr darüber sprechen. Das hatte Belli getan und in den letzten Tagen war Ruhe eingekehrt.

Grauner ging wieder in den Flur zurück, schaute kurz ins Wohnzimmer. Die Wände waren kahl, an manchen Stellen hingen noch Fetzen einer alten Tapete. Blümchenmuster. Wieder die Comicmännchen. Ein Engelchen, das mit einem Fischernetz Sterne einsammelte. Ein kiffendes Pferd. Eine Kuh, die an einem Strohhalm nippte, der in einer Coca-Cola-Dose steckte. Eine bildschöne Frau, mit wenigen Strichen dahingehaucht, ein dünnes Kleid, ein Schwert in der einen Hand, in der anderen einen Männerkopf. Grauner schauderte es.

Er schaute ins Badezimmer, der Spiegel war mit einer Dreckschicht bedeckt. Ein Smiley hineingezeichnet. Das Waschbecken hatte sich gelb verfärbt. Der Klodeckel war heruntergeklappt. Zum Glück.

Er ging ins Schlafzimmer, eine Matratze lag auf dem Boden, ein Schlafsack darauf, zwei halb abgebrannte Kerzen standen daneben. Durch die Lamellen der Fensterläden stach Sonnenlicht. Grauner wühlte sich ein wenig durch die Socken und T-Shirts im Schrank, er strich über alte, abgewetzte Hemden, die an einer Stange hingen.

Grauner fragte sich, was er zu finden gehofft hatte. Er lief zurück in die Küche, öffnete Schubladen, in einer befanden sich Besteck und Pinsel, sehr viele Pinsel, in einer zweiten Gewürze, in einer drittem fand er Schreibzeug, Bleistifte, ein Tintenfass, Papier, obenauf eine Karte. Er zog sie heraus. Auf der Vorderseite war eine Burg abgebildet. Massives, dunkles Gemäuer. Ein dicker Turm. Es war Schloss Maretsch, mitten in Bozen. Der Commissario wendete die Karte, wenige zarte Zeilen waren auf die Rückseite gedruckt.

Schloss Maretsch
43. Bozner Kunstauktion
4. Juni, 11.00 Uhr

Mit Werken von Albrecht Dürer, Albin Egger-Lienz, Franz Defregger, Juan Miró, Paul Flora, Andy Warhol, Jasper Johns, Gerhard Richter, Hermann Nitsch, Gotthard Bonell
u. v. m.
Anmeldung und Festkleidung erbeten

In die Ecke hatte jemand mit Kugelschreiber etwas notiert. Grauner brauchte ein bisschen, bis er es entziffert hatte. Zwei Buchstaben standen da: *E. S.* Und drei Wörter: *Hut, Schal, Stock.*

»E. S. Ein Hut, ein Schal, ein Stock«, sprach Grauner vor sich hin. Er drehte die Karte noch einmal nach vorne, wieder zurück. »Morgen um elf. Eine Kunstauktion … in Maretsch!«

Er kramte weiter in der Schublade herum. Zog ein Kuvert hervor, es war dick, er öffnete es. Geldscheine quollen hervor. Hundert-Euro-Scheine. Er ließ sie durch die Finger gleiten. Zählte.

»Eintausend, zweitausend … zehn … zwanzig … dreißig …«, er überschlug, dass er da mehrere Zigtausend Euro in den Händen halten musste, »vierzig … fünfzig.«

Von draußen hörte er Weiherer nach ihm rufen. Er lief zum Fenster, schaute auf den Hof hinunter. Der Spurensicherer stand da, winkte zu ihm hoch.

»Grauner«, rief er wieder, »komm, das musst du sehen!«

Er trat vom Hellen ins Dunkle. Es roch nach nassem Holz, Heu, Staub und Farbe. Zwischen den Holzplanken der Wand schimmerte das Tageslicht, es erhellte den Raum aber nur spärlich. Der Commissario sah den Traktor, weiter hinten einen Heuwagen.

»Grauner«, sagte Weiherer und zog an seiner Jacke. Der Chef der Scientifica hielt ihm eine Taschenlampe hin. Er nahm sie, knipste sie an, leuchtete damit die Wände ab. Dort hingen Bilder in dicken, barocken Rahmen. Aquarelle. Zeichnungen. In verschiedenen Größen. Landschaftsmotive. Berge, Seen, Wiesen. Kühe. Gasthausszenen. Bauersleute beim Kartenspielen. Zwei Hunde unter einem Tisch, eine Holzschüssel mit Kastanien und Äpfeln. Akte. Frauen, Männer, ein feuerspuckender Zwerg im Wald, Frauen im Federkleid über den Gipfeln schwebend. Ein Fabelwesen auf einem Stein sitzend. Dahinter ein schwarzer See. Ein Haus in Flammen.

Grauner verstand nicht viel von Kunst. Er und Alba, sie hatten in der Stube im Herrgottswinkel Jesus am Kreuz hängen. Und daneben ein paar schöne Keramikteller. Das Marienbild im Schlafzimmer hatte schon da gehangen, als seine Eltern – Gott hab sie selig – noch darin genächtigt hatten.

Im Stall hatte der Commissario das Plakat eines unvergesslichen Mahler-Konzerts, das vor einigen Jahren im Konzerthaus in Bozen stattgefunden hatte, an die Wand geklebt. Mahlers *Sechste*. Und die *Siebte*. Die beiden Sinfonien mit den Herdenglocken. Als Geschenk für die Mitzi, die Margarete, die Josefine. Als kleines Trostpflaster, da sie nicht hatten mitkommen können.

Nur einmal im Jahr hingen an der Stubenwand zwei weitere Bilder. Beide waren Weihnachtsgeschenke einer Großtante von Alba, Imelda, die nach Fuerteventura ausgewandert war. Auswandern! Moderne Kunst! Auf dem einen Gemälde waren schwarze und weiße Rechtecke abgebildet. Wenn er es länger anschaute, wurde ihm schwindelig. Das zweite zeigte ein paar wirre Striche in Dunkelblau und Gelb. Das sollte eine verrückte Kuh darstellen, es war ein Ärgernis. So malte man keine Kühe!

Er hatte mit Alba, der die beiden Werke unverständlicherweise gefielen, lange herumdiskutiert. Dann waren sie zu einem Kompromiss gekommen. Die Werke wurden in der Stube aufgehängt – aber nur, wenn die Tante nach Südtirol kam, zum Skifahren in Gröden oder zum Wandern am Ritten, und sie auf dem Hof besuchte.

»Der Tote hatte den Schupfen in sein Atelier verwandelt«, sagte Grauner.

Weiherer nickte.

»Die Kunst«, murmelte Grauner, »war wohl sein Leben.«

Weiherer nahm ihm die Taschenlampe aus der Hand.

»Ja, sie war sein Leben. Aber sie hat auch etwas mit seinem Tod zu tun.«

Der Chef der Scientifica leuchtete in eine düstere Ecke. Da stand eine Staffelei mit einer Leinwand. Sie traten näher, die Leinwand war weiß, nur einige Kleckse darauf.

»Verstehst du etwas von Kunst, Grauner?«

Der Commissario verneinte.

»Ich auch nicht«, fuhr Weiherer fort, »aber hiervon schon.«

Im Licht der Taschenlampe leuchteten die Flecken rot auf.

6

»Das ist jetzt nicht wahr, Sabrina, oder?«

Tappeiner stützte sich auf dem Schreibtisch ab. Saltapepe schaute zu Boden, Sabrina Donnachiara, die Praktikantin, sah sie mit großen Unschuldsaugen an.

»Äh, ja, doch … ich dachte …« Sie schluckte, ihr Gesicht lief hochrot an. »Aber Silvia, ich habe den ersten Typen, den ich angerufen habe, mit Charly angesprochen, den zweiten auch, beim dritten …«

»Beim dritten!«

»Beim dritten Typ habe ich einfach mal etwas anderes ausprobieren wollen. Charly, warum immer Charly? Ich habe gefragt, ob sein Spitzname vielleicht Karlo ist. Mein Onkel aus Andrian, der heißt nämlich auch Karl, und den nennen alle nur Karlo, selbst seine Frau, also meine Tante, wegen Kater Karlo, verstehst du?« Sie gluckste. »Und manchmal sagen seine Kinder, also meine Cousinen, wenn er wieder einmal mit seinen Lebensweisheiten um die Ecke kommt: Klaro, Karlo!« Sie lachte. Schaute zu Saltapepe. Der zog doch tatsächlich die Mundwinkel nach oben. Tappeiner biss sich auf die Lippen, sie hatte ihm hier in der Questura nichts zu sagen und daran hielt sie sich. Vielleicht sollte sie rausgehen, durchatmen, sich einen scheußlichen Espresso in der Kaffeeküche holen, dann zurückkehren und das Gespräch weiterführen. Oder sie …

»Jetzt beruhig dich mal, Silvia.« Saltapepe stand auf, klopfte der Praktikantin kumpelhaft auf die Schulter. »Gibt Schlimmeres, nicht? Außerdem: Hast du Sabrina überhaupt erklärt, warum sie nach Charly fragen soll? Hast du nicht, oder? Eben. Hätte sie das gewusst, wäre das sicher nicht passiert.«

Tappeiner spürte die Wut in sich aufsteigen. Die Wut auf Donnachiara. Aber auch auf sich, weil Saltapepe natürlich recht hatte. Ein bisschen. Am wütendsten war sie allerdings auf ihn. Weil er *sie* verteidigte. Es sollte ihr egal sein. War es aber nicht. Verdammt.

Tappeiner stöhnte, sie straffte die Schultern, warf der Praktikantin noch einen letzten missbilligenden Blick zu und verließ das Büro. Nein, die Kaffeekloake aus der Küche würde sie nun ganz sicher nicht beruhigen. Da half nur die gedankliche Flucht, die Konzentration auf den Fall. Das funktionierte immer.

Saltapepe hatte ihr, als sie auf dem Dorfplatz aufeinandergetroffen waren, von seiner höchst unangenehmen Begegnung in der *Blauen Traube* erzählt.

»Krawinkel!«, hatte sie gemurmelt, während sie durch das Dorf gelaufen waren, auf der Suche nach einer Floristin und einem Spielzeuggeschäft.

»Ja, Georg Krawinkel«, bestätigte er.

»Wir sollten ihn sofort festnehmen.«

Er schüttelte den Kopf. »Lass uns abwarten.«

Sie blieb stehen, schaute ihn an. Er wich dem Blick nicht aus. Sie schaute weg.

»Nein«, fuhr er fort, »nicht jetzt. Er weiß nicht, dass ich Polizist bin. Ich ... ich weiß nicht genau, wie, aber das könnte noch von Vorteil sein, vielleicht. Aber wir sollten beide zu einer Anhörung laden. Heute noch.«

Sie erzählte ihm von der Aussage des jungen Pfarrers,

dass die Krawinkel-Geschwister wohl scharf auf das Grundstück des Toten seien.

In knappen Worten fasste der Ispettore zusammen, was er von dem Wirt erfahren hatte. Georg Krawinkel und seine Bande terrorisierten das halbe Tal. Seit einigen Wochen hielten sich ein paar Landesgeologen hier auf, um oben in den Bergen Untersuchungen durchzuführen.

Die Krawinkel-Geschwister, so der Wirt, hätten im Dorf Stimmung gegen die Arbeit der Geologen gemacht. Weil sie keine Fremden im Tal haben wollten. Vor einigen Tagen sei Georg Krawinkel dann einen der Geologen angegangen, so richtig. Seitdem hätten diese sich nicht mehr blicken lassen.

Saltapepe und Tappeiner riefen in Bozen an und ließen sich von den Beamten auf den neuesten Stand bringen. Diese hatten sich umgehört und nach Angehörigen des Toten gesucht. Da gebe es niemanden. Keine Geschwister. Hannes Kiem hatte die ganze Kindheit und Jugend im Passeiertal verbracht, nach der Schulzeit war er für zwei Jahre nach Wien gegangen, um dort Kunst zu studieren, war jedoch alsbald ohne Abschluss zurückgekehrt.

Er bewirtschaftete von da an gemeinsam mit seiner Mutter den kleinen Hof. Sein Vater war vor langer Zeit aus dem Tal verschwunden. Raus in die Welt wohl. Weg aus der Enge. Als die Mutter schließlich starb, weggerafft von einem chronischen Nierenleiden, machte Kiem mehr schlecht als recht weiter. Doch bald verkaufte er alles Viech, ließ den Garten überwuchern, zog sich mehr und mehr zurück. Freunde habe der Künstler auch keine gehabt. Im Gasthaus sei der nie gewesen. »Der hat ein bisschen in seiner eigenen Welt gelebt, der Hannes«, habe einer der Dorfbewohner gesagt, »mit seinen Bildern, mit seiner Kunst.«

Das stimmte mit den Aussagen des Bürgermeisters überein. Hannes Kiem? Ein komischer Künstlerkauz. Ein Einzelgänger. Wovon der gelebt habe? Das wisse niemand so genau. Von seiner Kunst ganz sicher nicht. Einmal, doch das sei nun auch schon über zehn Jahre her, habe er seine Bilder in der Bar mit der Kegelbahn ausgestellt. Die Kegler hätten sich die ganze Nacht über ihn lustig gemacht. Wer verliere, müsse eins seiner Bilder kaufen, hätten sie beschlossen.

Saltapepe und Tappeiner waren in den Blumenladen gegangen und hatten dort ein Foto des Kranzes vom Tatort vorgezeigt. Die Floristin hatte gesagt, dass er nicht von ihr stamme. Das seien jedoch Blumen, die man hier überall auf den Wiesen finde. Enzian, Glockenblume, Teufelskralle, Eisenhut, Alpenglocke, Vergissmeinnicht, Hahnenfuß, Klapperkopf, Arnika, Kreuzkraut, Johanniskraut, Habichtskraut, Bergnelkenwurz, Narzissen, Gänseblümchen, Alpenrose.

Auch im Spielzeugladen hatten sie kein Glück. Nein, eine solche Plastikpuppe habe man nicht im Sortiment. Überhaupt kein Plastik, nur selbst geschnitzte Holzpuppen mit selbst gestrickten Kleidchen und Lederhosen aus echtem Passeirer Kuhleder.

Auf dem Rückweg waren sie beim Hotel *Alpenglück* vorbeigefahren. Sie fragten nach dem Chef, Richard Huber. Das Hotel lag idyllisch in einer Talenge und schmiegte sich an den Waldrand. Es wirkte etwas aus der Zeit gefallen. Die Balkone waren mit Geranien behangen. Das Dach bestand aus schwarzen Holzschindeln. Ein Hahn lief krähend vor dem Eingang auf und ab. Auf einer Wiese hatten sich Touristen auf breiten Liegen ausgestreckt, Kellner reichten Erfrischungsgetränke. Dahinter lag ein stattlicher Teich, beinahe ein kleiner See. Schilf. Putziger Holzsteg, ein Ruderboot. Ein Schwan, der stolz seine Runden zog. Im Schatten eines Kastanienbaums spielte ein Duo mit Gitarre und Ziehharmonika Dreivierteltaktkitsch.

Huber, im Leinenhemd mit Hirschhornknöpfen und Lederhose, trat schnellen Schrittes an sie heran, gab ihnen unmissverständlich zu verstehen, dass er überhaupt keine Zeit für sie hatte. »Was wollen Sie?«

Sie wiesen sich als Polizisten aus. »Haben Sie vom Mord in St. Leonhard bereits gehört?«, fragte Saltapepe.

»Ja«, knurrte der Mann und trat ungeduldig von einem Bein auf das andere.

»Wir möchten Sie dazu befragen.«

Nun hielt er inne. Schaute überrascht. »Mich? Wieso mich? Was habe ich damit zu tun, was im hinteren Tal passiert? Hier draußen mag ich für das eine oder andere verantwortlich sein. Da hinten nicht. Wen verdächtigen Sie? Einen meiner Gäste?«

»Ihre Schwäne …«, versuchte es nun Tappeiner, weiter kam sie nicht.

»Meine Schwäne morden nicht.«

Ein Schmunzeln huschte ihr über das Gesicht, schnell wurde sie wieder ernst, räusperte sich. Am Teich gesellte sich ein zweiter Schwan zum ersten.

»Wie viele Schwäne haben Sie denn, Herr Huber?«, fragte Saltapepe.

»Die zwei«, antwortete der Mann, »und ein paar Enten und unzählige Wasserschildkröten. Und drei Kois. Die haben mich ein Vermögen gekostet. Und weil das alles hier«, er drehte sich einmal um sich selbst, »so viel kostet, muss ich jetzt weiterarbeiten. Ich …«

»Und sie hatten nicht bis vor Kurzem noch drei Schwäne?«
Der Mann runzelte die Stirn, verneinte gereizt.

»Kannten Sie den Toten, Hannes Kiem?«

Der Mann hatte abgewinkt. »Kaum, vom Sehen vielleicht. Ein Maler war das, nicht? Mit Malern habe ich nichts zu tun. Ich interessiere mich für Geschäftsleute. Und Touristen. Schauen Sie, ich muss jetzt zurück in die Rezeption, da ist die Hölle los.«

Den Rest der Fahrt hatten sie schweigend verbracht. Tappeiner hatte aus dem Fenster gestarrt.

Nun ging Grauners Assistentin ins Büro zurück. Sie schaute zu Donnachiara. »Ist schon gut, Sabrina«, sagte sie, »tut mir leid.«

Donnachiara hob den Kopf, lächelte verschmitzt. »Mir tut es auch leid, Silvia.« Dann schaute sie verliebt zu Saltapepe.

Tappeiner tat so, als ordnete sie Unterlagen auf dem Schreibtisch.

»Wir müssen los, zur Gerichtsmedizin«, sagte der Ispettore.

7

Auf dem ersten der drei Tische lag der Tote. Ein weißes Leintuch über ihm, nur der Kopf war zu sehen. Auf dem zweiten Tisch: zwei Schüsseln, mit Klarsichtfolie abgedeckt. Äpfel und Birnen. Vögel. Spatzen und Schwalben. Die Flügel eines Schwans. Ein Blumenkranz. Eine Sense. Eine Plastikwanne, Kleidung darin. Eine Einladungskarte. Geldstapel. Fünfzigtausend Euro. Auf dem dritten: Fotos, viele Fotos. Ein kleiner Aufnahmerekorder.

Grauner, Saltapepe, Tappeiner, Weiherer und Belli standen neben der Gerichtsmedizinerin, Alessandra Filippi, und Dr. John, dem Assistenten mit John-Lennon-Brille. Der Staatsanwalt nickte Filippi zu, sie schien sofort zu verstehen. Sie zog das Leintuch über den Kopf des Toten. Belli atmete laut aus.

Sie hatten sich eben noch über die Ermittlungsergebnisse ausgetauscht. Der Commissario hatte die Ereignisse der zurückliegenden Stunden zusammengefasst: ein anonymer Anruf in der vergangenen Nacht. Eine Männerstimme hatte einen Mord vorausgesagt. Ein gewisser Charly sollte das Opfer sein.

Tappeiner trat zum Rekorder und drückte auf Play. Ein Knacksen und Krächzen. Dann die Stimme. Sie klang dumpf, so als halte sich jemand die Hand vor den Mund.

»Äh, ja, hallo. Ist da die Polizei?«

»Ja, Sie haben die Nummer der Questura in Bozen gewählt, was können wir für Sie ...«

»Es wird ein Mord passieren im Passeiertal. Hier in St. Leonhard. Oder irgendwo oben am Berg. Der Charly wird sterben. Sie müssen ihn finden. Ihn beschützen. Sonst ... sonst wird wieder ein Unglück geschehen.«

»Ganz ruhig, Herr ... Nennen Sie mir Ihren Namen? Und dann bitte schön der Reihe nach: Wer will wen ermorden? Wer ist dieser Charly? Namen und Adressen!«

Es tutete in der Leitung, der Mann hatte aufgelegt.

»Konnte ermittelt werden, woher der Anruf kam? Handy? Festnetz?«, fragte Belli.

»Ein öffentliches Telefon«, sagte Saltapepe. »In St. Leonhard. Das konnten wir ermitteln. Da steht am Fußballplatz tatsächlich noch so ein silbernes Ding. Von da aus wurde der Anruf getätigt. Wir haben uns nach Zeugen umgehört, aber nichts. Auf dem Platz wurde nicht gespielt an dem Abend.«

»Fingerabdrücke am Telefon?«, fragte Belli.

»Nichts Brauchbares«, antwortete Weiherer.

Der Staatsanwalt schnaubte. »Also haben wir nichts. Die Stimme jedenfalls bringt uns nicht weiter. Oder? Ich meine ...«

»*Wieder*«, murmelte Grauner.

»Was?«, sagte Belli.

»*Wieder*. Der Mann stammt aus dem Tal, er will nicht erkannt werden, deshalb hat er auch nicht bei den Carabinieri im Dorf angerufen, sondern bei uns. Und er hat *wieder* gesagt. *Sonst wird wieder ein Unglück geschehen.* Ich frage mich, was das bedeutet.« Kurz schwieg Grauner, dachte nach, dann fuhr er fort, die Ereignisse zusammenzufassen. »Es ist tatsächlich ein Mord passiert. Auf einer Wiese am Rande des Dorfes. In der Nähe eines Bauernhofes. Doch der Tote hieß nicht Charly, sondern Hannes. Hannes Kiem. Niedergemetzelt mit einer Sense. 53 Jahre alt. Freischaffender Künstler. Er lebte auf einem Hof ein Stück weiter im Tal. Allein. Es heißt, er sei arm gewesen, aber er hatte fünfzigtausend Euro in einer Küchenschublade.«

Alle schauten auf den zugedeckten Leichnam.

»Und dann ist da noch diese merkwürdige Inszenierung. Die Fundstücke am Tatort, die toten Vögel ...«

»Tot, ja«, unterbrach Filippi den Kommissar, »aber da ist noch was.« Sie griff nach einer der Schwalben, hielt sie der

Runde hin. Stroh quoll aus dem Schwalbenbauch. »Tot und ausgestopft. Das sind präparierte Tiere.«

Belli schüttelte ungläubig den Kopf. »Wer stopft Spatzen und Schwalben aus? Adler, ja. Füchse, Marder, aber solch kleines Federviech?«

Niemand antwortete, weil wohl niemand eine Antwort hatte. Grauner fuhr fort.

»Die Tatwaffe: eine Sense. Tretter, der Bauer, dem die Wiese gehört, der den Toten entdeckt hat, sagte, es sei nicht seine. Er hat uns seine übergeben. Er habe keine zweite, das hat er versichert. Das lässt sich schwer beweisen. Aber: Er wäre ja schön blöd, so einen Mord auf der eigenen Wiese zu begehen. Doch er sagte auch, er habe die Schreie des Toten nicht gehört. Ebenso wenig wie die Leute im Dorf. Aber das kann nicht stimmen. Eines ist sicher, in diesem Tal stimmt etwas nicht. Da schreit ein Sterbender in der Nacht ums Leben, und niemand rührt sich.«

Auch in der Gerichtsmedizin rührte sich niemand. Sekundenlang.

»Todesursache?«, fragte Grauner schließlich, zeigte auf das Leintuch.

»Also …«, weiter kam Dr. John nicht.

»Steht alles im Bericht«, unterbrach Filippi ihn.

Grauner schaute sie verblüfft an, dann nickte er. Sie verwies vielleicht Belli zuliebe auf den Bericht, da dieser den Anblick obduzierter Leichen nur schwer ertrug. Wäre der Mann nicht an seinen offensichtlichen Wunden verstorben, hätte sie es ihnen sicherlich sofort gesagt.

Sie sahen sich die Fotos an, die auf dem dritten Tisch ausgebreitet waren. Weiherer griff sich eines heraus, hielt es den anderen hin. Darauf war eine Staffelei zu sehen. Ein Bilderrahmen mit roten Spritzern. Am Boden davor lagen ein Klebeband, eine Schere und Stücke eines Seils.

»Das hier ist kein Kunstwerk«, sagte Weiherer.

»Oh«, sagte Filippi, »also, als ich letztens in New York im *MoMA* war, da habe ich ein ganz ähnliches …«

»Das ist ein stummer Zeuge«, sprach Weiherer weiter.

Filippi biss sich auf die Lippen.

Der Chef der Spurensicherung fuhr unbeirrt fort. »Diese Kleckse, das ist keine Malerfarbe. Das ist Blut. Kiems Blut. Der Mann wurde wohl in seinem Schupfen überwältigt. Aber nicht getötet. Sondern geschlagen, gefesselt, geknebelt, fortgeschafft. Meine Männer sind immer noch dort, um nach weiteren Spuren zu suchen. Wir haben einen Backenzahn gefunden. Und einen Schneidezahn.« Er hob ein anderes Foto hoch. »Und Federn. Schwanenfedern. Sie lagen auf dem Boden des Stadels herum. Klebstoff daran. Und noch zwei Plastikpuppen, und Blumen in einem Eimer mit Wasser. Und in einer Ecke noch eine ausgestopfte Amsel. Auch auf der Leinwand mit dem Blut war Klebstoff. Mir ist das alles ein Rätsel.«

»Wie kam Kiem vom Stadel zur Wiese?«, fragte Belli murmelnd. »Mit einem Auto wahrscheinlich? Zu Fuß ist das doch viel zu weit, nicht wahr? Zumal er vermutlich verletzt war.«

Er schaute in die Runde. Schien ein kollektives Nicken zu erwarten, doch die anderen rührten sich nicht.

Weiherer ging zu dem zweiten Tisch. »In dieser Schüssel befinden sich das Auge und das Stück Ohr, die wir am Tatort sichergestellt haben«, sagte er.

Belli verzog das Gesicht zu einer Grimasse.

»In dieser hier …«, der Spurensicherer nahm die Folie ab, unter der sich der Inhalt verbarg. Alle traten näher, schauten hinein.

Belli hielt sich die Nase zu.

»Kuhmist«, sagte Saltapepe.

»Blödsinn«, sage Grauner. »Wie lange bist du jetzt schon in Südtirol?«

Der Ispettore rollte die Augen.

»Zehn Jahre? Zwölf Jahre? Da wirst du doch einen Kuhfladen von Pferdeäpfeln unterscheiden können. Das ...« Er beugte sich hinab, fächerte mit einer Hand Luft in Richtung seines Gesichts, »... diese typische nussige Note, das ist die Hinterlassenschaft eines Gauls. Wenn du das schon nicht siehst, dann solltest du es zumindest riechen.«

Weiherer nickte. »Auch das haben wir am Tatort im Gras gefunden. Und noch mehr Pferdemist auf dem Schotterweg vor dem Hof des Toten. Der Tote hatte keine Pferde, der Bauer, dem die Wiese gehört, auch nicht ...«

»Die Krawinkel-Geschwister«, flüsterte Grauner hörbar. »Wie sieht der letzte Stand bei denen aus? Sind sie auf dem Weg in die Questura?« Er schaute zu Tappeiner.

Die Assistentin nickte. »Mein letzter Stand ist, dass die Kollegen sie auf ihrem Hof abgepasst haben. Wir haben den Verhörtermin für achtzehn Uhr angesetzt.«

»Gibt es noch etwas, das wir wissen sollten?«, fragte Grauner in Richtung des Spurensicherers.

»Die Untersuchung der Sense hat uns noch nicht weitergebracht. Keine Fingerabdrücke. Das hier dagegen haben wir im Wald nahe der Wiese gefunden.« Er zeigte auf die Plastikwanne, zog mit zwei Fingern, die in Plastikhandschuhen steckten, ein Stück Stoff hervor, ein rot-blau kariertes Hemd, mit bunten Flecken versehen.

»Farbe?«, fragte Grauner.

»Farbe und Blut«, sagte Weiherer.

»Die Kleidung des Toten«, sagte Belli.

»Wir schicken alles noch heute Nacht nach Padua ins DNA-Labor.«

Grauner wandte sich ab, ging ein paar Schritte, kehrte zurück. Er schaute auf die vielen Fotos, die wild verstreut auf dem dritten Tisch lagen. Nahaufnahmen der Wunden, die Kleidung im Wald, die Pferdeäpfel in der Wiese, auf dem Schotterweg, Nahaufnahmen der Sensenklinge, verkrustetes Blut daran, die Bilder aus der Scheune. Er entdeckte die Fabelfrau auf dem Stein wieder, vor dem schwarzen See. Das brennende Haus.

Dort lag auch die im Haus des Toten gefundene Einladungskarte. Grauner streifte sich nun auch Plastikhandschuhe über, nahm die Karte in die Hand. Morgen, elf Uhr, las er erneut. *E. S.* Und die drei Wörter: *Hut, Schal, Stock.*

Tappeiner hielt die Schüssel mit den Pferdeäpfeln in die Höhe. »Was machen wir damit?«, fragte sie.

Belli hielt sich erneut die Nase zu.

»Wie viele Pferde besitzen die Geschwister?«, fragte Grauner zurück.

»Siebzehn«, sagte seine Assistentin. »Vier Araber, zwei Engländer, sechs Amerikaner, der Rest Haflinger.«

Alle drehten den Kopf zu Weiherer, der wartete die Frage gar nicht ab.

»Klar, möglich ist das schon. Wir können siebzehn Kotproben sammeln, alle siebzehn nach Padua schicken, sie mit der DNA des Pferdeapfels auf dem Hof des Toten und am Fundort der Leiche vergleichen und prüfen, ob eine davon übereinstimmt. Dürfen wir?«

Alle schauten nun gleichzeitig zu Belli. Dem standen Schweißperlen auf der Stirn. Er schien mit sich zu ringen.

»Meinetwegen«, sagte er schließlich, hob dann jedoch

den Zeigefinger. »Aber diskret, meine Damen und Herren, kein Wort davon an die Presse. Kein Wort davon zu Weinreich, verstanden?«

Kollektives Nicken.

»Ich meine es ernst. Ich will nichts davon in der Zeitung stehen sehen, ich kann mir die Schlagzeilen schon vorstellen: *Polizei wühlt im Pferdemist! Mit Staatsanwalt Belli gehen die Gäule durch! Muss jetzt ein Haflinger zum Verhör? Steuerzahler blechen Tausende von Euros für Pferdekot-DNA, verrückt!* Nein, danke!«

8

Georg und Mary Krawinkel saßen auf zwei Stühlen vor Grauners Schreibtisch, die Rücken zur Tür gewandt. Tappeiner nahm hinter ihrem Computer Platz, Sabrina Donnachiara lehnte sich an die Wand.

»Belli?«, fragte Grauner kurz.

»Wir haben ihn angerufen«, sagte seine Assistentin, »er sitzt im *Laurin*, er sagte, er beeile sich.«

»Und Saltapepe?«

»Kommt später«, antwortete Tappeiner. »Er telefoniert noch mit Weiherer.«

Das war gut, dachte der Commissario. Sie hatten, auf die Idee des Ispettore hin, beschlossen, dass dieser erst etwas später dazustoßen sollte. Für den Überraschungseffekt. Einige Sekunden lang starrte Grauner die vorgeladenen Geschwister schweigend an.

»Zum Striegeln der Pferde, welche Bürste nutzen Sie da? Die von *CareFlex* oder die von *Chevalon*?«

Ohne Begrüßung hatte Grauner sofort diese Frage in den Raum geworfen.

»Die von *CareFlex*, das sind die besten, die Ergonomik von denen ist einzigartig, die sind ...« Georg Krawinkel stoppte mitten im Satz und schaute zu seiner Schwester. Die rührte sich nicht. Sie saß ganz aufrecht. Er gebückt. Das Gesicht schwammig, die Augen gläsern. Wie verkatert.

Der Commissario betrachtete sie aufmerksam. Gut, dachte er sich, sehr gut. Die Frage hatte sie schon mal verwirrt. So konnte es weitergehen.

»Haben Sie auch Pferde?«, fragte Mary Krawinkel nun etwas schnippisch. Sie hatte dunkelblondes Haar, rote Backen, eine kräftige Statur. Sie trug Jeans, Bergschuhe, einen grauen Sarner über einer weißen Bluse. Grauner schätzte sie auf Mitte fünfzig.

»Kühe«, antwortete er kühl.

»Kühe?«, fragte der Bruder überrascht zurück. »Sie striegeln Ihre Kühe?«

Der Commissario nickte. »Sie mögen es. Also mache ich es. Ich benutze die klassische Bürste von *CareFlex*, die Borsten sind da etwas dünner, länger, für Massagebewegungen ideal, finde ich.«

Der Mann, der Grauner gar nicht so aggressiv vorkam, wie er ihm beschrieben worden war, schien dessen Worte tatsächlich abzuwägen. Nun galt es, schnell weiterzumachen.

»Warum sind Sie erst jetzt hier? Wir waren für achtzehn Uhr verabredet. Es ist halb acht.«

Georg Krawinkel zupfte an seiner Jacke herum. Grauner entdeckte zwei, drei rote Flecken auf seinem Handrücken. Wie Stiche. Oder ein Ausschlag.

»Sie sind doch auch Bauer, das habe ich zumindest in der Zeitung gelesen«, sagte der Mann dann. »Ihnen geht es mit Ihren Kühen bestimmt wie uns mit den Pferden. Ich muss mich nach ihnen richten. Wenn sie fressen wollen, muss ich sie füttern. Man ist nicht Herr seiner Zeit. Die Viecher bestimmen den Tag.«

»Das ist wie bei Müttern mit kleinen Kindern«, sagte Grauner.

»Ja, weil die Väter die Mütter nicht genügend unterstützen, deshalb ist das so!«

Der Mann drehte sich um, Grauner schaute auf.

Donnachiara verschränkte die Arme. »Stimmt doch«, schob sie trotzig hinterher.

Der Commissario biss die Zähne zusammen.

»Wo sie recht hat, hat sie recht.« Tappeiner schaute streng.

Der Pferdebauer drehte sich wieder zum Commissario und hob die Augenbrauen.

»Eine lustige Truppe haben Sie da, Herr Kommissar«, sagte nun Mary Krawinkel.

Grauner räusperte sich. »Ja, wir lachen viel. Obwohl es oft nichts zu lachen gibt.« Er machte eine Pause. »In Ihrem Dorf lacht niemand. Ich war gestern da, von früh bis spät, ich habe niemanden lachen sehen.«

»Ich auch nicht.« Saltapepe stand in der Tür.

Der Ispettore trat ins Zimmer, er stellte sich ans Fenster. Starrte die beiden Befragten an. Das Timing war perfekt, fand Grauner.

Das Geschwisterpaar aus dem Passeiertal verzog keine Miene. »Sie sind …?«, fragte Mary Krawinkel.

»Kein Geologe«, beendete Saltapepe den Satz.

»Was soll das?« Ihr Bruder hatte sich aufgerichtet.

»Ich bin Ispettore der Polizia di Stato.«

Georg Krawinkel mochte zuweilen ein harter Hund sein, doch nun stand ihm der Schweiß auf der Stirn. Die Erkenntnis, beinahe einen Polizisten verprügelt zu haben, ließ ihn offenbar nicht kalt. Seine Schwester lehnte sich zurück und sah aus dem Fenster, als ginge sie das alles gar nichts an.

Grauner stand auf, ging um seinen Schreibtisch herum und stellte sich hinter die Geschwister. Er sprach leise, so leise, dass sie ihn gerade noch hören konnten. »Was haben Sie gegen Geologen, Herr Krawinkel?«

»Nichts habe ich gegen die«, antwortete der Mann unwillig. »Ich mag nur nicht, dass sie in unserem Tal herumschnüffeln. Bei euch Polizisten akzeptiere ich das. Aber auch nur, weil es einen Mord gab. Bei Mord hört's auf. Alles andere regeln wir lieber unter uns.«

Grauner kannte diesen Hang zur Selbstjustiz in Südtirols Tälern. Er musste zugeben, manchmal, wenn es Petitessen betraf, fand er das sogar richtig. Was ging es Bozen an, was ging es Rom an, ob hier ein Bub oder ein Mädchen mit fünfzehn einen selbst gebrannten Schnaps bestellte, ein Jäger einen Gamsbock mehr schoss oder ein Dachdecker auch mal ohne Sicherheitsgurt zwei morsche Schindeln auswechselte.

»Wir haben Sie beide heute herbestellt, weil wir einiges über Sie und Ihre Pferde erfahren haben.«

Mary Krawinkel zischte: »Unsere Pferde?«

Grauner ignorierte die Frage. »Wir haben erfahren, dass Sie beide im Tal das Sagen haben. Dass Sie gewaltbereit sind. Mein Kollege kann das bezeugen.«

Der Bruder senkte den Kopf.

Grauner sprach unbeirrt weiter. »Wir haben erfahren,

dass Sie das Haus des Toten kaufen wollten. Seine Scheune auch. Wir haben Geld im Haus des Toten gefunden, viel Geld. Ihr Geld? Eine Anzahlung? Hat er Ihnen alles verkauft? Ist beim Verkauf etwas schiefgelaufen?«

Keine Reaktion. Grauner ging an den beiden vorbei, lehnte sich an die Schreibtischkante. »In der Scheune wurde Hannes Kiem verletzt. Das passierte, bevor er verschleppt und abgeschlachtet wurde. Auf der Wiese, wo jeder sein Schreien gehört haben muss. Da, wo ihn am nächsten Morgen jeder sehen konnte. Nackt. Ausgestopfte Vögel um ihn herum, Äpfel, Birnen, die Flügel eines Schwans, eine Plastikpuppe, ein Blumenkranz, die Tatwaffe, eine Sense. Warum?«

Nun fixierte der Mann Grauners Gesicht. Sagte nichts. Tränen in den Augenwinkeln. War das Verbitterung? Zorn? Hass?

»Es muss furchtbar gewesen sein. Wer macht so etwas?«, sagte Krawinkel schließlich.

Grauner versuchte, den Ton zu interpretieren. Es gelang ihm nicht. Der Bauer sagte es nicht spöttisch, nein. Aber auch nicht betroffen. Es war eine erschreckend nüchterne Feststellung. Der Commissario drückte sich von der Schreibtischkante weg, beugte sich vor, schob die Nase ganz dicht an die speckige Lederjacke des Mannes heran, schnupperte.

»Ja, nussiger.«

Krawinkel zog den Arm weg, rückte ein Stück nach hinten. Seine Schwester stieß einen verächtlichen Laut aus.

»Was?«

»Pferdemist. Er riecht definitiv nussiger als Kuhmist.«

Saltapepe kam näher. »Darf ich?«, fragte er den Bauern und beugte sich ebenfalls zu ihm hinunter.

Krawinkel stand auf, schaute sie an, einen nach dem anderen. Seine Schwester tat es ihm gleich und legte ihm, wie zur Beruhigung, die Hand auf die Schulter.

»Spinnt ihr alle?«, sagte sie.

»Wer spinnt hier?« Alle drehten sich zur Tür, in der jetzt Staatsanwalt Belli stand.

»Wer sind Sie denn jetzt schon wieder?«, fragte Georg Krawinkel mit hochrotem Kopf.

»Dr. Martino Belli, Staatsanwalt. Und Sie beide?«

»Das ist das Geschwisterpaar, das wir in Verdacht haben, Hannes Kiem abgeschlachtet zu haben«, sagte Saltapepe.

»Ein haltloser Verdacht«, sagte Georg Krawinkel. Er schritt provozierend langsam auf den Ispettore zu. Tappeiner stand auf, stellte sich neben ihren Kollegen. Grauner verschränkte die Arme und schüttelte den Kopf. Das Zeichen war klar. Das hier war nicht ihr Dorf, nicht ihr Tal. Nicht ihr Revier.

Saltapepe fuhr fort. »Wer bereit ist, einem Fremden in einem Gasthaus wegen nichts und wieder nichts eine reinzuhauen, dem ist noch viel mehr zuzutrauen. Was macht so einer erst mit jemandem, der ihm nicht geben will, was er haben will. Ein Haus, eine Scheune. Der fünfzigtausend Euro als Anzahlung annimmt und dann doch nicht auszieht.«

Saltapepes Sätze waren pure Spekulation, doch Grauner fand es gut so.

Georg Krawinkel wischte sich den Schweiß von der Stirn. »Ich bin kein Mörder! Ich mache so etwas nicht. Und die Sache heute Vormittag in der *Traube*, ich wusste doch nicht, dass Sie ...«

»Dass ich was? Ein Polizist bin? Sie dachten, ich wäre ein

Geologe. Nun, ich möchte Ihnen etwas sagen, Herr Krawinkel. Es ist mir völlig egal, was Sie gedacht haben. Ich weiß nur eins, und das ist der Grund, warum Sie heute hier sitzen. Ich weiß, dass vor Kiems Scheune Pferdemist sichergestellt wurde. Und auf der Wiese, auf der seine Leiche gefunden wurde, haben unsere Männer auch Pferdemist gefunden. Der Bauer, dem die Wiese gehört, dieser …« Saltapepe schaute um sich.

»Thomas Tretter«, kam es von Tappeiner, die wieder an ihren Platz zurückgekehrt war.

»… der hat keine Pferde.« Der Ispettore trommelte mit den Fingern auf der Stuhllehne.

»Pffff«, sagte Krawinkel, »meine Schwester und ich, wir sind nicht die einzigen Menschen im Tal, die Pferde besitzen.«

Saltapepe nickte. »Sicher, die einen besitzen Pferde, die anderen Kühe oder Schafe. Das Schöne ist, dass sich heute alles molekulargenetisch analysieren lässt. Stellen Sie sich vor, Krawinkel, sogar Pferdescheiße. Ist das nicht wunderbar?«

Grauner fand, nun war es an der Zeit, wieder zu übernehmen. Er legte dem Ispettore eine Hand auf die Schulter. »Unser Staatsanwalt, Dr. Belli, hat den Durchsuchungsbefehl bereits genehmigt und unterschrieben. Unsere Spurensicherer werden gleich morgen früh wieder ins Tal fahren, Proben von all ihren siebzehn Pferden nehmen und sie noch am Vormittag nach Padua schicken. Dort im DNA-Labor geht dann alles ratzfatz. In höchstens zwei Stunden sind die siebzehn Proben analysiert, dann werden wir ja sehen, ob es sich beim sichergestellten Kot um den Ihrer Pferde handelt.«

Der Staatsanwalt nickte. Alle Ermittler im Raum wussten, dass das ein Bluff war. Dass die DNA-Sache länger dauern würde. Einige Tage. Wenn nicht Wochen. Die Geschwister schauten auf, beinahe synchron.

»Sechzehn«, sagte Mary Krawinkel leise.

»Was?«, fragte Grauner.

»Sechzehn, es sind sechzehn Pferde.«

Grauner sah zu Tappeiner. Die Assistentin drehte sich zu ihrem Schreibtisch, hob ein paar Zettel hoch, blätterte darin.

»Siebzehn«, sagte sie.

»Goldmond, einer unserer Haflinger. Er ist weg«, sagte die Frau kaum vernehmlich.

Es war das Flüstern jener, die wussten, dass sie es sich leisten konnten, leise zu sprechen. Weil jeder ihnen ohnehin zuhörte.

»Wie, weg?«, fragte Saltapepe.

»Seit gestern Abend«, sagte Georg Krawinkel nun. Er schien sich wieder beruhigt zu haben. »Wir haben es erst heute früh bemerkt, Goldmond war nicht im Stall, die Box war leer, das Gitter stand offen.«

Einige Sekunden herrschte Stille im Raum.

»Ein Pferd öffnet keine Gittertore«, sagte Saltapepe.

»Nein«, antwortete der Mann. »Jemand hat Goldmond gestohlen.«

Saltapepe seufzte. »Oder Sie haben das Pferd laufen lassen. Nachdem Sie mit Goldmond zu Kiem sind, den Mann überwältigt, ihn auf dem Pferd zur Wiese transportiert und dort getötet haben.«

Mary Krawinkel lachte auf.

Saltapepe beachtete sie gar nicht. »Vielleicht haben Sie

auch das Pferd abgeschlachtet. Um Spuren zu verwischen. Kommt der Mörder mit dem Auto, brennt der Wagen nach der Tat irgendwo an einem gottverlassenen Ort. Wahrscheinlich liegt Goldmond tot im Wald.«

Grauner schloss die Augen.

»Dann wäre mein Bruder sehr dumm«, sagte Mary Krawinkel. »Unser Goldmond ist etwa hundertfünfundzwanzigtausend Euro wert.« Sie lächelte abschätzig. »Etwas, das hundertfünfundzwanzigtausend Euro wert ist, schlachtet man nicht einfach ab. Wäre doch schade ums Geld.« Die Frau strich sich die Bluse glatt und lehnte sich zurück. »Ich sage es mal so, wir, die Krawinkels, geben dem Dorf und dem Tal viel. Das haben wir immer gemacht. Unser Vater schon. Unser Großvater schon. Ich sage Ihnen, wenn wir Kiems Gut haben wollten, Gott hab ihn selig, dann hätte es Mittel und Wege gegeben, es zu bekommen. Ohne ihn umzubringen. Das ist doch lächerlich.« Sie sagte es, als spräche sie von einer kleinen Meinungsverschiedenheit beim Kauf eines Gebrauchtwagens.

»Sie sind der Pate vom Passeiertal«, sagte Grauner. »Sie nehmen sich einfach, was Sie haben wollen.«

Georg Krawinkel schüttelte den Kopf, die Schwester lachte lautlos.

»Meine Damen und Herren«, sagte sie dann, »nehmen Sie meinen Bruder fest, wenn Sie glauben, ihn festnehmen zu müssen.« Sie grinste. »Fahren Sie ins Tal, wühlen Sie in der Scheiße unserer Pferde. Wir werden unserem Stallmeister Bescheid geben. Wir werden da sein, wenn Sie uns brauchen. Wir sind immer da. Wir verlassen das Tal nur, wenn es sein muss. Ich hoffe, das war's jetzt. Ich mag die Stadt nicht. Tun Sie, was Sie nicht lassen können. Suchen

Sie unseren Goldmond, Gott, ich bete dafür, dass Sie ihn finden.«

Georg Krawinkel nickte zustimmend. Er hob die Arme und legte die Hände übereinander, zum Zeichen, ihm doch jetzt bitte Handschellen anzulegen.

Grauner kochte innerlich. Er versuchte, ganz ruhig zu sprechen. »Sie sind ein freier Mann, Georg Krawinkel. Und Sie sind eine freie Frau, Mary Krawinkel. Sie können gehen.«

Der Bauer nahm die Hand seiner Schwester, drückte sie, dann standen sie auf und traten zur Tür.

»Ich bin nicht sicher, ob Sie ein Mörder sind, Georg Krawinkel«, raunte Grauner ihnen hinterher. »Oder sie beide.«

Die Geschwister drehten sich noch einmal um.

»Aber ich bin sicher, dass Sie uns etwas verschweigen. Dass es da etwas gibt, das wir nicht wissen sollen. Niemand außerhalb des Tals. Vielleicht gehen mich die Machenschaften in Ihrem Tal nichts an. Glauben Sie mir, wenn es keinen Toten gäbe, dann gäbe es nichts, was mich weniger interessierte. Aber ich bin Kommissar der Mordkommission. Ich werde die Wiesen mähen, die Fensterläden aufreißen, die Seen trockenlegen, ich werde alles tun, was getan werden muss, um den oder die Mörder zu finden.«

Die Dunkelheit war über die Stadt hereingebrochen. Die Ermittler standen noch immer im Büro beisammen. Der nächste Tag wollte geplant werden. Der Commissario ließ eins von Weiherers Fotos durch die Finger gleiten, schaute immer wieder darauf. Es zeigte die Einladungskarte aus der Küche des Toten.

»Morgen Vormittag gehst du, Silvia, zum Amt für Geologie und sprichst mit den Männern, die im Tal gearbeitet haben. Lass dir erzählen, was genau zwischen ihnen und den Krawinkel-Geschwistern vorgefallen ist. Warum die nicht wollen, dass sie dort ihre Arbeit machen. Das ist mir ein Rätsel. Ich und Saltapepe ...« Grauner musterte den Ispettore von oben bis unten. Er trug Jeans, einen blauen Trench, blaue Sneakers. Der Commissario schaute an sich selbst herab, sah die abgewetzte Lederjacke, die alte Schnürlsamthose, die Bergschuhe. »Hast du etwas Schönes zum Anziehen, Claudio?«, fragte er.

Saltapepe befühlte den Trench. »Noch schöner?«, fragte er.

»Na ja, Anzug, Krawatte, so Zeug«, sagte Grauner. »Besorg dir was. Morgen gehen wir uns ein bisschen Kunst anschauen.«

9

»Hab ich was Schönes zum Anziehen?«, fragte Grauner und ließ den zweiten Speckknödel in die klare Suppe plumpsen, er ging nicht unter, schaukelte sanft zwischen Schnittlauchschnipseln, die an ihm kleben blieben. Dem Commissario wurde warm ums Herz.

»Hast du nicht, Johann. Wann hast du zum letzten Mal deinen Hochzeitsanzug getragen?«

Er drückte den Knödel mit dem Löffel auf den Boden des Tellers und teilte ihn.

»Vergangenes Jahr bei der *Fünften* im Auditorium in Bozen. Oder war das vor zwei Jahren ...?«

Alba beugte sich zu ihm hin, tätschelte ihm den Bauch. »Das war vor drei Jahren, mein Graunerlein. Was ist eigentlich mit deinem Vorhaben geschehen, weniger zu essen und morgens zu joggen?«

Das hatte er sich vorgenommen, als er sich während der *Fünften* kaum auf die Musik hatte konzentrieren können, weil die Anzughose um den Bauch herum so gespannt hatte. Als das Orchester vom Trauermarsch in das langsame Adagietto überging, war er damit beschäftigt gewesen, heimlich den obersten Hosenknopf zu öffnen. Wieder daheim, im Bad, bemerkte er, dass die Naht am Rücken des Jacketts sich gelockert hatte. Er versuchte sich einzureden, er hätte breite Schultern bekommen, die harte Stallarbeit. Doch dann musste er sich eingestehen, dass das keine Muskeln waren. Muskeln hingen nicht.

Ja, er hatte seinen Knödelkonsum reduziert. Drei statt vier, aber er hörte bald wieder damit auf. Essen war Genuss. Genuss musste maßlos sein. Maßvoller Genuss, das war nix. Also laufen. Er stellte den Wecker noch früher, das war ihm ganz lieb, im Schutze der Dunkelheit würde ihn niemand sehen. Er lief zur Einfahrt des Hofes, stoppte. Wohin? Es ging nur steil ins Dorf hoch oder steil ins Tal runter. Er lief steil hoch, bereits nach zweihundert Metern japste er. Also doch lieber erst einmal bergab. Das ging ganz wunderbar, am Hof vorbei, ganz euphorisch rannte er weiter. Drei Serpentinen bergab, noch eine, dann fand er, war es genug, jetzt nur noch …

Er wollte es sein lassen, doch Alba ließ nicht locker. Sie drohte, ihm zu seinem nahenden Geburtstag eine Fitness-Studio-Mitgliedschaft zu schenken. Ein Albtraum: Abends noch in Bozen bleiben, um neben Stadtmenschen auf einem

Laufband bei monotoner Techno-Musik ins Leere zu laufen. Sie feilschten, er schlug einen Kompromiss vor. Er würde sich ein eigenes Laufband kaufen.

Zwei Wochen später wurde es geliefert, er stellte es in den Stall, in die Box neben Margarete. Grauner fand, dass die Kuh ein unterschätztes Tier war. Er war sich sicher, dass Margarete einen Sinn für Musik hatte, sie liebte Mahler, gab sogar bessere Milch, wenn sie Mahler hörte. Dass Kühe lachen konnten, hatte er jedoch nicht geglaubt. Bis zu jenem Morgen. Margarete muh-lachte schallend, die anderen stimmten mit ein. Er wollte das Gerät schon wieder zurückschicken, doch Sara hatte eine andere Idee. Sie bat ihn, sich doch noch ein letztes Mal daraufzustellen und zu laufen. Er tat ihr den Gefallen, sie filmte ihn mit dem Handy und erklärte ihm, dass sie das in den Businessplan für *Grauner's Little Farm* unbedingt aufnehmen musste. Sechs solcher Laufräder würden sie ordern und in die leeren Boxen zwischen die Kühe stellen.

»*Farm-out*«, hatte sie gesagt, »das ist das neue Ding!«

Grauner hielt inne. Schaute auf das Knödelstück, ließ den Löffel samt Knödel in die Schüssel zurücksinken. Jetzt erst fiel ihm wieder ein, dass Sara und Mickey vorhatten, seine Kühe gegen Pferde einzutauschen.

»Ich muss … ich muss Sara anrufen …«, sagte er und sprang auf.

»Ich habe heute mit ihr telefoniert. Sie hat irgendetwas davon erzählt, dass ihr gemeinsam beschlossen hättet, die Kühe zu verkaufen und stattdessen Pferde anzuschaffen. Ich habe ihr den Blödsinn wieder ausgeredet. Was hat dich da geritten, Johann?«

»Ich … äh …« Er fand es zu mühsam, Alba das Missverständnis nun zu erklären. Aber sie schien das Problem aus der Welt geschafft zu haben, was ihn ungemein beruhigte. Er setzte sich wieder. Der Appetit kam langsam zurück. »Also, der Anzug …«

»Keine Chance, Johann, der platzt aus allen Nähten.« Sie klopfte ihm erneut auf den Bauch, diesmal noch liebevoller als zuvor. »Aber sag, wozu brauchst du denn so dringend einen? Unser nächstes Mahler-Konzert findet doch erst im Oktober statt, bis dahin …«

Er kaute, schluckte. »Ich muss morgen früh auf eine Kunstauktion in Bozen, im Schloss Maretsch. Ein Arbeitstermin. Für eine Mordermittlung.«

Die Gabel auf dem Weg zu ihrem Mund stoppte. »Was für Kunst?«, fragte sie.

Nach dem Mord fragte sie nicht, was ihn etwas fuchste. »Dürer, Defregger, Warhol, Bonell …«

»Warhol!«, rief sie entzückt. »Und Bonell, ich liebe die Malereien von Bonell.«

Grauner schaute seine Frau erstaunt an. Dass sie mehr von Kunst verstand als er, war ihm geläufig, wie konnte es anders sein, er verstand gar nichts davon.

»Du kennst diese Maler …?«

»Aber ja doch, als ich noch ein Kind war, habe ich stundenlang mit Tante Imelda in ihren Kunstkatalogen geblättert, das war noch, bevor sie nach Fuerteventura abgehauen ist, bevor sie selbst angefangen hat, sich an der Leinwand zu versuchen …«

Tante Imelda! Grauner überlegte, wohin er ihre Kunstwerke nach ihrem letzten Besuch geräumt hatte. Irgendwo im Keller mussten sie sein.

»Johann!« Alba küsste ihn. Sie nahm die Knödelkelle, hievte ihm noch zwei Prachtexemplare in die Suppe. »Ich muss mit. Ich habe einmal gelesen, dass man bei so einer Auktion mit ein bisschen Glück auch mal ein richtig wertvolles Bild ersteigern kann.«

Er schüttelte den Kopf. »Alba, das geht nicht.«

»Es muss gehen! Stell dir vor, Tante Imelda, was die für Augen machen wird, wenn ich ihr das ...«

»Ich habe ja noch nicht einmal einen Anzug, ich werde Claudio alleine hinschicken ...« Er hörte auf zu sprechen, sie konnte ihn eh nicht mehr hören. Sie war aufgesprungen und aus der Stube verschwunden, irgendwo hinten im Haus raschelte es. Er hörte das Klappern von Kleiderbügeln, das Krachen einer Schranktür. Schon tauchte sie im Türrahmen wieder auf. Ihre Nähmaschine im Arm, seinen Anzug hatte sie darübergelegt.

»Johann, schieb die Teller und die Schüssel beiseite, den Stuhl da auch, bitte. Sag, kannst du vielleicht in der Küche fertig essen? Ich brauche den Platz.«

10

Er schreckte hoch, er musste kurz eingenickt sein. Panik. Alles dunkel. Wo war er bloß? Er tastete um sich. Sein Mund war trocken. Wasser! Luft? Noch da. Wie lange noch? Er fühlte sich schon mehr im Jenseits als im Diesseits. Dieser Fall, sein letzter Fall, ob er aufgeklärt werden würde? Er fragte sich, was Silvia und Claudio wohl gerade machten. Ob es ihnen gut ging? Das war das Wichtigste. Sollten die Mörder doch entkommen, es war ihm einerlei, jetzt, in diesem Moment. Das, was sein Leben als Commissario ausmachte, Mörder hinter Gitter zu bringen, es bedeutete ihm nun nichts mehr. Es hatte ungesühnte Morde vor ihm gegeben, es würde sie auch nach seinem nahenden Tod geben. Was machte da dieser eine ungelöste Fall für einen Unterschied?

Ob sie ihn überhaupt jemals finden würden? Egal. Der Tod machte so vieles egal.

Wie lange würde es noch dauern, wie würde das sein, wenn der Sauerstoff weg war? Er wagte gar nicht, sich vorzustellen, wie qualvoll das sein würde. Er überlegte, ob er den Qualen denn nicht entgehen konnte. Überlegte, was er machen konnte. Mit dem Kopf gegen den Felsen knallen? Nein, das würde er nicht schaffen.

Er hatte sein ganzes Leben lang keine Selbstmordgedanken gehabt. Nie. Auch nicht, nachdem seine Eltern so grausam zu Tode gekommen waren, als er noch Student in Verona war. Ihm war bewusst, dass es vielen anders erging. Dass die allermeisten ihr ganzes Leben lang viel größere innere Kämpfe ausfochten als er. Es war ihm immer recht gut gegangen. Welch ein Glück. Er wollte nicht jetzt, kurz bevor eh alles vorbei wäre, damit anfangen.

Wie würde das sein, der letzte Atemzug? Das Schnappen nach Sauerstoff, der nicht mehr da war. Er beschloss, das hier mit Würde zu Ende zu bringen. Auch wenn ihn niemand sah. Haltung bewahren. Sich selbst gegenüber. Dem lieben Gott gegenüber. Das war er sich und ihm schuldig.

4. Juni

1

Die Stimme des Mannes hallte immer noch in seinen Ohren nach. Ach, des Mannes! Ein Bub war das, der so tat, als wäre er Luchino Visconti! Und wie der aussah. Schnauzbart, so was trug man doch seit Jahrzehnten nicht mehr. Flanellhemd, eine Wollmütze, die knapp oberhalb der Ohren saß, so machte sie doch überhaupt keinen Sinn. Weiße Sneakers. Weiß! Bei Dreharbeiten im Stall. Überhaupt Dreharbeiten! Was sollte das? Oh, diese Städter! Das waren also Saras neue Freunde in Wien? Er hätte sie niemals in diese Stadt ziehen lassen dürfen.

Es war alles aus den Fugen geraten. Am frühen Morgen bereits. Nichts hasste Grauner mehr, als wenn ein Tag schon so begann. Das Schöne an seinem Leben hier oben war, dass es so friedlich war, so ruhig und geordnet, egal welcher Wahnsinn unten im Tal auf ihn wartete. Wecker, aufstehen. Klo, all die Probleme des anstehenden Tages verfluchen, anziehen. Stall, Mahler an, melken, Mahler aus. Ausziehen, Duschen, etwas anderes anziehen. Frühstück, Kuss für Alba, Panda, los.

An diesem Morgen war alles anders gewesen. Er hatte die Milch bereits zur Straße gebracht und war in den Stall zurückgekehrt, um den Kühen einen schönen Tag zu wünschen, als er den Wagen hörte, das Bremsen auf dem Schotter des Hofs, die Stimmen, das Rufen, Gewusel. Er trat hinaus, da kamen schon zwei Gestalten auf ihn zugerannt. Der eine mit dem Schnauzbart, der andere hatte sich eine tragbare Kamera um den Bauch gebunden und sah aus wie aus einem Science-Fiction-Film. Er begann gleich, ihn zu umkreisen, während der Schnauzbartträger ihn, Grauner, anfeuerte. »Ja, super, so, nein, nein, nicht in die Kamera schauen, einfach weitergehen, tu so, als wären wir gar nicht hier. Schön natürlich, authentisch. Super so, suuuuper! Nein, nicht ins Haus, zurück zu den Kühen, bitte …«

Grauner rannte zur Haustür und in den Flur, schloss hinter sich ab. Alba kam auf ihn zu.

»Johann, oh Gott, ich habe ganz vergessen, es dir zu sagen – und ich wusste nicht, dass die heute schon kommen.«

»Alba, wer sind diese Menschen? Was wollen die von mir?«

Sie erklärte ihm, dass das Bekannte von Sara und Mickey von der Filmakademie in Wien seien, die sie engagiert hätten, um Videoclips für die Webseite von *Grauner's Little Farm* zu produzieren, die auch auf *YouTube*, *Instagram* und *TikTok* laufen sollten.

Er starrte sie für einen Moment ausdruckslos an. Dann besann er sich und bat sie, den Herrschaften einen Kaffee zu kochen. Er duschte rasch und zog seinen in der Nacht von Alba zurechtgeschneiderten Anzug an. Als er fertig war, packte er Alba am Arm und zog sie zur Hintertür hinaus. Sie stapften durch das Gemüsebeet, an der Ostseite des Hauses entlang. Er lugte um die Ecke, sah, dass die beiden es sich mit ihren Kaffeetassen auf der Holzbank vor dem Eingang gemütlich gemacht hatten. Sie schauten auf den Stall und schienen in Planungsgespräche vertieft zu sein, immer wieder notierten sie etwas in ihre Notizbücher.

Grauner und Alba schlichen zum Kastanienbaum, von da aus zu den Haselnusssträuchern, vor denen der Panda parkte. Die entsetzten Gesichter der beiden Filmemacher wurden im Rückspiegel kleiner und verschwanden im aufgewirbelten Staub. Noch nie hatte Grauner beim Hinabfahren ins Tal dieses Gefühl der Freiheit verspürt. Immer nur beim Hochfahren. Bis zu diesem Tag.

2

Silvia Tappeiner musste an Asterix denken. Immer wenn sie eines der Gebäude betrat, die vor dem Bahnhof in den Bozner Himmel ragten, dachte sie an den Comicfilm *Asterix erobert Rom*. Ihre Freundinnen hatten *Black Beauty* geliebt, sie hatte sich nie etwas aus Pferden gemacht. In *Asterix erobert Rom* muss der kleine, schlaue Gallier gemeinsam mit seinem großen, tollpatschigen Freund Obelix zwölf Aufgaben lösen. Eine davon: In einer Behörde, dem *Haus, das Verrückte macht*, müssen sie den *Passierschein A38* besorgen. Beinahe scheitern sie daran.

Wenn es nur irgendwie ging, mied Silvia Tappeiner die Büros der Südtiroler Landesverwaltung am Bahnhof. Alles war zwar neu und modern, aber unglaublich hässlich. Von

Gremien angekaufte Kunst an den Wänden, die so aussah, als hätten die Gremienmitglieder die Bilder selbst gemalt. Speckig glänzender Billigmarmor, ätzender Spühlmittelgeruch.

Sie öffnete die schwere Glastür, den Blick auf den Boden gerichtet ging sie schnellen Schrittes zur Treppe neben dem Aufzug. Sie nahm die erste Stufe, jetzt nur nicht hastig wirken, setzte den Fuß auf die zweite …

»Sie da«, tönte es in ihrem Rücken.

»Scheiße!«

»Ja, Sie!«

Sie sprang die Stufen wieder hinab, ging auf den Empfangstisch zu, wo ein Mann saß. Gelangweilte Miene. Hellblaues Hemd, Kragen abgewetzt, mattrosa Krawatte, zu lange Jackettärmel.

»Wohin geht's denn?«

»Es geht zu den Geologen«, antwortete sie.

»Aha.« Pause. Er versteckte den Kopf mit der polierten Glatze wieder hinter dem *Kurier. Bestialischer Mord im Passeiertal,* stand da in dicken Lettern.

Tappeiner lehnte sich vor.

»Aha, was?«, fragte sie.

Der Mann senkte die Zeitung wieder.

»Da sind Sie hier falsch.«

»Wie, falsch?«

»Richtig falsch.«

Es wunderte Tappeiner immer wieder, mit welchem Humorniveau sich manche Menschen durchs Leben schleppten.

»Aber die Büros der Landesgeologen sind doch letztens von Kardaun hier zum Bahnhof verlegt worden, oder?«

»Ja, aber nach *A.21.7.*«

Sie schloss die Augen, sie wusste, jetzt ging es los.

»Hier sind wir in *B*, verstehen Sie?«

Sie nickte automatisch.

»Also, Sie gehen über den Hof rüber zu Gebäude *A*, laufen links in den Flur ganz bis zum Ende, neben der dritten Treppe, *Aufzug römisch II*, zweite Etage, Bereich *Orange*, dafür müssen Sie durch *Grün* und *Gelb* durch, an den Klos vorbei, dann durch die Glastür, dann sind Sie in *21*. Siebte Tür links. Eine elektronische Anmeldung haben Sie, nehme ich an?«

»Eine … was?«

»Ob Sie sich auf der *Landesamt*-App vorab elektronisch angemeldet haben?«

»Äh … «

»Das müssen Sie tun, dann wird Ihnen ein Code zugeschickt, den Sie ganz einfach per E-Mail an die Adresse des entsprechenden Landesamts senden können, dann bekommen Sie eine Bestätigung via *WhatsApp* zurück, die aktivieren Sie wiederum mit der Gesichtserkennung auf dem Handy, und schon haben Sie Ihren Termin, alles ganz easy, papierlos, transparent, piccobello datenschutzkonform. Stand doch letztens alles hier im *Kurier*, wie gut das jetzt funktioniert.«

Sie lief aus dem Gebäude hinaus, über den seelenlosen Innenhof zum Gebäude gegenüber. Zwei jugendliche Skateboarder rauchten, einer glitt mit seinem Board über die Kante einer Betonbank. Auf einer grauen Mauer prangten zwei Verbotsschilder. *Rauchen verboten. Skaten verboten.*

Tappeiner trat durch die Tür und ging auf den Empfangstisch zu, hinter dem eine Frau saß, die aussah, als wäre sie einer Krimiserie aus den Achtzigerjahren entsprungen, fand Tappeiner. *Derrick, Der Alte, Ein Fall für zwei.* Wer schaute denn so was? Die Frau hatte eine Dauerwelle, trug eine cremefarbene Bluse, eine Brosche mit einem roten Stein. Sie lächelte mit plakativer Freundlichkeit, die ihre Lustlosigkeit kaum zu übertünchen vermochte.

»Wohin möchten Sie?«

»Zu den Geologen.«

»Ein Besuchstermin?«

Tappeiner nickte.

»Dann bräuchte ich bitte die Besuchsbescheinigung …«

Tappeiner stützte sich auf dem Pult ab und sah der Frau direkt in die Augen.

»Ich bin von der Polizei, ich brauche keine Anmeldung.«

Die Frau war einer dieser Menschen, denen man beim Denken zuschauen konnte, bei denen sich das ganze Gesicht bewegte, wenn im Hirn die Synapsen verrückt spielten.

»Also, dann, ich weiß nicht, ich glaube, da muss ich …«

Sie nahm den Telefonhörer in die Hand, drückte auf eine der Tasten. Tappeiner lehnte sich über das Pult, nahm ihr den Hörer ab und legte auf.

»Also, hören Sie, was erlauben …« Die Wangen der Frau färbten sich rot.

»Sie bringen mich jetzt zu den Geologen.«

»Nein, nein, so geht das nicht! Laut neuer Verordnung, also dem Papier C.15.d, das wir vor zwei Wochen … Außerdem: Selbst wenn ich wollte, ich habe in …«, sie schaute auf ihre kleine, goldene Armbanduhr, »ja, in exakt dreieinhalb Minuten Pause.«

»Sie bringen mich da jetzt hin! Sonst hole ich Verstärkung und stelle den Laden hier auf den Kopf.«

Die Empfangsdame senkte den Blick, dann stand sie auf, befühlte ihre Brosche, bei der es sich wahrscheinlich um einen Glücksbringer handelte, und griff nach der Plastikkarte, mit der man in diesem Irrenhaus wohl die Türen öffnete.

»Kommen Sie bitte mit«, sagte sie dann mit überbordender Freundlichkeit.

3

Die Vormittagssonne schien bereits brennend heiß auf die Stadt hinab. Vorn am Tor standen zwei Männer im schwarzen Frack. Weißes Einstecktuch an der Brust, Zylinder. Zwei Pinguine. Vor dem Tor eine Schlange herausgeputzter Pärchen, manche von ihnen erkannte Grauner. Er war ihnen bereits mehrmals bei Mahler-Abenden im Konzerthaus begegnet. Er betrachtete die Fahrzeuge, die auf dem Parkplatz standen. Teure Limousinen neben rostigen Stadtautos. Bentleys neben Fiat Unos. Er scannte die Kenntafeln der teuren Wagen. Sie kamen aus ganz Norditalien. Mailand, Rom, Venedig. Einer kam aus Österreich, zwei aus der Schweiz.

Der Commissario drückte Albas Hand fest, sie zwinkerte ihm zu. Er mochte diese Menschenmengen nicht, das wusste sie. Es war zum Verzweifeln. Er liebte nichts mehr, als im Konzerthaus zu sitzen, wenn der Applaus verebbte, nachdem der Dirigent die Bühne betreten hatte, wenn es still wurde, die Sinfonie begann. Aber das Davor und das Danach waren ihm ein Graus.

Er hatte das Gefühl, es wurde schlimmer mit zunehmendem Alter. Manchmal bekam er Schweißausbrüche, wenn Alba ihn mit sich zog, um im Getümmel an der Bar noch einen Wein zu trinken. Sie liebte das. Bald würde er in Pension gehen. Und dann? Alba schmiedete bereits Pläne. Endlich das Abonnement im Konzerthaus. Das hieß: jede Woche eine Aufführung. Nicht nur Mahler. Auch alle anderen. Brahms. Beethoven. Mozart. Haydn. Museen. Restaurantbesuche. Kurzurlaube. Kunstauktionen! Ihm graute davor.

Die beiden Pinguine schauten auf die Einladungskarten, die ihnen die Männer entgegenhielten, während die Damen ihre Hüte zurechtrückten. Eine der Damen, so glaubte Grauner zu erkennen, trug einen ausgestopften Marder auf dem Kopf. Alba schubste ihren Mann sanft in den Pulk hinein, da kannte sie nichts, sie beherrschte die Kunst des sanften Schubsens. Er trat einem Herrn auf die Ferse, der drehte sich um und begann zu schimpfen. »Ma, porca putt… Grauner!«

Saltapepe, der in einem perfekt geschnittenen dunkelblauen Anzug steckte, glänzende Lederschuhe und eine samtene dunkelbraune Krawatte trug, schaute an Grauner hinab. Leicht kopfschüttelnd. Schließlich breitete er die Arme aus. Er strahlte. »Alba, Alba! Was hat sich der liebe Gott bei dir nur gedacht?! In ganz Neapel finde ich keine Frau, die mehr Eleganz an den Tag legt als du jetzt, in diesem Moment. Und dieses Kleid. Was für ein Kleid!« Er packte sie an den Schultern, küsste sie links und rechts auf die Wange.

Sie schaute zu ihrem Gemahl: »Wann hast du mir zum letzten Mal solch ein schönes Kompliment gemacht, Johann?« Sie drückte den Ispettore fest an sich. Grauner brummte, er überlegte. Also, er hatte ihr doch letztens erst … also zu Weihnachten … nicht dieses Jahr, aber letztes ... oder? Jedenfalls, er hatte ihr doch schon öfters gesagt, wie gut sie aussah. Herrgott, das wusste sie doch. Ganz sicher hatte er es ihr schon einmal gesagt. Er hatte sie geheiratet, war doch klar, dass er sie schön fand, oder? Er knurrte in Saltapepes Richtung, der grinste schelmisch. Der Commissario wandte sich ab, schritt forsch voran, der Ispettore und Alba folgten in seinem Windschatten.

Als Grauner die Pinguine erreichte, hielt er einem der beiden Kiems Einladungskarte hin. Der Mann nickte, dann schaute er zu Alba, dann zu Saltapepe.

»Zu dritt?«

Grauner nickte.

»Tut mir leid. Die gilt nur für einen. Wir sind völlig ausgebucht.«

Grauner holte sein Portemonnaie aus der Tasche, zog die Tessera hervor, die ihn als Kommissar auswies. »Die zählt für alle drei.«

Der Mann trat zur Seite.

Der Sandboden knirschte, als sie durch die Weinreben zum Burgtor schritten. Aus weiter Ferne war der Stadtverkehr zu hören, Motorradhupen, von den Talferwiesen wehte das Geschrei von Kindern herüber. Der Commissario überlegte, was nun zu tun war.

4

Tappeiner klopfte an und trat ein. Drei Schreibtische, Landkarten an den Wänden, eine vertrocknete Zimmerpflanze. Die drei Männer hinter den Schreibtischen schauten überrascht zu ihr, dann erhoben sie sich und traten auf sie zu.

Der Erste stellte sich als Armin Anratter vor, Chef der Abteilung für Landesgeologie. Er sah eher nicht wie ein Geologe aus, trug einen lockeren Leinenanzug, weißes Hemd, Flechtschuhe, graues Haar. Eine Schramme auf der Stirn. Sie schätzte ihn auf Mitte fünfzig.

Der zweite Mann entsprach schon eher Tappeiners Klischeevorstellung: kurze Jeanshose, Haarkranz um eine polierte Glatze herum, enges T-Shirt, unter dem sich ein prächtiger Muskelkörper verbarg, etwas zu trainiert für ihren Geschmack.

»Angenehm, Peter Rainer«, sagte der Mann.

Der Dritte im Bunde erfüllte das Klischee vollends: Er trug eine eckige Brille, die Haare kurz geschoren, Bergsteigerhose mit Seitentasche, kariertes Hemd, offene Sandalen, ein Bleistift klemmte hinter dem rechten Ohr. »Mein Name ist Jan Niederstätter«, sagte er. Rainer und Niederstätter waren um die vierzig, schätzte Tappeiner.

»Silvia Tappeiner von der Questura«, sagte sie, »ich möchte mit Ihnen über einige Vorkommnisse im Passeiertal sprechen. Wir haben erfahren, dass es dort, äh, Probleme mit einigen Talbewohnern gab.«

»Probleme ist gut«, sagte Anratter und fasste sich an die Schramme.

»Sie wissen, dass es gestern Nacht einen Mord im Tal gab?«, fuhr sie fort.

Die Männer nickten.

»Kannten Sie den Toten, Hannes Kiem?«

Alle drei schüttelten den Kopf.

»Erzählen Sie mir, was Ihnen im Tal geschehen ist«, sagte Tappeiner.

»Hier?«, fragte Anratter, der Chefgeologe.

»Wo sonst?«, fragte sie und fügte schnell hinzu: »Wenn ich es schon mal zu Ihnen geschafft habe.«

»Die App-Anmeldung«, sagte der Mann vorsichtig, und ihr war, als duckte er sich ein bisschen.

Sie grinste. Er ebenfalls.

»Wir können Ihnen einen ganz schrecklichen Kaffee aus der Maschine hier auf dem Flur anbieten – oder wir gehen hoch in die dritte Etage, Bereich *Grün, A.22.4,* die haben da …«

»Ein schlechter Kaffee ist ganz wunderbar. Glauben Sie mir, aus der Questura bin ich einiges gewohnt.«

Anratter übernahm das Wort. Er erzählte Tappeiner, dass er und seine beiden Kollegen seit einiger Zeit im Tal zu tun hatten. Oben auf den Almen habe es Erdverschiebungen gegeben. Einige größere und kleinere Risse seien entstanden, darin hätten sich Wasseransammlungen gebildet, die es zu beobachten galt. Nach starken Regenfällen verwandelten sich die Wiesen bei den Rissen in Sumpfareale.

»Wenn die Wiesen zu sehr aufweichen, kommt es zu Erosionen, da besteht dann eine Erdrutschgefahr«, erklärte der Chefgeologe. Ihre Aufgabe sei es, die Risse zu untersuchen, zu erörtern, ob die Erdverschiebungen sich zum Problem für die Dörfer in der hinteren Talsohle entwickeln könnten.

»Und, was ist die Ursache für die Risse?«, fragte Tappeiner, während sie den Kaffee, als keiner der Geologen hinschaute, in den Topf mit der ausgedorrten Geranie auf dem Fenstersims schüttete.

Anratter hob die Schultern. »Wir sind, wie gesagt, schon seit einiger Zeit vor Ort, aber noch nicht weit gekommen«, sagte er.

»Eigenartige Dinge haben sich ereignet«, sagte nun Niederstätter, sein Kollege.

»Eigenartige Dinge?«

»Eigenartig war es am Anfang, ja«, gab Rainer nun dazu, »jetzt würde ich die Situation als beängstigend bezeichnen.«

Schließlich erzählten die Männer alles. Von Anfang an. Erst stockend, dann brach es nur so aus ihnen heraus. Tappeiner schien es, als wären sie froh, es loszuwerden.

Zuerst hätten sie sich nicht viel dabei gedacht, als eine Schaufel fehlte. Mein Gott, einer hatte sie sicher verlegt. Tags darauf war der Reifen ihres Wagens aufgeschlitzt. Als dann ein teures Messgerät nicht mehr auftauchte, war klar, dass es jemand entwendet haben musste. Sie hatten zuerst die Hirtenbuben in Verdacht, die stets in Sichtweite ihre Ziegen und Kühe hüteten, mal näher kamen und sie beobachteten, aber nie mit ihnen sprachen.

Sie berieten sich, entschlossen sich schließlich, den Diebstahl bei den Carabinieri in St. Leonhard zu melden. Und von ihrem Verdacht zu berichten.

»Das, der Verdacht, das war vielleicht ein Fehler, im Nachhinein«, sagte Rainer. Er sagte es ganz leise.

»Diese Schikanen, die gingen gleich vom ersten Tag an los?«, fragte Grauners Assistentin dazwischen.

Rainer schüttelte den Kopf. »Nein. Zuerst führten wir einige Messungen in den Dörfern im Tal durch, wo leichte Erosionsbewegungen beobachtet worden waren, weswegen wir uns genauer im Tal umsehen wollten. Da war jedoch alles noch gut. Einige der Dorfbewohner traten interessiert und neugierig an uns heran, fragten uns, was wir da taten, eine Gruppe von Schülern machte sogar Selfies mit uns im Hintergrund.«

Tappeiner zog einen kleinen Schreibblock hervor, machte sich ein paar stichwortartige Notizen. »Und dann?«, fragte sie weiter.

»Dann versuchten wir herauszufinden, welchem Ursprung die Erosionen entstammten. Wir fuhren tiefer ins Tal hinein, bogen bei Moos nach links ab und fuhren in Richtung des Stieber Wasserfalls. Dort sollte es eine Schlucht geben. Schluchten, wissen Sie, sind oftmals der Ursprung von Felsverschiebungen, aber …«

Tappeiner seufzte. »Aber sie kamen nicht von dort.«

»Nein«, beantwortete der Mann die Frage, die keine war. »Also beschäftigten wir uns tags darauf mit der anderen Talseite. Wir stiegen zu den Almen hoch. Immer wieder machten wir die Geräte an. Der Erosionsgrad stieg und stieg. Dann, oben angelangt, entdeckten wir die Risse in den Wiesen.«

Tappeiner sah ihn aufmerksam an.

»Und erst dann ging alles los. Die aufgeschlitzten Reifen, der Diebstahl des Messgeräts.«

Am Morgen, nachdem sie Anzeige erstattet hatten, waren die Geologen mit einem neuen Messgerät zu den Almen und den Rissen in den Wiesen gefahren. Das gestohlene Gerät lag genau an dem Ort, wo sie tags zuvor geparkt hatten. Kaputt. In drei Teile zerschlagen, der kleine Monitor zersprungen. Die Almjungen waren verschwunden, auch die Ziegen und Kühe.

Sie begannen mit der Arbeit. Nach etwa einer halben Stunde kamen zwei Männer zu ihnen hoch. Der eine stellte sich als Bürgermeister vor, Sebastian Kofler. Der andere trug einen Talar. Der Bürgermeister sprach, der Pfarrer schaute meist verlegen zu Boden, nickte nur ständig. Blieb stumm.

Kofler sagte, so gehe das nicht. Das könne man so nicht machen. Das habe er ihnen aber bereits am Telefon gesagt, bevor sie ins Tal gekommen seien.

»Was könne man nicht machen?«, fragte Tappeiner und beugte sich nach vorn.

»Einfach so ins Tal kommen, auf die Almen fahren, irgendwelche Vermessungen durchführen, ihre Buben des Diebstahls bezichtigen«, antwortete Niederstätter.

Kofler hatte verlangt, dass die Talbevölkerung über die Maßnahmen aufgeklärt werde, die Bürger müssten wissen, was am Berg geschehe. Er bot an, im Gemeindesaal von St. Leonhard eine Bürgerversammlung zu organisieren.

Die drei Geologen berieten sich, am Abend gaben sie Kofler Bescheid, dass sie bereit seien, vor der Gemeinde zu sprechen. Was hätten sie sonst tun sollen? Die Arbeit musste vorangehen. Und vielleicht hatte dieser Kofler ja recht, vielleicht musste der Talbevölkerung nur klargemacht werden, welche Gefahr am Berg lauerte.

Die Bürgerversammlung fand ein paar Tage später statt. Bis zum späten Nachmittag hatten sie oben auf den Almen gearbeitet, ungestört. Dann fuhren sie, noch in Arbeitsmontur, ins Dorf. Der Saal war bis auf den letzten Platz besetzt. Bürgermeister Kofler begrüßte die Geologen knapp, der Pfarrer hielt sich von ihnen fern. Als die Türen geschlossen wurden, traten die drei vor die Gemeinde und stellten sich vor. Sie setzten an zu erklären, was sie dort oben auf den Almen taten.

»Auf *unseren* Almen, schrie sofort einer«, sagte Rainer. »Und ein anderer kurz darauf: Dass sich der Berg bewegt, das wissen wir schon seit Generationen, da wusstet ihr Stadtmenschen noch nicht einmal, wo unser Passeiertal überhaupt liegt.«

Einige hätten gejohlt, andere versucht, sie zu beruhigen. Der Bürgermeister sei aufgestanden und habe die Störenfriede ermahnt, die Herren Geologen doch erst einmal ausreden zu lassen. Sie hätten daraufhin von den Gefahren gesprochen, die von derlei Rissen und Wasseransammlungen ausgingen, und damit geschlossen, dass das alles im schlimmsten Fall zu einem Erdrutsch führen könne, der einen Teil des Tales unter sich begraben würde.

»In der ersten Reihe, nur ein paar Plätze neben dem Bürgermeister, stand eine rüstige Bauersfrau auf«, fuhr Rainer fort. »Sie schrie: Meine Herren Geologen, wir sind ein tiefgläubiges Völkchen hier im Tal, so wie es sich gehört. Wenn der liebe Gott will, dass etwas geschieht, dann soll es geschehen. Wenn der liebe Gott will, dass oben bei den Almen die Erde aufbricht, dann soll die Erde oben bei den Almen aufbrechen. Wir Passeirer und Passeirerinnen sind Kinder des Herrn, wenn er uns zu sich holen will, dann soll es so sein.«

Es sei zu einem kleinen Tumult gekommen, einige hätten geklatscht, andere gelacht. Der Bürgermeister sei schließlich erneut aufgesprungen, habe sich zwischen die Geologen gestellt.

»Er sagte dann, es sei doch ganz wunderbar, dass wir drei Geologen uns der Diskussion gestellt hätten, man müsse die Leute mitnehmen, man müsse sich stets alle Seiten anhören. Jeder habe ja ein bisschen recht. Und jetzt müsse es auch wieder gut sein.« Rainer nahm einen Schluck aus seiner Tasse, lehnte sich zurück.

Nachdem die Leute den Saal verlassen hatten, hatten Anratter, Rainer und Niederstätter draußen auf dem Parkplatz über ihr weiteres Vorgehen beraten. Alle drei waren dafür gewesen, tags darauf weiterzumachen. Als sie schließlich die Türen des Wagens öffneten, um zurück nach Bozen zu fahren, gingen die Scheinwerfer eines Pick-ups an. Im blendenden Licht kamen ein paar Gestalten auf sie zu. Bauern, die zuvor auch im Saal gesessen hatten.

Sie sagten ihnen, dass sie doch jetzt noch nicht fahren könnten. Sie seien doch noch zu einem Schmaus in der *Blauen Traube* eingeladen.

»Kalbskopf, sagten sie, gebe es«, sagte nun Niederstätter, »und Wein, viel Wein. Und Knödel mit Hirschgulasch. Vom Hermann geschossen, sagte einer. Und dann: Aber sagt's euren Kollegen vom Landesjagdamt nix davon. Die wissen nämlich nix vom Hirschen. Ja, und im Gasthaus dann eskalierte alles.«

»Wie geht es Ihrem Kopf?«, fragte Tappeiner in Richtung des Chefgeologen Anratter, als seine Kollegen die Erzählung beendet hatten. Der Mann hatte sich auffallend zurückgehalten. Der Schock saß wohl noch tief.

»Geht schon.«

»Und die Arbeit im Tal?«

»Die ruht. Mich bringen da keine zehn Pferde mehr hin.«

»Mich auch nicht«, sagte Niederstätter.

Rainer brummte zustimmend.

Die drei Männer brachten Tappeiner zum Aufzug.

»Eine letzte Frage noch«, sagte Grauners Assistentin, als die Tür sich klingelnd öffnete. »Was glauben Sie denn, wodurch die Risse auf den Almen entstanden sind?«

Sie trat in die Kabine, drehte sich zu ihnen um.

»Das kann unterschiedliche Ursachen haben«, antwortete Anratter, »etwa leichte Erdbeben oder Eisschmelze im Gestein. So was passiert immer wieder, es ist wichtig, frühzeitig zu handeln und die Hänge zu sichern. Noch wichtiger ist es aber, eine viel größere Gefahr auszuschließen.«

Die Tür des Aufzugs schloss sich klingelnd. Tappeiner reagierte schnell, schob einen Fuß nach vorne. »Welche?« Sie stellte sich auf die Schwelle zwischen Aufzug und Flur.

Anratter schwieg. Rainer ebenso. Niederstätter räusperte sich. Und sprach.

»Da oben, ganz hinten im Tal, über den Almen, über der Baumgrenze, liegt der Schneeberg. Durchlöchert von alten Stollen. Jahrhundertelang wurde da ein Bergwerk betrieben. Es gibt alte Karten, die uns vermuten lassen, dass einige der Stollen mittlerweile eingestürzt sind. Wir wissen aber nicht, ob diese Karten korrekt sind, und auch nicht, ob es nicht vielleicht noch mehr Stollen gibt. Es besteht die Möglichkeit, dass Schmelzwasser in unterirdische Gruben gelangt ist. Dass sich dort unterirdische Seen gebildet haben, die immer größer werden. Tiefe Seen. Wir haben Sorge, dass diese Seen irgendwann ...«

»Überlaufen«, sagte sie ungeduldig. Die Aufzugstüren klingelten unaufhörlich.

Er schüttelte den Kopf. »Nein«, sagte der Mann dann, »dass sie den Berg zum Platzen bringen.«

»Platzen?«

»Ja, wenn der Druck zu groß wird, platzt das Gestein.«

»Und dann?«

Er hob die Schultern, schaute zu seinem Chef.

»Dann können die gläubigen Talbewohner tatsächlich nur noch beten«, sagte Anratter. »Dann gibt es das hinterste

Tal nicht mehr. Und den Berg auch nicht.« Die drei ernsten Gesichter der Geologen verschwanden hinter den sich schließenden Türen.

5

Der Mann am Pult schaute streng auf sie herab. Grauner konnte sich nicht daran erinnern, wann er zuletzt jemanden so streng hatte schauen sehen. Dann fiel es ihm ein. Lehrer schauten so. Sein Chemielehrer hatte so geschaut.

Der Mann hatte langes schneeweißes Haar und balancierte eine winzige Brille mit neongelbem Rahmen auf seiner Nasenspitze. Er trug einen dunklen Anzug und eine lilafarbene Krawatte mit exotischen Vögeln darauf. Er hielt einen hölzernen Hammer in der einen Hand, in der anderen ein eierschalenfarbenes Tuch, das er nun zum Hammer führte, um ihn damit zu polieren.

Ein Mann und eine Frau trugen Bilder auf die Bühne und stellten sie auf die Staffeleien.

Der Chemielehrer-Verschnitt hämmerte mit voller Kraft auf das Pult ein, für eine Sekunde fürchtete der Commissario, es würde zusammenkrachen.

Er saß in einer Reihe in der Mitte des Raumes, rechts neben ihm Alba und Saltapepe. Auf dem Stuhl links neben ihm hatte sich ein elegant gekleideter Herr niedergelassen, der ihm freundlich distanziert zugenickt hatte. Hellblaues Hemd, Wildlederschuhe, fein rasierte Haut, beißendes Après-rasage.

Das Getuschel im Saal verstummte. Grauner betrachtete die versammelten Bilder, doch sie interessierten ihn nicht besonders. Ein oder zwei davon fand er durchaus schön.

Landschaftsmalereien in Öl. Er erkannte den Schlern. Auf einem anderen den Karersee. Auf einem dritten war eine Wiese abgebildet, mächtige Lärchen, ein Holzzaun, er tippte auf den Salten in Jenesien. Mit ein paar Kühen hätte er das Bild noch schöner gefunden. Wenn er der Maler gewesen wäre, er hätte ganz sicher ein paar Kühe dazugemalt.

Er begann bald, sich zu langweilen. Wenn er den Schlern sehen wollte, dann ging er von der Stube auf den Balkon hinaus und schaute ihn sich an. Er legte den Kopf zurück, starrte an die Decke des Burgsaals. Sie war mit schönem, dezentem Stuck verziert. Überhaupt gefiel ihm das ganze Gemäuer außerordentlich gut. Eine schnörkellose Burg. Dicke Steinmauern, kleine Fenster, schmale Schießscharten, Wendeltreppen, schlichte Kachelöfen, knirschende Holzböden, ein Ziehbrunnen inmitten des steinigen Innenhofs. Wenn er zur Zeit der Ritter auf die Welt gekommen wäre, Edler Ritter Johann vom Geschlecht der Grauner, er hätte gerne in solch einer Burg gelebt.

»Jetzt lassen wir es uns mal gut gehen«, hatte Alba gesagt, als sie eine knappe halbe Stunde zuvor den sonnigen Innenhof betreten hatten. Sie hatte sich vom Tablett eines vorbeieilenden Kellners ein Glas Sekt genommen und in ein Forellen-Sellerie-Häppchen gebissen.

Saltapepe griff auch nach einem Glas.

»Wir sind im Dienst«, sagte Grauner.

»Ja, aber inkognito, oder?«

Grauner wusste keine rechte Antwort auf diese Frage, er schwieg.

»Und wenn wir hier nicht weiter auffallen wollen«, sprach der Ispettore weiter, »dann müssen wir Sekt trinken und diese vorzüglich aussehenden Rohschinken-Himbeer-Häppchen kosten.«

Er zwinkerte Alba zu, sie zwinkerte zurück. Grauner verfluchte sich dafür, nachgegeben zu haben, als sie ihn gebeten hatte, mitkommen zu dürfen.

Während Alba und Saltapepe immer neue Häppchen auf den Servietten in ihren Händen stapelten, überlegte er, was nun eigentlich zu tun war. *Hut, Schal, Stock. E. S.* Er schaute von einer Person zur nächsten. Einen Hut trug beinahe jede zweite Frau, dünne Seidenschals auch. Männer mit im Hemdkragen steckenden bunten Tüchern sah er ebenfalls, galt das auch als Schal? Einen Stock entdeckte er nirgends.

Er verzweifelte ein wenig. Selbst wenn er jemanden finden sollte, der Hut, Schal und Stock trug, was dann? Würde er dann hingehen, sich als Kommissar vorstellen? Würde er vom Mord berichten? Würde er demjenigen die Karte samt Notiz hinhalten und schauen, was passierte? Würde er die Person lediglich beobachten? Die Gedanken ließen ihn nicht los. Er kam zu keinem guten Schluss.

Er wurde das Gefühl nicht los, dass man ihn anstarrte. Verhielt er sich zu auffällig? Immer wieder drehte er sich blitzschnell um. Doch da war niemand.

Ein erstes Bild wurde nach vorne getragen. Der Mann mit dem Hammer sprach, als rezitierte er aus dem Telefonbuch: »Dürer, Kupferstich, *Der Heilige Chrysostomus unter dem Apfelbaum*, anno 1514, 200 mal 300, Startgebot: zehn.«

Dann ging alles ganz schnell, Grauner verstand nicht ganz, was da passierte. Der Mann vorn am Pult zeigte in die Menge, sprach: »Elf. Zwölf.«

Von hinten rief einer: »Zwanzig.«

Der Weißhaarige am Pult zeigte auf den Rufenden.

Weitere Gebote erschallten, Grauner drehte sich stets um, mal nach links, mal nach rechts, um zu sehen, von wem sie stammten. Bald bemerkte er, dass er der Einzige war, der sich rührte. Er räusperte sich, richtete den Blick starr nach vorn.

»Sechsundzwanzig«, sagte der Mann mit dem Hammer, zeigte nach links, »siebenundzwanzig, achtundzwanzig, neunund…«

»Vierzig«, rief einer.

Ein Raunen ging durch die Menge. Dann sprach wieder der Weißhaarige: »Zum Ersten, zum Zweiten …«, er kniff die Augen zusammen, »zum Dritten, der Herr da hinten. Glückwunsch.« Der Hammer krachte aufs Holz des Pults.

»Vierzig … was?«, hörte Grauner Alba flüstern.

»Vierzigtausend«, flüsterte Saltapepe neben ihr.

»So viel?!« Albas Stimme hallte durch den Raum.

»Pssschhht«, kam aus den Reihen vor ihnen.

»Lass uns ein bisschen mitbieten«, flüsterte Alba Grauner zu und lächelte frech.

Er kannte dieses freche Lächeln, es bedeutete selten etwas Gutes.

»Nur so zum Spaß«, sagte sie, »sobald es höher geht, steigen wir aus.«

Er rieb sich das Gesicht, presste die Fingerspitzen gegen die Schläfen.

»Ja, lass machen«, hörte er Saltapepe leise sagen.

Ein eigenartiges Bild wurde in Position gebracht. Eine Zeichnung, wenige dünne Striche zeigten einen Kuchen mit Pfirsichstücken unter einer Glasglocke. Um den Teller herum lagen rote Rosen.

Wie banal, dachte Grauner.

»Wie schön«, flüsterte Alba.

»Andy Warhol«, sagte der Weißhaarige am Pult emotionslos, »*Peach pie*, aus dem limitierten Kochbuch *Wild Raspberries*«, Grauner verstand kein Wort, »aquarellierte Offsetlithografie auf Velin anno 1959, 435 mal 550, Unikat, nicht signiert, wir starten bei eintausend.«

Er schaute in die Runde, zeigte in Grauners Richtung, der Commissario nahm die Hände vom Gesicht.

»Zwei«, sagte der Mann.

Als Grauner sich hastig nach rechts drehte, sah er gerade noch, wie Saltapepe den Arm senkte, dann schnellte Albas Arm in die Höhe.

»Drei«, sagte der Hammermann.

Saltapepe und Alba kicherten. Alba legte Grauner die Hand auf den Oberschenkel. »Na«, sagte sie vergnügt, »wer bietet mehr?«

Stille im Saal. Der Weißhaarige kniff die Augen zusammen. Grauner spürte, wie die Finger seiner Frau sich in seinen Schenkel bohrten. Es schmerzte.

»W…w…was?«, stammelte sie.

»Ich sehe keine weitere Meldung«, sagte die Stimme von vorne.

Saltapepe sackte auf seinem Stuhl immer tiefer zusammen.

»Johann, ich … was … tu etwas!«, zischte Alba.

»Ich … was soll ich …«

»Dreitausend zum Ersten«, sagte der Mann.

Alba wimmerte leise.

»Zum Zweiten …«

»Nein, äh, das ist ein …«, sie winkte abwehrend, »… ein Missverständnis.«

Der Mann links neben Grauner beugte sich zu ihm. »Entschuldigen Sie, ich müsste mal durch, dürfte ich?«

Grauner runzelte die Stirn, jetzt, dachte er, wirklich? Er stieß Alba an, der Mann hatte sich bereits erhoben, er nahm die beiden Jackett-Enden zwischen die Finger, um einen der Knöpfe zu schließen. In diesem Moment sah der Commissario die beiden Buchstaben. Sie waren in dunklem Blau auf den Hemdstoff gestickt. *E. S.*

»E. S.«, entfuhr es Grauner.

»Wie bitte?«, sagte der Mann und blickte auf ihn herab.

»Nichts«, erwiderte der Commissario.

»Zum Dritten. Verkauft an die umwerfende Dame in der Mitte«, hallte es von vorn.

»Nein«, sagte Alba.

Der Mann betrachtete den Commissario prüfend. »Kennen wir uns?«, fragte er.

Grauners Gedanken rasten. Er wusste nicht so recht, was er antworten sollte. Dann bewegten sich die Lippen, ohne dass das Hirn ihnen die Erlaubnis gegeben hätte. »Wir, äh, sind mit Ihnen verabredet.«

Sein Gegenüber erstarrte für den Bruchteil einer Sekunde. »Dürfte ich, bitte?«, sagte er dann, als hätte er die an ihn gerichteten Worte gar nicht gehört.

Der Commissario erhob sich, Alba und Saltapepe auch, der Rest der Reihe tat es ihnen gleich.

»Ich danke Ihnen«, sagte der Unbekannte und drückte sich an allen vorbei, sodass das Rasierwasser erneut zu riechen war.

Der Commissario blieb stehen, sah über die Köpfe der verärgert schauenden Kunstsammler dem Mann hinterher. Dieser schritt eilig Richtung Tür, einer der Pinguine kam ihm entgegen. Mit einem dünnen Mantel, einem Schal mit florentiner Muster, einem Stock mit Goldgriff und einem Hut. Er reichte ihm alles. Der Mann warf den Mantel eilig über, auch den Schal, er setzte den Hut auf, steckte dem Pinguin einen Schein zu, dann drehte er sich noch einmal um, suchte Grauners Blick, nickte ihm zu. Konnte es sein, dass das eine Aufforderung war, ihm zu folgen?

Der Commissario setzte sich, biss sich auf die Lippen. Nun stand ein großes Bild auf der vordersten Staffelei. Riesig. Üppiger goldener Rahmen. Eine Landschaftsmalerei in Öl. Eine Schlucht, ein Bach, Gesteinsbrocken. Ein Flötenspieler am Ufer.

»Alba, ich muss los«, sagte er, drückte kurz ihre Hand, klettere über sie hinweg. »Claudio, komm mit! Wir müssen diesem Mann hinterher!«

Der Ispettore wollte protestieren, besann sich dann aber und sprang auf.

»Wie … was?«, sagte Alba.

Grauner drückte ihr einen Kuss auf die Wange.

»Du hältst hier die Stellung«, sagte er. Etwas Besseres war ihm nicht eingefallen.

»Dreitausend, Johann«, sagte sie.

»Was?«

»Die Warhol-Zeichnung. Ich brauche dreitausend Euro.«

Nur mit Mühe unterdrückte er eine Fluchorgie, doch dafür war jetzt keine Zeit. Er griff in die Innentasche seiner Jacke, zog das Portemonnaie hervor, gab ihr seine Kreditkarte. Saltapepe hatte sich bereits an den anderen Sitzenden vorbeigeschoben.

»Johann«, sagte Alba noch. »Pass auf dich auf.«

Er nickte. Warf ihr einen Kuss zu. »Keine weiteren Bilder, bitte!«

Als er das Ende der Sitzreihe erreicht hatte, eilte er dem Ispettore hinterher. Das Echo der Schritte hallte im Saal.

6

Als Tappeiner das Landesamt verließ, lief sie durch das Gewusel am Bahnhofsvorplatz. Sie nahm die Garibaldi-Straße in Richtung Verdi-Platz. Sie liebte diese Ecke der Stadt, auch wenn sie, ganz objektiv betrachtet, sicher nicht zu den schönsten Gegenden von Bozen zählte.

Links der Gleise reihten sich großflächige Plakate aneinander, die schon seit Jahren keiner mehr überklebt hatte: Ein Elektrodiscounter bot Laserdrucker zum halben Preis an, ein Lebensmittelgroßhändler warb um Mitglieder, *Beate Uhse* informierte über die Neueröffnung eines Ladens, der seitdem bereits drei Mal umgezogen war.

Die Züge schnaubten und zischten, die Gleise quietschten, über den Lautsprecher ertönte eine Ansage: »Il treno *Eurocity 84* per Innsbruck, proveniente da Verona Porta Nuova, viaggia con un ritardo di dieci minuti. Der *Eurocity 84* nach Innsbruck, von Verona Porta Nuova, fährt mit einer Verspätung von zehn Minuten ab.«

Auf der gegenüberliegenden Straßenseite drängten sich heruntergekommene Reisebüros, Bars und Gemischtwarenläden mit exotischen Früchten, Halal-Produkten, Prepaid-Karten fürs Handy, gefälschter Calvin-Klein-Unterwäsche, Handyhüllen und Wäscheständern aneinander. Es roch nach kaltem, vanillesüßem Shishatabak und verbranntem

Dönerfleisch. Dahinter schaufelten Baggerungetüme ein tiefes Loch mitten in die Stadt. Hier sollte das neue Bozen entstehen. Wohnungen, ein Einkaufstempel. Tappeiner gefiel dieses alte, kaputte Bozen besser. Ein dunkler Fleck inmitten des Dolomitenleuchtens. Zu schön war auch nicht schön.

Sie war in Gedanken versunken, während sie bei Rot eine der Ampeln überquerte. Sie hörte weder das Hupen noch das Schimpfen. Sie setzte sich auf die Parkbank auf der gegenüberliegenden Straßenseite der Questura, das machte sie oft, wenn sie nach der Mittagspause von einem der Lokale nahe der Lauben, des Obstmarktes oder des Waltherplatzes zurückkehrte. Sie wollte die Informationen aus dem Gespräch mit den Geologen ordnen. Betrat sie erst einmal die Questura, fielen alle komplizierten Gedankenpyramiden in ihrem Hirn schnell zusammen. Zu viel Ablenkung.

»Was machst du da?«

Tappeiner zuckte zusammen, ein Schatten fiel auf sie, vor sich sah sie Sommersandalen und das abgewetzte Ende einer Jeans.

»Hi, Sabrina.«

Die Praktikantin setzte sich ungefragt zu ihr.

»Auch keine Lust, wieder ins Büro zu gehen?«, fragte Donnachiara.

»Ich denke über den Fall nach, ich kann mich hier besser konzentrieren als da drin. Da ist es oft …« Sie zuckte mit den Schultern.

»Vor lauter Mief bleibt einem da oft keine Luft zum Atmen.«

Tappeiner nickte. Ja, genau so.

»Darf ich dir etwas verraten, Silvia?«

Grauners Assistentin nickte.

»Ich wollte eigentlich gar kein Praktikum bei der Polizei machen.«

Donnachiara schaute zu Boden, spielte mit der Sandalenspitze im Sand, zeichnete einen Kreis. »Ich wollte in eine Kanzlei. Ich möchte Rechtsanwältin werden. Aber mein Vater kennt Staatsanwalt Belli noch aus dem Studium, und wenn er sich etwas in den Kopf setzt, komme ich nicht dagegen an.«

Tappeiner schaute auf die heruntergekommene Fassade ihres Arbeitsplatzes. Sie verstand Donnachiara. Wer wollte schon in so einem Laden sein Leben verbringen. Nur Verrückte wie sie selbst. Wie Grauner. Wie Saltapepe. Verrückte, die alles für die Bekämpfung von Verbrechen gaben. Wer dieses Feuer nicht in sich spürte, war hier fehl am Platz. Ganz sicher.

»Am Anfang, als ich noch in der Abteilung für Wirtschaftskriminalität gearbeitet habe, habe ich die Tage, die Stunden gezählt, bis es endlich wieder an die Uni zurückgeht, aber jetzt ...«, sie lächelte, »jetzt gefällt es mir richtig gut hier bei euch.«

Tappeiner hob die Augenbrauen.

»Entschuldige, dass ich das mit den Anrufen gestern verbockt habe«, sagte die Praktikantin.

Grauners Assistentin grinste. »Schon vergessen. Gestern bei der Anhörung, das war super: Weil die Väter die Mütter nicht unterstützen!«

Die Praktikantin errötete.

»Wir Frauen müssen zusammenhalten in diesem Irrenhaus.«

»Ich glaube übrigens, ich kann meinen Fehler von gestern wiedergutmachen«, sprach Donnachiara weiter.

Tappeiner schloss die Augen, genoss die Sonnenstrahlen, die durch die Blätter blitzten.

»Ich habe ein bisschen im Netz herumgesucht. Social Media. Nach dem Toten. Hannes Kiem. Und ich habe bei *Instagram* ein paar Bilder gefunden. Mit dem Hashtag *#hanneskiem*. Nur eine Userin nutzt den Hashtag. Eine gewisse Patti.«

Tappeiner blinzelte, sah, dass Donnachiara ihr ein Handy unter die Nase hielt. »Patti? Wer ist Patti?« Sie richtete sich auf und nahm Donnachiara das Handy aus der Hand. Das Display zeigte Gemälde, die sie tags zuvor auf den Fotografien in der Gerichtsmedizin schon gesehen hatte. Aus Kiems Stadel. Landschaften, Berge.

»Scroll weiter«, sagte Donnachiara, »da siehst du ein Selfie dieser Patti. Im Hintergrund eine Hotelanlage, ich habe herausgefunden …«

»Das ist das Hotel *Alpenglück*. Mit dem Schwanenteich.«

Donnachiara nahm Tappeiner das Handy aus der Hand, wischte darauf herum, hielt es ihr wieder hin. »Ja, und diese Patti ist die Tochter des Hoteliers. Patrizia Huber heißt sie. Sechsundzwanzig Jahre alt. Abgebrochenes Tourismusstudium in Brixen. Sie ist nun Aushilfslehrerin ohne feste Stelle in der Grundschule von St. Leonhard. Und war wohl die Freundin unseres toten Künstlers.«

»Gute Arbeit, Sabrina«, sagte Tappeiner, während sie die Straße überquerten und in den Innenhof der Questura eilten.

Tappeiner ließ sich auf ihren Schreibtischstuhl fallen, berührte die Maus, der Bildschirm hellte sich auf, dreiundvierzig neue Mails, uff. Sie beschloss, sie erst später zu lesen, und versuchte noch einmal, Grauner zu erreichen, dann Saltapepe, beide gingen nicht ans Handy. Wo blieben die bloß?

Sie beschloss, hier auf die beiden zu warten, um ihnen von Donnachiaras Entdeckung zu erzählen. Sie wusste nicht so recht, was sie als Nächstes zu tun hatte.

Also öffnete sie doch das E-Mail-Fach, klickte die erste Nachricht an, eine Werbung für Kletter-Equipment, sie löschte sie, dann sah sie im Augenwinkel das Handy aufblinken. »Claudio? ... Du bist *wo*?«

Sie verstand ihn kaum, im Hintergrund hörte sie eine Trillerpfeife, Klopfen, Schnauben, Quietschen, Stimmengewirr, eine scheppernde Stimme aus einem Lautsprecher. »Il treno *Eurocity 84* per Innsbruck, proveniente da Verona Porta Nuova, viaggia con un ritardo di venti minuti. Der *Eurocity 84* nach Innsbruck, von Verona Porta Nuova, fährt mit einer Verspätung von zwanzig Minuten ab.«

Sie hielt sich das eine Ohr zu, schrie ins Handy. »Wo bist du, Claudio, am Bahnhof? Was machst du am Bahnhof?«

In der Leitung knackte es, sie hörte nur Wortfetzen und ein lautes Rauschen.

»Im Zug? In welchem ... der *Frecciarossa* nach ... Florenz?«

Die Verbindung war abgerissen. Sie suchte Grauners Nummer, rief an. Freizeichen.

7

Wo blieb er nur? Saltapepe sah sich hastig um. Der Mann, der die ganze Zeit neben Grauner gesessen hatte, schritt schnell zur Einfahrt des Parkplatzes und den riesigen Zedern. Würde er rennen, hätte er ihn bald eingeholt, aber was dann? Das war wieder einmal typisch Grauner, gab Befehle, ohne ihm zu sagen, worum es eigentlich ging. Wer war der Mann? War das dieser ominöse *E. S.* von der Eintrittskarte des Toten?

Er schaute sich erneut um, entdeckte Grauner, der keuchend über den Weg zwischen den Reben auf ihn zukam. Der Mann war nicht weitergelaufen, er stand im Schatten der Zedern, schien auf sie zu warten. Kurz sahen sie sich in die Augen, dann drehte sich der Mann um, ging erneut los, langsam.

»Claudio«, Grauner hatte ihn endlich erreicht.

»Wer ist das, Grauner? *E. S.*?«

Der Commissario nickte, stemmte die Hände in die Hüften, rang nach Luft.

»Und jetzt?«

Grauner packte Saltapepe am Ärmel seines Jacketts. »Wir müssen mit ihm reden, vielleicht hat er mit dem Mord gar nichts zu tun, vielleicht aber doch. Wir müssen das abklären.«

Der Ispettore zwängte sich schnellen Schrittes zwischen den parkenden Autos hindurch. Der Fremde hatte sich wieder in Bewegung gesetzt, er lief an der Marienklinik vorbei, an drei Ärztinnen in Weiß, die genüsslich rauchten, er umkurvte einen Rollstuhlfahrer, zwei Sanitäter, die eine leere Trage in einen Krankenwagen hievten. Saltapepe sah eine Schulklasse von links kommen, eine Touristengruppe von rechts, würde der Mann in das unübersichtliche Netz aus Gässchen in der Altstadt abbiegen, wäre er weg.

Doch er bog nicht ab, er blieb wieder stehen. Saltapepe

stoppte ebenfalls. Schaute zurück, Grauner war etwa zehn Meter hinter ihm, dann lief der Mann wieder los. Er ging schnellen Schrittes, hastete aber nicht.

Bei den Mauern des Franziskanerklosters angelangt, ging der mysteriöse Unbekannte nach rechts, vor dem Obstmarkt, an dem ein Gewusel herrschte wie in einem Ameisenhaufen, nach links. Der Mann verschwand in der kaum schulterbreiten Annette-von-Metz-Passage, durchquerte die Lauben, hastete über den Kornplatz und den Waltherplatz. Saltapepe hatte entschieden, ihn nicht einzuholen, blieb ihm aber dicht auf den Fersen. Plötzlich tauchte Grauner wieder neben ihm auf.

»Wo will der hin?«, fragte er den Ispettore hechelnd.

Saltapepe musterte den Commissario, dessen Gesicht rot angelaufen war. »Du warst auch schon einmal besser in Form, mein Freund.«

»Dieser blöde Anzug, er ist …«

»Zu eng?«, fragte der Ispettore und schmunzelte.

Grauner nickte. »Ja, immer noch.«

»Dann mach den obersten Knopf auf.«

»Hab ich schon probiert, dann rutscht die Hose.«

Sie liefen im Schatten der Riesenplatanen weiter in Richtung des Kreisverkehrs am Bahnhofsvorplatz. Hupen, Reifengequietsche, die Ampeln schienen wieder einmal verrückt zu spielen. Eine Polizistin versuchte, offensichtlich der Verzweiflung nahe, mit ihrer Kelle das Chaos zu regeln. Saltapepe war aus Neapel wahrlich einiges gewohnt. Eigentlich dachte er, im Stadtverkehr könne ihn nichts mehr aus der Ruhe bringen. Wenn in Neapel ein Fußgänger bei Rot stehen blieb, machte er sich verdächtig. Und die Carabinieri hatten wahrlich Besseres zu tun, als Fußgängern auf die Nerven zu gehen, die die Verkehrsregeln missachteten.

Diese Kreuzung aber, hier im Norden, achthundertfünfzig Kilometer von Saltapepes Heimat entfernt, brachte ihn an seine Grenzen. Seine Theorie war, dass hier gleich mehrere Straßenordnungskulturen unglücklich aufeinanderprallten. Deutsche Überkorrektheit: Es braucht Ampeln, Zebrastreifen, am besten auch noch einen Stadtpolizisten, der prüft, ob sich jeder an Ampeln und Zebrastreifen hält. Südtiroler Behördenwahnsinn: Die Kreuzung vor dem Bahnhof ist völlig überlastet? Gut, dann testen wir da mal ein neues Konzept. Verändern die Ampelphasen je nach Tageszeit, lassen sie mal zwischen grün und rot wechseln, mal orange blinken, in der Rushhour schalten wir sie gleich ganz aus. Hinzu kam die Tiroler Sturköpfigkeit: Ich würde ja bei Rot stehen bleiben und die Straße nur dort überqueren, wo ein Zebrastreifen ist, aber wenn da so ein Aufpasser steht, dann mache ich das nicht. Und italienisches Durchgeschlingel: Sì, sì, aber, no, no, das war nicht rot, höchstens hellrot, eher dunkelorange, sì, dai!

Ein Stadtbus hatte sich verkeilt, ein Lkw war nicht bereit zurückzusetzen, in die Lücken zwischen den Autos zwängten sich Vespas, die Menschenmassen belagerten die Treppen, die zur Bahnhofshalle führten. Saltapepe hatte Grauner erneut hinter sich gelassen, er sah den Hutzipfel des Fremden weiter vorn durch eine der Glastüren verschwinden, er hüpfte die Treppen hoch, boxte sich den Weg frei ins Innere.

Er entdeckte den Verfolgten an einem der Schließfächer, aus dem er etwas herauszog, ein großes, flaches Paket, er klemmte es sich unter den Arm, ging in Richtung der

Gleise. Der Mann lief um drei Hippies herum, die sich im Kreis auf den Marmorboden gesetzt hatten, die Augen geschlossen, meditierend. Er stieg in den Zug auf Gleis eins. Der Ispettore drehte sich um, fragte sich, wo Grauner blieb. Grauner kam nicht.

Saltapepe schaute auf die Anzeigetafel, auf der die Abfahrtzeiten in mattem Orange dargestellt wurden. Florenz? Ging es nach Florenz? Oder hatte der Mann ein anderes Ziel auf dem Weg in die Toskana? Kurzentschlossen stieg er ein, lief durch die Gänge zu den vorderen Wagen. Er wollte sichergehen, dass der Unbekannte, den er durch die halbe Stadt verfolgt hatte, ihn nicht reinlegte, nicht im letzten Moment wieder rausprang, wie man es aus TV-Thrillern kannte. Er zog das Handy hervor und wählte Grauners Nummer. Freizeichen. Doch niemand ging ran. Er wählte Tappeiners Nummer.

»Ah, Silvia, gut, pass auf ...«

Er hörte das Pfeifen des Bahnvorstehers, er hörte das Schnauben der sich schließenden Türen, er hörte eine blecherne Lautsprecherdurchsage, er hörte das Zischen der Bremsen, das Kratzen der Räder auf den Gleisen, er spürte das Ruckeln des Waggons, er sah Grauner auf dem Bahnsteig, sich unbeholfen nach links und rechts drehend, er klopfte gegen die Scheibe, der Zug fuhr an.

8

Der Commissario setzte sich auf die Treppen vor dem Bahnhof. Er hatte sie verloren. Alle beide. Diese Stadtpolizistin! Niemand, wirklich niemand an diesem Kreisverkehr hatte sich an irgendwelche Regeln gehalten, warum hatte sie sich ausgerechnet ihn rausgepickt? Sie hatte sich mit hochrotem Kopf vor ihn gestellt, kurz hatte er überlegt, sie einfach umzurennen, aber er wusste ja, wie das heutzutage war. Da zückten alle die Handys und am nächsten Tag war man auf der Titelseite des *Kurier*.

*Polizeikommissar rennt Stadtpolizistin über den
Haufen –sie liegt im Krankenhaus, Anzeige!*

Nein, danke. Sie hatte ihm gesagt, er solle gefälligst warten, bis sie den Fußgängern erlauben würde, die Straße zu überqueren. Er fand den Polizeiausweis nicht sofort, sagte ihr, es sei ein Notfall.

»Das sagen alle«, antwortete sie.

»Ich ermittle in einem Mordfall«, sagte er.

So frech habe sie noch niemand angelogen, erwiderte sie, das müsse Konsequenzen haben. »Personalausweis, bitte.«

Er ging ein paar Schritte rückwärts.

»Ausweis, sofort!«, schrie sie und bewegte sich auf ihn zu.

Schnell lief er um eines der im Stau feststeckenden Autos herum, umkreiste eine Vespa, schob zwei Passanten auseinander, schlüpfte durch die Lücke hindurch.

»Stehen bleiben, oder ich …«, hörte er sie brüllen.

Was?, fragte er sich, während er die Treppen hochstolperte. Schießen? Spinnte die?

Er tauchte ein in die Menschenmasse in der Halle, kämpfte sich zu den Gleisen durch, drehte sich nach links, nach rechts, sah weder Saltapepe noch den Fremden. Ein Zug verließ den Bahnhof gen Süden.

Grauner holte sein Handy heraus, Tappeiner und Saltapepe hatten versucht, ihn zu erreichen. Der Ispettore hatte ihm eine WhatsApp-Nachricht geschrieben.

Bin im Zug. Richtung Süden. E. S. auch.
Gruß, Salta

Auf den Stufen vor dem Bahnhof überlegte er nun, was er tun sollte. Als er gerade aufstehen wollte, um zur Questura zu gehen, sah er sie. Mary Krawinkel. Sie lief über den Zebrastreifen am Kreisverkehr, drehte sich immer wieder um, so als vermutete sie, dass ihr jemand folgte. Dann stellte sie sich auf die Zehenspitzen und schaute über die Köpfe der Menge hinweg, als suchte *sie* jemanden.

Grauner erinnerte sich sofort an ihre letzten Worte im Verhör. Dass sie die Stadt nicht mochte. Hoffte, nicht mehr so schnell herkommen zu müssen. Sie hatte gelogen. Was machte sie hier? Er sprang auf, die Treppen hinab, ohne recht zu wissen, was er sich davon versprach, ihr zu folgen. Am Zebrastreifen blieb er stehen, er hatte sie aus den Augen verloren. Er reckte den Hals, drehte sich um sich selbst. Da, weiter vorne, war sie wieder.

Sie ging an den Landtagsgebäuden vorbei, auf den kleinen Parkplatz zu, der zum *Laurin*-Hotel gehörte. Vor der Einfahrt blieb sie stehen. Grauner pirschte sich im Schatten der Platanen an sie heran. Ganz hinten stand ein Mann an einem Auto. Weißer Mercedes, älteres Modell. Der Mann trug einen sommerlichen Leinenanzug. Sonnenbrille. Graue Haare. Um das Gesicht zu erkennen, war er zu weit weg. Mary Krawinkel warf einen schnellen Blick über die Schulter und betrat den Parkplatz, steuerte auf ein anderes Auto zu. Ein schwarzer Jeep.

Grauner drehte sich um, vielleicht stand vor dem *Laurin* ein Taxi, mit dem er ihr event... Er blickte in das Gesicht der Polizistin von vorhin und auf ein Paar Handschellen, das sie durch die Luft schwingen ließ. Sie hatte sich dicht vor ihm aufgebaut.

»So«, sagte sie nur.

Er kramte in seiner Jackentasche herum, bekam die Brieftasche zu fassen, zog sie hervor, nahm den Polizeiausweis heraus, hielt ihn ihr vors Gesicht.

»So«, antwortete er grimmig.

Sie nahm den Ausweis in aller Ruhe in die Hand, begutachtete ihn. »Ah, ein Kollege, noch schlimmer«, sagte sie, »wir sollten doch Vorbilder sein im Straßenverkehr, nicht?«

»Hören Sie ...«

Sie gab ihm den Ausweis zurück. »Dann will ich es mal bei einer Verwarnung belassen, Kommissar Grauner. Und sagen Sie ...«, sie beugte sich vor, »Sie sprachen doch von einem Mordfall vorhin, es handelt sich doch um den Mord in Passeier, oder? Ich habe davon im *Kurier* ...«

Er drehte sich im Kreis, sah, wie der weiße Mercedes in Richtung des Kreisverkehrs abbog, wie der schwarze Jeep ihm folgte. Der Verkehr floss wieder.

»Wo steht Ihr Wagen?«

Die Stadtpolizistin schaute überrascht. »Da vorne«, sagte sie schließlich und zeigte auf eine Parkbucht unter einer der großen Platanen. Sie zog den Schlüssel hervor, hielt ihn beinahe triumphierend hoch. »Kommen Sie mit, Herr Kommissar, wir schnappen uns den Mörder.«

Er schnappte sich den Schlüssel und rannte los.

Sie war schneller, überholte ihn und stellte sich neben den Panda der Stadtpolizei. »Sind Sie sicher, dass Sie fahren wollen?«, fragte sie, als er sie erreichte. »Ich meine ja nur, ich fahre das Auto seit Jahren, es hat so seine Macken, einen Panda muss man im Griff haben, sonst …«

Grauner befand, dass es nun genug war. Neben ihnen ragte eine Straßenlaterne in die Höhe, er lehnte sich lässig dagegen und nickte. »Ja, wir machen es so, wie Sie wollen. Darf ich mal kurz Ihre Handschellen sehen, die sind … Wir bei der Staatspolizei haben andere, das ist ja interessant …«

Arglos hielt sie ihm die Handschellen hin, er nahm sie entgegen, begutachtete sie ein paar Sekunden, dann ließ er sie blitzschnell zuschnappen. Noch bevor die Polizistin realisierte, was gerade passiert war, sprang Grauner in den Panda, ließ den Motor aufheulen, die Menschen vor ihm sprangen zur Seite, ein Bus bremste, er fuhr los. Im Rückspiegel wurde die Frau, die an den Ketten am Mast der Laterne rüttelte, immer kleiner.

9

»Wie bitte? Wo ist der Ispettore?«

Belli war ins Büro geplatzt, Tappeiner hatte erst später mit ihm gerechnet. Sie hatten sich mit ihm für den frühen Nachmittag verabredet, um ihn auf Stand zu bringen. Aus Erfahrung wusste sie, dass der Staatsanwalt vereinbarte Uhrzeiten eher als grobe Orientierungspunkte betrachtete. Andere allerdings hatten sich natürlich daran zu halten.

»In einem Zug«, antwortete sie.

Sie hatten den Termin für vierzehn Uhr angesetzt, wie um Gottes willen hätte sie ahnen können, dass er um exakt vierzehn Uhr auftauchen würde.

»Ich wüsste nicht, dass eine Zugstrecke ins Passeiertal führt.«

»Er fährt, äh, in Richtung Florenz«, sagte sie und versuchte dabei möglichst ruhig zu wirken, »er verfolgt einen Verdächtigen.«

»Und Grauner, warum ist der nicht hier?«, fragte Belli schließlich.

»Der, äh …« Sie wusste keine Antwort.

»Der soll schnellstens hier aufkreuzen und mir das hier erklären.«

Er legte sein Handy auf den Schreibtisch, auf dem Bildschirm war die Webseite des *Kurier* geöffnet. *Polizeikommissar kettet Polizistin an Laterne*, stand da in dicken Lettern. Darunter ein etwas verwackeltes Foto einer Stadtpolizistin, die mit vorwurfsvollem Blick in die Kamera schaute und Handschellen in die Höhe hielt. Im Hintergrund erkannte Tappeiner den Bahnhofsvorplatz.

»Scrollen Sie ruhig weiter runter. Zu den Kommentaren!«

Tappeiner runzelte die Stirn. *Unglaublich – Scheiß Bullen! – Die Polizei, dein Freund und Helfer, LOL – So einer gehört eingesperrt!!!!!! – ACAB! – Typisch alter weißer Mann! – Hier spricht die Front Südtiroler Feminist*innen: Heute Nachmittag große Demo gegen Polizeigewalt am Walther*innenplatz – Wir, die Südtiroler Feminist*innenfront, treten vor dem Gerichtsgebäude in den Hungerstreik.*

»Ich kann Grauner nicht erreichen«, sagte sie und schob das Handy über den Tisch. »Es wird sicher einen guten Grund für sein Verhalten geben.«

Belli setzte zu einer Erwiderung an, aber Tappeiner sprach schnell weiter. »Und unsere Praktikantin Sabrina Donnachiara hat im Netz eine neue Spur entdeckt. Der Tote scheint eine Freundin gehabt zu haben.« Sie erzählte von den *Instagram*-Fotos.

Der Staatsanwalt schritt langsam im Raum umher, begann schließlich zu sprechen.

»Der eine fährt nach Florenz, der andere bringt Schimpf und Schande über meine Polizei, gut, gut, dann übernehme ich das jetzt höchstselbst. Sie und diese Praktikantin kommen mit. Hopp, hopp.«

Eine halbe Stunde später saßen sie in Bellis Limousine. Der Staatsanwalt hatte auf dem Beifahrersitz Platz genommen, Tappeiner und Donnachiara waren hinten eingestiegen. Der Fahrer raste über die *MeBo* in Richtung Meran. Vor und hinter ihnen fuhr je ein Polizeiwagen. Über den Bergen im Norden türmte sich schwarzes Gewölk auf, ein starker Wind blies vom Westen her. Es würde Gewitter geben, heute und morgen, das hatte der Wetterdienst gemeldet.

»Schneller, schneller«, zischte der Staatsanwalt. Dann lehnte er sich nach vorne, öffnete das Handschuhfach, zog ein Blaulicht hervor, drehte und wendete es, fummelte daran herum, bis es anfing zu blinken.

»So«, sagte er zufrieden und öffnete das Fenster. »Und jetzt …«, er stellte es auf das Dach, »wie befestige ich das jetzt …?«

»Sie müssen …«, sagte Tappeiner, doch da war es bereits zu spät, das blinkende Licht flog in weitem Bogen von der Schnellstraße in die Apfelplantagen, blieb im Baumgeäst stecken, blinkte weiter. Hinter ihnen hupte ein Lkw.

Belli schloss schweigend das Fenster, machte das Radio an, ein Country-Song erklang, er lehnte sich zurück. Tappeiner schloss die Augen.

10

Er hörte Tastaturgeklimper, Zeitungsrascheln, Telefonatsfetzen: »Ich brauche die Quartalszahlen aber heute Abend, nicht morgen. Und buchen Sie mir den Flug nach London um, das Meeting wurde auf Donnerstag verlegt.«

Er stolperte beinahe über ein ausgestrecktes Anzughosenbein, er sprang über ein Computerkabel, das von einem Sitz zum anderen gespannt war. Gerade als er in den nächsten Wagen eilen wollte, vernahm er eine helle Männerstimme hinter sich.

»Sie suchen mich, nehme ich an?«

Er erstarrte, drehte sich langsam um, sah in das Gesicht des Mannes, der in Schloss Maretsch neben dem Commissario gesessen hatte. Der Mann nickte ihm vergnügt zu, als hätte er einen alten Bekannten getroffen. Der Hut lag auf seinem Schoß. Auf den Sitz neben ihm hatte er das schmale, rechteckige Paket gestellt, das er am Bahnhof aus dem Schließfach geholt hatte. Er bot Saltapepe mit einer eleganten Handbewegung den freien Platz ihm gegenüber an. Das Jackett rutschte etwas zur Seite, sodass der Ispettore die Initialen genau erkennen konnte. *E. S.*

Saltapepe setzte sich. Im Paket, so vermutete er, befand sich wohl ein Bild. Ein Rahmen. Oder beides. Er dachte fieberhaft nach. Der Zug fuhr in den Bahnhof von Auer ein, Menschen drängten sich an ihnen vorbei, während er nach

Worten suchte. Wer war der Mann? Ein Guter? Ein Böser? Was hatte er mit der ganzen Sache zu tun?

»Mein Name ist …« Der Ispettore brachte den Satz nicht zu Ende.

Der Mann beugte sich zu ihm rüber, legte sich den Zeigefinger auf die Lippen. Er hatte weiße Hände, knochendünne Finger, gepflegte Nägel.

»Namen spielen keine Rolle«, sagte er leise. »Ich kann mir schon denken, wer Sie sind.« Dann lehnte er sich wieder zurück, die zarten Finger spielten mit der Hutkrempe. »Ihr Kollege hat es nicht in den Zug geschafft?«

Verblüfft sah der Ispettore ihn an, dann schüttelte er den Kopf. Warum nicht das Spiel mitspielen? Ein Weilchen zumindest. Mal schauen, wohin ihn das führte. »Nein, er hat den Zug knapp verpasst.«

Der Mann nickte. »Und Ihre Kollegin bleibt in Bozen, sie hält da die Stellung.«

Er musste Alba meinen, dachte Saltapepe. Wenn er nur wüsste, für wen der Mann ihn hielt … für Kiem? Er würde es schon noch erfahren. Früher oder später. Sein Gegenüber lehnte sich zurück, streckte die Beine aus, sodass zwischen Anzughose und den blank polierten Budapestern gelb leuchtende Strümpfe zum Vorschein kamen.

Draußen vor dem Fenster zogen die Apfelbaumzeilen des Unterlands vorbei, die schroffen, steilen Felsen am Talrand kamen näher, bald würden sie Mezzocorona erreichen, dann Trient. Es wirkte nicht so, als wollte der Mann bald wieder aussteigen. Als der Ispettore das Gespräch wiederaufnehmen wollte, kam dieser ihm erneut zuvor.

»Lassen Sie uns etwas ausruhen. Bis nach Florenz ist es noch weit. Wenn alles nach Plan läuft, werden wir um

16.17 Uhr ankommen. Meine Leute werden uns am Bahnsteig erwarten. Alles ist vorbereitet.«

Der Mann fasste in die Innentasche des Trenchcoats, holte ein schwarzes Stück Stoff hervor, entfaltete es. Eine Schlafmaske aus Seide. Er zog sie sich über die Augen, legte die Hand auf das Paket.

Florenz, also doch, dachte Saltapepe.

11

Die Ampel stand auf Rot. Die Sonne brannte auf den Verdi-Platz hinab, Grauner öffnete das Fenster des Panda. Schloss es wieder. Dicke, warme Stadtluft war hereingedrungen. Sein Herz raste. Ganz vorne stand der weiße Mercedes mit dem Unbekannten, zwei Autos dahinter Mary Krawinkels Jeep.

Als die Ampel umschaltete, bog der Mercedes links ab. Der Jeep und Grauner folgten. Sie gelangten auf die Straße, die ins Eisacktal führte, die Straße, die der Commissario täglich fuhr, er drückte aufs Gas, der Panda beschleunigte nur gemächlich, verdammt, zu wenig PS. Klar, wer brauchte schon viel PS in der Stadt.

Es kam ihm so vor, als säße er im kleinen, schmächtigen Zwillingsbruder seines eigenen Panda. Weiter vorne tauchte die Autobahneinfahrt auf, er sah, dass die beiden Wagen abbogen, tat es ihnen gleich, auf der Schnellstraße dann reihte er sich auf der rechten Spur zwischen den gemächlich vorankommenden Lkw ein. Auf der linken Spur rasten Autos an ihm vorbei.

Langsam beruhigte sich sein Puls. Er fragte sich, ob es Blödsinn war, was er da machte. Er lenkte auf die Überholspur, Lichthupe von hinten. Ein Alfa Stelvio. Er fuhr in Richtung Norden, entfernte sich immer mehr vom Passeiertal. Saltapepe fuhr in Richtung Süden, nach Florenz, wie es schien. Wenn er etwas gelernt hatte in seiner Karriere, dann das: Man hatte sich da aufzuhalten, wo das Schreckliche passiert war. Am Tatort, am Fundort der Leiche, bei den Leuten, die tagein, tagaus mit dem Toten zu tun gehabt hatten.

Der Mercedes und der Jeep fuhren weiter vorn auf einen Tunnel zu, Grauner trat kräftig aufs Gaspedal, nur gemächlich beschleunigte der Panda. War er sich ganz sicher, dass Mary Krawinkel diesen Mann verfolgte? Vielleicht war das alles Zufall. Aber es war nun eh egal, denn er schien die beiden zu verlieren. Verdammt. Die Fahrbahn schlängelte sich durch die schattige Schlucht des Eisacktals, links und rechts ragten die kalten Felsen empor. Grauner fluchte.

Dann sah er, dass der Jeep die Spur wechselte und beschleunigte, anscheinend um den Mercedes rechts zu überholen, nein, doch nicht, Mary Krawinkel fuhr parallel zum verfolgten Auto, dann lenkte sie ihren Wagen ruckartig nach links, rammte den Mercedes. Der geriet an die Mittelleitplanke, Funken sprühten, der Fahrer bekam das Auto wieder unter Kontrolle.

»Was? Verdammt!«, zischte Grauner.

Die beiden verschwanden im Tunnel, schließlich auch er selbst. Als es wieder hell wurde, sah er sie nicht mehr. Sie mussten irgendwo weiter vorne sein, verdeckt von weiteren Autos und Lkw. Sein Gehirn raste. Hatte Mary Krawinkel den Verstand verloren?

Grauner kramte das Handy aus der Jackentasche hervor, er telefonierte so gut wie nie, wenn er fuhr, jetzt hatte er keine andere Wahl. Er würde Tappeiner anrufen und ins Passeiertal schicken. Das Smartphone rutschte ihm aus der Hand. Wie machten andere das bloß? Er bückte sich, bekam es wieder zu fassen.

Der Commissario tippte auf dem Gerät herum, wartete, hörte, dass die Assistentin abhob.

»Silvia, hör zu, ich muss …«

»Hier Belli am Apparat, Grauner, Sie hören *mir* zu, Sie Idiot! Was fällt Ihnen ein, eine Kollegin an eine Laterne zu fesseln? Und wo sind Sie überhaupt!«

12

Das Tal wirkte wie ausgestorben, selbst die Kühe waren von den Wiesen verschwunden. Als sie schließlich St. Leonhard erreichten, fanden sie auch dort die Straßen verlassen vor, viele Fensterläden waren verschlossen. Der Polizeiwagen hielt mit blinkendem Blaulicht vor der Grundschule, hinter der die Passer tosend rauschte. Bellis Chauffeur ließ den Wagen ausrollen, zog die Handbremse an. Eine kurze Zeit schwiegen sie. Die Gipfel waren hinter den schwarzen Wolken verschwunden.

»Und jetzt?«, fragte Belli und drehte sich nach hinten.

Tappeiner war froh, dass er fragte. Sie hatte damit gerechnet, dass er die Polizisten einfach in die Schule schicken, Patti Huber herausholen und nach Bozen bringen lassen würde. Sie hielt es für besser, unauffällig vorzugehen. Auch wenn es dafür bereits zu spät war, schließlich fuhren hier nicht alle Tage gleich mehrere Polizeiwagen mit Blaulicht vor.

»Sie lassen mich mit ihr reden, ja?«, sagte sie und straffte die Schultern.

Er nickte.

»Die Polizisten bleiben im Wagen.«

Wieder nickte er. »Nur ich begleite Sie.«

Damit konnte sie leben. Grauners Assistentin stieg aus. Schaute zu den Fenstern hoch, an denen Kindergesichter klebten. Mit großen Augen sahen sie zu den Blaulichtern herab. Der Staatsanwalt gab den Polizisten ein Zeichen, die Lichter erloschen. Dann liefen sie schnellen Schrittes auf den Eingang zu. Noch bevor sie ihn erreichten, öffnete sich die Tür.

Eine Frau trat nach draußen. Rote Wangen, das braune Haar fiel ihr auf die Schultern, sie trug ein orangefarbenes Kleid mit aufgedruckten Kolibris. »Sie wollen mich festnehmen?«, fragte sie, als sie vor ihnen stand.

»Wir müssen mit Ihnen sprechen«, sagte Tappeiner und versuchte, gelassen zu klingen.

»Das verstehe ich«, sagte die Frau, die Patti Huber sein musste. »Ich habe auf Sie gewartet.«

Grauners Assistentin konnte ihre Überraschung kaum verbergen. »Warum haben Sie sich nicht bei uns gemeldet?«

Die Frau wich ihrem Blick aus, dann zuckte sie die Achseln. »Das alles ... ich glaube, ich brauchte etwas Zeit. Zwei Verluste in wenigen Monaten, das ist etwas viel.«

»Zwei ...?« Tappeiner sprach den Satz nicht zu Ende.

»Wo wollen Sie mich verhören?«, fragte Patti Huber. »Hier oder in Bozen?«

An einem schmalen Pfad entlang des Ufers stand eine Bank. Daneben ein paar Bäume.

»Dort?«, fragte Tappeiner und wies auf das schattige Plätzchen.

»Gut«, sagte Patti Huber.

13

Da war das Bild in Grauners Kopf, da waren der Lkw vor
ihm und der Lkw hinter ihm. Er musste ganz schnell entscheiden. Jetzt. Sofort. Er blinkte rechts, scherte auf den Sei-
tenstreifen aus, schaute in den Rückspiegel, stoppte. Wieder
der Blick in den Rückspiegel. Die Schlange aus Lkw, die sich
auf der rechten Spur aneinanderreihten, hörte nicht auf.

Das Bild verschwand nicht. Es war keine Einbildung gewesen, dessen war er sich sicher. Er war soeben an einer
Raststätte vorbeigefahren, da hatten beide Wagen gestanden. Vorne neben den Waschanlagen. Der weiße Mercedes.
Daneben der schwarze Jeep. Er zählte in Gedanken bis drei,
fluchte, ebenfalls in Gedanken.

Dann legte er den Rückwärtsgang ein, drehte sich nach
hinten, drückte aufs Gas. Er fuhr zur Raststättenausfahrt
zurück, hörte das dumpfe Hupen der Lkw, sah die Lichthu-
pen, egal. Was blieb ihm anderes übrig.

Grauner hatte heute bereits dreitausend Euro für ein Bild
ausgegeben, das aussah, als hätte Albas Tante es gemalt, und
er hatte eine Verkehrspolizistin in Handschellen gelegt, warum sollte er also jetzt nicht ein paar Meter auf der Bren-
nerautobahn rückwärts fahren, um die Verrücktheiten des
Tages abzurunden.

Der Commissario bog in die Raststättenausfahrt ein,
fuhr an den Zapfsäulen vorbei und lenkte den Panda in eine
Parklücke. Die beiden Wagen waren verlassen. Mary Krawinkel und der Unbekannte mussten ins Innere der Raststätte gegangen sein. Grauner öffnete das Handschuhfach,
er kramte darin herum, schob eine Taschenlampe beiseite,

zog ein Pfefferspray hervor, ließ es in der Jackentasche verschwinden. Dann stieg er aus, sprang die Treppenstufen hinauf, die zum Eingang des Gebäudes führten. Die Tür öffnete sich, ein Pärchen trat lachend heraus, beide trugen Kaffeebecher in der Hand, der Commissario nickte ihnen zu und trat ein.

14

Belli war im Schatten der Bäume stehen geblieben. Tappeiner hatte sich neben Patti Huber gesetzt und hielt ihr nun das Handy hin. Auf dem *Instagram*-Profil scrollte diese nun zwischen den Bildern hin und her.

»Sie und Hannes Kiem waren ein Paar. Jetzt ist er tot«, sagte Grauners Assistentin.

Die Frau sagte nichts. Sie wirkte, als lauschte sie einer Geschichte, die mit ihr gar nichts zu tun hatte.

»Wir waren gestern bei Ihrem Vater. Wir haben ihn nach seinen Schwänen befragt. Er hat uns gesagt, dass keins der Tiere fehle. Nun, so recht mag ich ihm das nicht glauben. Zwei Flügel eines Schwans haben wir am Tatort neben der Leiche gefunden.«

Huber schloss kurz die Augen. »D…das, das …«

»Haben Sie das Tier entwendet?«

Die Frau nickte, vergrub das Gesicht in den Händen.

»Sie wissen, Frau Huber, dass Sie das mehr als verdächtig macht.«

»Ja«, flüsterte die Frau.

»Haben Sie dem Tier die Flügel abgehackt, haben Sie etwas mit dem Mord zu tun?«

»Nein«, sagte sie.

Belli schritt auf sie zu, baute sich vor ihnen auf. »Warum haben Sie ihn umgebracht? Ha? Ich will Ihr Motiv wissen.«

Das Gesicht der Frau verfinsterte sich. Tappeiner sah den Staatsanwalt fassungslos an. Belli atmete tief ein, grummelte. Sagte jedoch nichts mehr.

Huber begann zu sprechen. »Ich habe Hannes nicht getötet. Ich habe ihn geliebt. Mehr, als gut war. Für mich. Ich habe den Schwan für ihn aus unserem Teich geholt. Hannes und ich … Mein Vater hat das nie akzeptiert. Er hat gesagt, ich dürfe ihn nicht mehr sehen.«

»Frau Huber, wir leben im 21. Jahrhundert. Sie sind eine erwachsene Frau. Sie sind frei zu lieben, wen immer sie auch lieben wollen.« Tappeiner steckte ihr Handy wieder ein.

Huber lachte freudlos auf. »Einmal, das ist ein paar Monate her, hat Vater mich mit Hannes erwischt. Er hat gesagt, er würde meinen Namen aus dem Testament streichen. Mir nichts, gar nichts vererben. Alles, bis auf den Pflichtanteil, verdienten Mitarbeitern vermachen.«

»Andere erben auch nichts«, entfuhr es Tappeiner. Sie biss sich auf die Lippen.

»Andere bekommen von ihren Eltern Bestätigung und Liebe. Mein Vater hat mir immer nur gesagt, wie nutzlos ich bin. Der Hannes hat mir alles gegeben, was mir mein Vater nie gegeben hat. Selbstvertrauen. Stolz. Liebe.«

»Ihr Verlust tut mir leid. Bitte helfen Sie uns, zu verstehen, was mit Ihrem Freund passiert ist.« Tappeiner suchte den Blick der Frau.

»Ja, ich habe den Schwan aus dem Teich geholt. Ich habe es für Hannes getan.«

»Wie, für ihn?«, schaltete sich nun Belli wieder ein.

»Für sein Meisterwerk. Ich konnte ja nicht ahnen, dass es sein letztes sein würde. Unvollendet.« Tränen liefen ihr die Wange hinunter. »Nun wird er, wie so viele große Künstler, erst posthum geehrt werden. Ich … Es tut so weh. Ich vermisse ihn so sehr.«

Tappeiner packte sie am Oberarm, die Frau drehte sich zu ihr.

»Sprechen Sie nicht in Rätseln zu mir, Frau Huber. Von welchem Meisterwerk reden Sie da?«

»Hannes hat immer davon geträumt, dass seine Bilder lebendig werden, wissen Sie? Er wollte, dass die Figuren aus der Leinwand heraustreten. Er hat mir immer gesagt: Patti, ich bin der Botticelli des 21. Jahrhunderts! Ich …« Sie schluchzte. »Ich bin nur ein einfaches Talmädchen. Von Kunst verstehe ich nichts. Aber dass der Hannes Talent hatte, das hab sogar ich gesehen. Er hat die Flügel der Schwäne gebraucht, um sie zu präparieren. Er hat mich gebeten, einen Blumenkranz zu flechten. Den schönsten, den ich je geflochten habe. Er hat im Wald nach toten Vögeln gesucht, hat sie ausgestopft. Er wollte, dass sein neues Bild lebt. Er wollte die Flügel, den Kranz und die Vögel auf die Leinwand kleben.«

Tappeiners Gedanken rasten. Eines hatte Grauners Assistentin mit Frau Huber gemeinsam. Von Kunst verstand sie ebenso wenig. Sie hatte keine Ahnung, ob das Aufkleben von ausgestopften Tieren auf eine Leinwand eine besonders originelle oder revolutionäre Kunstidee war. Letztens hatte sie sich auf *3sat* eine Dokumentation über den österreichischen Ausnahmekletterer David Lama angeschaut, der vor einigen Jahren in Kanada in einer Lawine ums Leben gekommen war. Den anschließenden Bericht über die größten Kunstskandale des 20. Jahrhunderts hatte sie aus Trägheit nicht abgeschaltet. Ein Künstler hatte einen süßen Hund in die Luft gesprengt, ein anderer einen knallgrünen Frosch an ein Kreuz genagelt, ein bärtiger alter Mann hatte Menstruationsbinden für Kunst erklärt. Danach hatte sie kaum schlafen können.

»Zwei«, sagte nun Belli, »Sie sprachen vorhin von zwei Verlusten innerhalb weniger Monate.«

Die Frau fasste sich an den Bauch. »Ich habe mich Mutter anvertraut, sie hat es Vater gesagt. Er ist ausgerastet. Ich …« Sie schluchzte. »Es ist … ich habe es wegmachen lassen. Hannes hat nie davon erfahren. Erst nachdem ich Vaters Druck nachgegeben hatte, hatte ich plötzlich die Kraft, mich von ihm loszusagen. Verstehen Sie? Eine Woche nach der Abtreibung habe ich ihm gesagt, dass ich sein Scheißhotel nicht haben will. Ich bin ausgezogen, zuerst zu Hannes, dann habe ich eine Wohnung hier in St. Leonhard gesucht. Hannes stand mir bei. Er war so gut zu mir. Er hat gesagt, er will für mich sorgen. Erst vor ein paar Tagen sagte er mir, ich bräuchte mir um Geld von nun an keine Sorgen mehr zu machen …«

»Soweit wir wissen, verdiente Hannes Kiem kein Geld mit seinen Bildern, Frau Huber«, sagte Tappeiner. »Sie wissen da mehr?«

Die junge Frau zuckte die Schultern.

»Wir haben fünfzigtausend Euro in seiner Küche gefunden. Können Sie uns etwas dazu sagen?«

»Er war in Geschäfte mit den Krawinkel-Geschwistern verwickelt, das weiß ich. Mehr nicht.«

»Was für Geschäfte?«

Sie schüttelte leicht den Kopf. »Er hat sie ab und zu an einer der Almen getroffen. Was sie da aber genau gemacht haben, weiß ich nicht.«

»Oben bei den Rissen im Boden?«

Sie nickte.

»Frau Huber, hat es Streit gegeben zwischen den Krawinkels und Hannes Kiem? Haben Sie etwas in der Art bemerkt?«, fragte Tappeiner.

Sie schüttelte den Kopf.

»Sie wollten seinen Hof kaufen.«

Sie nickte. »Ja, aber er sagte mir immer, das würde er nicht übers Herz bringen.«

»Glauben Sie, dass Ihr Vater der Mörder ist?«

Die junge Frau stand auf, ging ein paar Schritte, drehte sich wieder um. Für einige Sekunden war nur das Rauschen des Flusses zu hören.

»Ich habe keinen Vater mehr«, sagte sie dann. »Ich habe keine Eltern mehr. Keinen Freund mehr. Ich werde keine Kinder haben. Keinen Charly. Keine Carlotta.«

»Was?«, nun sprang auch Tappeiner auf, lief zu ihr hin, packte sie erneut am Arm. »Charly? Warum Charly?«

Die junge Frau wich zurück, sah sie stirnrunzelnd an. »Ach«, sagte sie dann, »Hannes hat immer gesagt, wenn wir zwei einmal einen Sohn hätten, möchte er, dass er Charly heißt. Keine Ahnung, warum. Er hat es mir nie verraten. Ich habe es ihm versprochen.« Wieder fasste sie sich an den Bauch. »Und wenn es eine Tochter geworden wäre, hätte sie Carlotta geheißen.«

15

Ihm schlotterten die Knie. Er stand am Elfmeterpunkt, doch das Tor konnte er kaum erkennen, es war zu weit weg. Das Stadion brüllte, der Schiedsrichter hatte die Pfeife im

Mund, trällerte unerträglich laut, er trug kein Schiedsrichtertrikot, sondern das der verhassten Juve aus Turin. Doch das war noch nicht das Schlimmste. Saltapepe sah an sich herab, auch sein Trikot war schwarz-weiß gestreift.

Der Ispettore schreckte hoch, ein Mann in Uniform stand vor ihm.

»Die Fahrkarten, bitte«, sagte der Zugführer.

»Ich, äh, bin Pol…« In letzter Sekunde besann er sich, ließ den Satz unvollständig in der Luft hängen. Er tastete seine Taschen ab, so wie er es früher als Student immer gemacht hatte.

»Sehr geehrter Herr Zugführer, wir sind nicht im Besitz des von Ihnen gewünschten Billets«, sagte Saltapepes Begleiter.

Die Miene des Uniformierten verfinsterte sich.

»Aber, aber«, fuhr der Mann fort, »das ist doch kein Grund, so böse zu schauen. Hören Sie, wir beide«, er klopfte Saltapepe freundschaftlich auf das Knie, »wir sind Männer der Kunst. Sie sind ein Mann der Regeln. Wir sind Gesellen der Freiheit. Sie wollen ganz profan ein Zugticket von uns haben, was ich voll und ganz verstehen kann. In dieser Welt, in Ihrer Welt, brauchen Menschen solche Tickets, um von einem Ort zum anderen zu gelangen.«

Die Mundwinkel des Zugführers zuckten leicht. Es gab viele Strategien, um nicht aus dem Zug geschmissen zu werden, wenn man ohne Ticket erwischt wurde. Saltapepe hatte sie alle ausprobiert. Sich im Klo verstecken. Weinen. Entwaffnende Ehrlichkeit, damit hatte er sich schon oft aus der Affäre gezogen. Oder das Gegenteil. Absurdes Theater. Ob der andere denn nicht wisse, wer man sei, der Sohn des Bosses der Quartieri Spagnoli. Damit hatte er weniger gute Erfahrungen gemacht. Dieses Vorgehen hier war ihm jedoch neu. Der Ispettore hörte gespannt zu.

»Wissen Sie, Herr Zugführer, denke ich an Züge, so denke ich sofort an den *Zug im Schnee* von Claude Monet«, Saltapepes Begleiter lachte schallend, »… ja, selbst jetzt im Hochsommer, verrückt, nicht? Es ist so, verehrter Herr Kontrolleur, wir beide«, wieder klopfte er Saltapepe aufs Knie, diesmal auf das andere, »wir haben noch heute morgen in Bozen eine Kunstversteigerung besucht, wir mussten schnell zum Bahnhof eilen, um Ihren ganz entzückenden und vom Design her so wahnsinnig schönen Schnellzug zu erreichen, diese Sitze, diese Stoffe, ganz wunderbar. Wir waren in Gedanken noch immer bei den Bildern, die wir sehen durften: Defregger, Miró, Dürer. Dürer, verstehen Sie! Wenn ich hier zum Fenster hinausschaue …«

Alle drei wandten den Kopf und sahen zum Fenster hinaus. Sie mussten irgendwo zwischen Verona und Bologna sein. Po-Ebene. Weizenfelder, Dürre, einige Pappeln, ein in sich zusammengefallenes Gutshaus, ein Kanal. »Ach! Inmitten der Pianura Padana ist mir immer danach, ein Werk von Dürer zu kaufen. Mein geschätzter Begleiter, der steht mehr auf Pop Art, nicht?«

Saltapepe runzelte die Stirn. Er hatte keine Ahnung, was der Mann da faselte.

»Warhol. Warhol! Verstehen Sie?! Eine Gefährtin meines Freundes hat einen Warhol ersteigert, *santo cielo*, das nenne ich mal *un affare!*«

Der Zugführer hatte in der Zwischenzeit einen Schreibblock herausgeholt, kritzelte darauf herum. Er steckte den Stift in seine Jackettasche und sah die beiden Passagiere ungerührt an. »Ich muss Ihnen jetzt zwei Tickets berechnen, plus Strafgebühr. Sollten Sie nicht zahlen, muss ich die Carabinieri am Bahnhof von Bologna informieren, die Sie dann dort in Empfang nehmen werden.«

Saltapepe hielt die Luft an.

»Die Carabinieri? Nein, das ist doch zu viel Aufwand«, sagte der Fremde, »und außerdem, was sollen wir in Bologna! Wir müssen nach Florenz, mein Florenz! Schauen Sie, ich schlage Ihnen einen Deal vor ...«

Der Zugführer riss das Blatt von seinem Block ab und hielt es ihm hin.

»Also, gut zugehört ...« Saltapepes Gegenüber holte aus der Innentasche seines Jacketts eine Visitenkarte hervor, er reichte sie dem Mann, schaute sich verstohlen um. »Mein Name ist Dr. Elia Conte di Santangelo-Bellinghausen, ich bin Kunstsammler. Wissen Sie was, wir nehmen Sie in Florenz auf ein gutes Abendessen mit. Ich kenne da eine ganz vorzügliche Trattoria in Oltrarno, nicht weit von der *Basilica di Santo Spirito*, und nach dem Essen und einer Flasche *Bolgheri Superiore* zeige ich Ihnen meine Sammlung. Ich darf sogar einen Raffael mein Eigen nennen. Da schauen Sie, was?«

Der Zuführer blinzelte nicht einmal, hielt ihm nur weiter das Ticket entgegen. Dr. Elia Conte di Santangelo-Bellinghausen zog ein paar zerknitterte Geldscheine hervor, reichte sie dem Mann mit einem abfälligen Blick.

»Ich lade Sie ein«, er zwinkerte dem Ispettore zu und zog sich wieder die Schlafmaske über die Augen. »Kunstbanause«, raunte er noch, dann schwieg er.

Der Schaffner drehte sich auf dem Absatz um und ging.

16

Eine Melange aus Gerüchen lag in der Luft, Kaffee, Cornetti, Schweiß, billiges Parfum und ätzende Putzmittel. Musik schallte dem Commissario entgegen. Ein italienischer Schlager. Patti Bravo. *Pazza idea.* Verrückte Idee. Er sah sich um.

In langen Regalreihen türmte sich Verkaufsware: Chips, Plastik-Spidermen, Plastik-Hulks, Plastik-Soldaten, Plastik-Jukeboxes, Plastik-Lichtschwerter, wieder Chips, XXL-Cola-Flaschen, XXL-Fanta-Flaschen, neonfarbene Plüschtiere, XXL-Weinflaschen in geflochtenen Körben, eingeschweißter Speck, Spielzeugautos, Handyhüllen, Fußballtrikots, Inter, Milan, Juve, Bayern, Barcelona, Madrid.

Hinter der Theke arbeiteten hektisch zwei Bedienungen. An einem Tisch stand eine Familie, Papa, Mama, zwei Mädchen, eines schrie. An einem zweiten Tisch lehnte ein älterer Mann, die Nase in die Zeitung vertieft. Vor dem Tresen sah Grauner zwei weitere Männer sowie eine Frau, sie schienen zusammenzugehören, tranken Kaffee. Mary Krawinkel und den Mann, dessen Mercedes sie gerammt hatte, entdeckte er nirgends.

Er durchquerte den Raum. »Un espresso, per favore.«

»Un espresso«, bestätigte die junge Mitarbeiterin.

»Ist hier sonst noch jemand?«, fragte Grauner sie und hielt ihr seinen Polizeiausweis hin.

Sie schaute ihn überrascht an, schien nachzudenken. Schließlich deutete sie auf eine Tür links neben der Theke, Grauner sah ein leuchtendes Schild: *WC*.

»Ein Mann«, sagte die Baristin, »und eine Frau.« Dann

beugte sie sich zu ihm vor. »Eigenartige Figuren, alle beide. Er kam herein, Sonnenbrille im Gesicht, Kragen hoch, Blick zu Boden, und ging sofort zum Klo. Ist beinahe gerannt. Musste wohl sehr dringend sein.«

»Und sie?«, fragte der Commissario.

»Kam kurz nach ihm rein. Ist zwischen den Regalen umhergewandert, so als würde sie etwas suchen. Dann ist sie auch auf dem Klo verschwunden. So langsam müssten sie beide wieder …«

Grauner legte ihr zwei Euro hin. »Danke«, sagte er, dann ging er zur Tür, über der das *WC*-Schild leuchtete.

»Aber Ihr Espresso …«, hörte er die junge Baristin noch sagen.

17

Bellis Chauffeur hatte sie zum Dorfplatz gefahren. Eine der Polizeistreifen war auf dem Weg zu Hubers Hotel, dem *Alpenglück*. Der Mann musste dringend verhört werden. Die zweite Streife hielt hinter ihnen. Nun saßen sie im Wagen und schwiegen.

»Und wohin jetzt?«, fragte der Chauffeur nach hinten. In Tappeiners Richtung. Auch Donnachiara schaute sie fragend von der Seite an.

Draußen huschten Gestalten im Schatten der Häuser umher. Sie wurden beobachtet, Grauners Assistentin spürte das.

»Ja, wohin jetzt?« Belli wandte sich um. »Was schlagen Sie vor?«

Ihr kamen die Worte der Geologen wieder in den Sinn.

Diese hatten erzählt, dass sie nicht von Beginn an angefeindet worden seien. Erst als sie oben bei den Almen mit den Messungen begonnen hatten. Oben, wo der Tote Geschäfte mit den Krawinkel-Geschwistern gemacht haben soll. Was für Geschäfte? Das galt es herauszufinden.

»Ich habe keine Ahnung, was das alles mit dem Toten zu tun hat. Aber ich denke, hier will uns jemand an der Nase herumführen. Man will uns vormachen, dass die Leute die Geologen nicht im Tal haben wollen, weil sie nicht an einen Erdrutsch glauben. Ich vermute aber vielmehr, sie *sollen* nicht daran glauben, damit sich die Geologen nicht da oben herumtreiben.«

Das Gesicht des Staatsanwalts bewegte sich nicht und trotzdem meinte Tappeiner, seine Gedanken hinter der Stirn herumirren zu sehen.

»Da oben bei den Almen muss etwas sein, vielleicht etwas, das die Erschütterungen auslöst. Etwas, das nicht entdeckt werden soll …« Ihr war klar, dass sie Vermutungen äußerte, für die es noch keine Beweise gab. »Vielleicht etwas, das der Tote, Hannes Kiem, trotzdem entdeckt hat. Vielleicht ist er auf etwas gestoßen, das er niemals hätte sehen dürfen, vielleicht musste er deshalb sterben.«

Belli räusperte sich. »Also, Frau Tappeiner, ich kann Ihnen nicht ganz folgen, aber eines merke ich schon, Sie haben eine blühende Fantasie. Beantworten Sie mir lieber meine Frage, anstatt hier irgendwelche kruden Theorien aufzustellen. Was machen wir jetzt?«

Sie räusperte sich. »Die Hirtenbuben«, sagte sie.

»Welche Hirtenbuben?«, fragte er, sichtlich genervt.

»Es haben sich Hirtenbuben oben auf den Almen herumgetrieben, während die Geologen dort ihre Vermessungen vorgenommen haben, nicht?« Sie schaute auf die Uhr am Armaturenbrett. 16.35 Uhr. »Wir sollten uns das mal anschauen. Und mit den Jungs reden. Herr Chauffeur ...«, sie suchte den Blick des Mannes im Rückspiegel, »bringen Sie uns tiefer ins Tal hinein.«

Der Fahrer griff nach dem Schlüssel, drehte ihn im Zündschloss. Er fuhr los. Tappeiner richtete sich auf, schob Donnachiara ein wenig zur Seite, lehnte sich nach vorne, griff nach dem Rückspiegel, drehte ihn etwas. Dann ließ sie sich wieder nach hinten plumpsen. Belli beobachtete sie konsterniert.

»Langsam«, bat sie den Chauffeur. Der Mann fuhr im Schritttempo eine Runde um den Platz, dann lenkte er den Wagen auf die Straße, die ins Tal führte. Im Rückspiegel sah Tappeiner, wie Gestalten aus dem Schatten der Häuser hervortraten. Sie erkannte den Bürgermeister, den Pfarrer, den Tretter-Bauern, den Dorfarzt, einige der Dorfbewohner, die am Fundort der Leiche gestanden hatten. Die Menschen kamen vor dem Brunnen zusammen, schauten ihnen hinterher.

Die Straße führte kurvig bergan, sie passierten die Ortschaft Moos, das Tal wurde enger, ein sandiger Weg bog rechts ab, sie passierten eine kleine Holzbrücke, darunter floss ein Bach träge dahin. Die Gewitterwolken hingen an den Gipfeln, als warteten sie auf den Befehl, zu platzen.

Tappeiner öffnete die Wetter-App. Ja, der Regen musste jede Sekunde einsetzen. Bellis Limousine kämpfte sich über den Schotter, die Polizeistreife fuhr hinterher, immer wieder musste der Chauffeur zurückschalten, immer wieder lichtete sich der Wald, machte saftigen Wiesen Platz, manche waren bereits gemäht, Heuballen lagen ungeordnet herum, andere blühten in voller Pracht. Ein grünes Meer mit bunten Tupfern.

Wenn der Wagen wieder in den Wald hineinfuhr, wurde es dunkel, als hätte jemand das Licht ausgeknipst. Grauners Assistentin betrachtete die vorbeiziehenden Bäume, an deren Südseiten Moos klebte, beinahe wurde ihr schwindelig dabei. Einmal war ihr, als hätte sie ein Rehkitz gesehen, aber sie konnte sich auch getäuscht haben. Sie fröstelte. Weit über ihnen zuckten Blitze.

Als sie die Baumgrenze erreichten, fuhren sie an Almwiesen vorbei, die noch saftiger wirkten als die Wiesen weiter unten im Tal. Hier und da standen Steinhütten am Wegesrand. Erste dicke Regentropfen platschten auf die Windschutzscheibe, Belli entfuhr ein Schrei, Tappeiner musste sich zusammenreißen, nicht zu lachen. Dann ging es richtig los.

Der hellbraune Schotter vor ihnen färbte sich dunkel, weiter im Süden war blauer Himmel zu sehen, oberhalb der Alm war er schwarz. Biblisch ergoss sich das Wasser aus dem Gewölk auf die Landschaft. Die Straße endete an einer Schranke. Dahinter führte ein Pfad weiter. Der Chauffeur stoppte den Wagen.

»Wie machen wir das jetzt?«, fragte Belli in Richtung von Tappeiner. »Ich meine, Sie haben wie immer Ihre Überlebensjacke an, Sie sind ja immer so gekleidet, als würden Sie den Mount Everest erklimmen wollen.«

Tappeiner verkniff sich eine Replik auf diese Frechheit. Sie trug gerne Softshelljacken, na und? Die waren schließlich bequem, im Sommer kühlten sie, im Winter hielten sie warm. Außerdem machte sie vor oder nach der Arbeit oft Sport. Ja, sie trug diese Jacken in den komischsten Farben, neonrosa oder neontürkis, aber die waren nun mal im Ausverkauf am günstigsten. Und dass sie damit oft für eine Touristin gehalten wurde, war ihr egal.

»Aber mit diesem Stoff stelle ich mich nicht in den Regen, ganz sicher nicht«, der Staatsanwalt strich sich über das Jackett, »das ist feinste Mohairwolle aus Monza, fühlen Sie mal!«

Tappeiner dachte nicht daran, der Aufforderung Folge zu leisten. »Ich glaube nicht, dass das Gewitter bald vorüber sein wird«, sagte sie. Ein Blitz zuckte über den Himmel, dicht gefolgt von dumpfem Donnergrollen. Belli schrie wieder kurz auf. »Es scheint da ganz oben sogar zu schneien.«

»Im Kofferraum sind doch zwei Schirme«, meldete sich nun der Chauffeur zu Wort.

»Super«, sagte die Ermittlerin.

Belli klatschte in die Hände. »Ja, wunderbar, die hatte ich ganz vergessen. Tappeiner, Sie und Donnachiara und die beiden Polizisten, Sie machen das schon. Ich halte hier die Stellung.«

Tappeiner und Donnachiara gingen voran, die beiden Polizisten folgten ihnen. Sie machten grimmige Gesichter. Die Scheinwerfer der Wagen verschwanden im Nebel. Der Regen schlug ihnen von vorn entgegen, der Wind zerrte an den Schirmen, doch noch hielten sie stand, es waren hochwertige Schirme. Aus einer Fabrik in Verona, das hatte ihnen der Staatsanwalt noch gesagt. »Die Griffe? Edles Rosenholz. Passen Sie auf, dass sie nicht verloren gehen!«

»Stopp«, sagte Tappeiner plötzlich, als sie etwa zwanzig Minuten über die Alm gewandert waren. Der Regen hatte etwas nachgelassen. Sie streckte den Arm aus, die anderen kamen näher, verlangsamten ihre Schritte. »Da«, sagte sie und zeigte vor sich auf den Boden.

Die Wiese wölbte sich, es sah aus, als ob sich ein Maulwurf dicht unter dem Gras entlanggegraben hätte. Sie kannte sich mit der Alpenfauna nicht besonders gut aus, aber sie hätte ihr gesamtes Kletterequipment verwettet, dass es hier oben keine Maulwürfe gab. »Vorsicht«, sagte sie und ging langsam weiter.

Dann, sie waren kaum zehn Meter gelaufen, sahen sie es. Ein schwarzer Graben hatte sich aufgetan, etwa zwei Meter breit, Anfang und Ende waren von ihrem Standpunkt aus nicht zu erkennen. Etwas weiter hinten entdeckten sie einen zweiten Riss. Einen dritten. Die Wiese drumherum war ein Sumpfgebiet.

Tappeiner setzte vorsichtig einen Fuß vor den anderen, pirschte sich an den Graben heran und versuchte hineinzuschauen.

»Wie tief ist er?«, fragte Donnachiara von hinten.

»Etwa sieben bis acht Meter«, schätzte Grauners Assistentin.

Tappeiner drehte sich um, die anderen waren mit entgeisterten Gesichtern stehen geblieben. Ganz im Süden brachte die Sonne die Gipfel zum Glitzern. Es nieselte nur noch, das Wasser lief ihr in den Nacken, sie hörte das Rauschen des Windes und das leise Bimmeln einer Glocke. Dann sah sie auf einer Anhöhe, weit hinter dem Graben und dem Sumpf, eine Kuh stehen, die stoisch kaute und zu ihnen herüberglotzte.

Weitere Kühe tauchten auf, sie rissen mit den Mäulern Gras ab, hoben stolz die gewaltigen Schädel, eine muhte, eine schüttelte sich, sodass ihre Glocke schnell und unrhythmisch tönte. Etwas weiter im Osten stand eine Ziegenherde. Dann sah Grauners Assistentin den Hirtenjungen, wie eine Statue stand er da. Schließlich hob er den Stock, den er in der Hand hielt, ein Border Collie raste auf ihn zu, bellte. Zwei weitere Hirtenbuben gingen schnellen Schrittes auf die Ziegen zu, scheuchten sie auf, während der Hund immer engere Kreise um die Herde zog. Sie sprangen davon, die Buben liefen hinterher.

Vielleicht gehen die Buben mit den Viechern zum Waldrand, dachte Tappeiner, um sich und die Herde vor weiteren Blitzen zu schützen. Das Gewitter war noch nicht vorbei, dessen war sie sich gewiss, es machte nur eine Pause.

»Wir sollten besser zurück zum Wagen gehen«, sagte einer der Polizisten.

Tappeiner ignorierte ihn, sie blickte sich um, suchte nach einer Möglichkeit, den Graben zu überqueren. Es musste eine geben, ganz sicher. Sie zögerte. Sie war gut im Springen. Vier Meter schaffte sie locker. Wenn sie ordentlich Anlauf nähme, würde es klappen. Ganz sicher. Sie durfte nur nicht zu nah an den Rand kommen, die Erde dort schien nicht besonders fest zu sein.

»Wir gehen zum Wagen zurück«, sagte der Polizist erneut.

»Das ist eine gute Idee«, stimmte sein Kollege mit ein.

Donnachiara sagte nichts.

Tappeiner ging einige Meter in die Richtung, aus der sie

144

gekommen waren, die anderen folgten ihr. Sie versuchte, sich zu konzentrieren. Sie war früher im Sportunterricht immer die Beste gewesen, mit Abstand. Besser als alle Jungs. Ihr Schirm fiel ins Gras. »Wünscht mir Glück«, sagte sie. Dann drehte sie sich blitzartig um und rannte los.

»Halt«, hörte sie einen der Polizisten noch schreien.

»Nicht!«, brüllte der zweite.

Sie sah sich als kleines Mädchen am Lido von Bozen auf dem Zehner stehen. Zu springen hatte sie sich nicht getraut, aber sie war zu stolz gewesen, einfach wieder herunterzuklettern. Bis zum späten Nachmittag hatte sie dort oben ausgeharrt. Erst, als die Security-Mitarbeiterin ihr damit gedroht hatte, ihre Eltern anzurufen, war sie in Tränen aufgelöst hinabgestiegen und nach Hause geradelt.

Der Graben kam näher, sie spürte, wie ihre Schuhe immer tiefer im Gras einsanken, die Beine ihr schwer wurden. Tappeiner presste die Zähne zusammen und sprang.

18

Da war niemand. Nicht auf der Frauentoilette. Nicht auf der Herrentoilette. Grauner wollte schon wieder hinausgehen, drehte sich aber noch einmal um, und da sah er den kleinen Fleck auf den Fliesen. Bei einer der Klotüren. Er bückte sich, ja, das war Blut. Ganz sicher. Ein warmer Luftstoß ging durch den Raum, das Fenster hinten bei den Pissoirs stand einen Spalt offen. Der Wind blies ein Haarbüschel über die dreckigen Fliesen. Er streckte die Hand aus, fasste danach, hielt die Haare hoch. Dunkelblond.

Was war hier drinnen passiert? Rasch ging er zum Fenster, draußen ragte Gestrüpp in die Höhe, einzelne Zweige waren abgeknickt. Der Commissario stellte sich auf die Zehenspitzen, lehnte sich aus der Öffnung. Auf dem Steinboden entdeckte er einen weiteren Fleck, größer. Wieder Blut. Stöhnend zog er sich hoch, kletterte nach draußen und landete im Gebüsch. Kleine Äste bohrten sich ihm in den Bauch. Er wischte sich mit dem Ärmel das Gesicht ab, rappelte sich auf und lief um die Gaststätte herum.

Vor der Waschanlage stand der schwarze Jeep, der linke, vordere Reifen war platt, die Tür geöffnet, der Schlüssel steckte im Zündschloss. Er drehte sich um sich selbst. Der weiße Mercedes war weg. Wieder das Gefühl, beobachtet zu werden. Er sah, dass der Tankwart nun vor dem Häuschen stand, die *Gazzetta* gesenkt, blasses Gesicht, auf ein Handy eintippend. Er ging zu ihm hin, der Mann blickte erschrocken auf. Schrie.

»Kommen Sie nicht näher, ich rufe die Polizei.«

»Nicht mehr nötig«, sagte Grauner und hielt ihm die Tessera hin.

Der Mann atmete laut aus. Grauner fragte ihn, ob er hier auf dem Parkplatz in den vergangenen Minuten etwas Berichtenswertes beobachtet hatte.

»Und ob«, sagte der Tankwart. »Ein Mann kam von hinter dem Gebäude aus dem Gebüsch gelaufen, ganz panisch, ich dachte noch, der hat an einen der Bäume gepinkelt, anstatt die Klos zu benutzen. Ferkel, manche Männer. Dann aber ist er zu dem Jeep da vorne gelaufen, hat ein Messer aus der Jackentasche gezogen und zack, den Vorderreifen aufgeschlitzt. Nicht mit einem kleinen Taschenmesser, nein, nein, ein großes Küchenmesser hat er dabeigehabt. Mit einem weißen Mercedes ist er dann losgerast. Nur ein paar Sekunden darauf kam eine Frau aus derselben Richtung angerannt. Die hatte Blut im Gesicht. Sie ist zum Jeep gelaufen, eingestiegen und hat den Motor angemacht. Dann hat sie wohl den Platten bemerkt, sie hat das Auto so stehen lassen, ist über die Leitplanken gesprungen und im Dickicht verschwunden. Eigenartig, oder?«

Grauner nickte knapp, wühlte in seiner Jackentasche.

»Sagen Sie, Sie haben nicht zufällig die Kenntafel des Mercedes ...«

Grauner ärgerte sich über sich selbst, dass er die Kenntafel nicht selbst notiert hatte. Unverzeihlicher Anfängerfehler. Der Mann schüttelte den Kopf. Grauner wählte die Nummer der Questura. Gleichzeitig ging er an den Leitplanken entlang, hinter der der Hang mit Büschen und Bäumen steil abfiel. Mary Krawinkel war nicht zu sehen. Verdammt. Sie war weg.

Grauner war zurück in die Raststätte gegangen, hatte veranlasst, dass die Toiletten abgesperrt wurden, bis Weiherers Leute kamen. Saltapepe, Tappeiner und Belli hatte er nicht erreichen können.

Nun wartete er, tigerte auf dem Parkplatz auf und ab. Auch wenn er wusste, dass Weiherer ihn dafür rügen würde, schlich er um den Jeep herum. Er setzte sich hinein, der Schlüssel steckte, er spielte mit dem Schlüsselbund, an dem ein Pferdekopf aus Kastanienholz hing. Er drehte den Schlüssel im Zündschloss, das Radio sprang an. *The Boys of*

Summer. Don Henley. Unten bei den Pedalen glitzerte etwas. Er bückte sich, strich mit der Hand über den Teppich, bekam ein paar Steinchen zwischen die Finger, sie funkelten silbern, er steckte sie in die Hosentasche. Sie mussten wohl im Profil von Mary Krawinkels Schuhsohlen gesteckt haben. »*And I can tell you, my love for you will still be strong, after the boys of summer have gone …*«, sang Henley.

Grauner richtete sich auf, stellte die Musik leiser. Da kam ihm eine Idee. Der Bildschirm des Navigationssystems leuchtete schwach, er tippte darauf herum, fand die Option *Letzte Ziele*. Zwei Treffer. Einmal St. Leonhard. Niemand gab seinen Wohnort in ein Navigationssystem ein. Oder doch? Er überlegte. Ja, doch. Um zu sehen, wie lange er nach Hause brauchte? Ob es Stau gab? Natürlich. Das machte man ständig. Der zweite Treffer war: Maiern, Ridnauntal.

»Warum das Ridnauntal?«, sagte der Commissario laut zu sich selbst.

Er drückte auf den Namen der Gemeinde. »Route berechnen«, sagte eine blecherne Stimme. Neunundvierzig Kilometer. Sechsundvierzig Minuten.

Am liebsten wäre er gleich losgefahren. Doch er musste warten, bis die Kollegen eintrafen. Die Arbeit koordinieren. Das würde dauern. Sie mussten eine Suchaktion starten. Sie mussten Mary Krawinkel erwischen, er musste mit ihr sprechen. Hier vor Ort mussten sie eventuelle weitere Zeugen befragen, weitere Spuren suchen und sichern. Er lehnte sich zurück. Aber irgendwann, wenn alles lief, würde er sich abseilen können.

»Das Ridnauntal«, sagte der Commissario noch einmal, diesmal lauter.

19

Langsam fuhr der Zug in den Kopfbahnhof *Santa Maria Novella* von Florenz ein. Am Bahnsteig herrschte ein dichtes Gedränge. Geschrei, Umarmungen, ein Koffer krachte von einem Gepäckwagen. Die Reisenden im Abteil erhoben sich, zogen ihre Jacken an, hievten ihre Taschen von den Ablagen über den Sitzen und stellten sich in den Flur. Der Zug hielt ruckelnd an, die Bremsen quietschten, die Türen öffneten sich mit einem Zischen.

»Ah, Florenz«, sagte Dr. Elia Conte di Santangelo-Bellinghausen, er machte keine Anstalten, aufzustehen. Saltapepe hatte in der letzten halben Stunde fieberhaft darüber nachgedacht, wie er nun vorgehen sollte. Ein paarmal war er kurz davor gewesen, sich dem Kunstsammler zu offenbaren, ihm zu sagen, dass er Polizist sei. Aber ein leises Gefühl hatte ihn davon abgehalten, auch wenn er nicht zu sagen vermochte, wo es herkam.

Als es ganz ruhig im Abteil war, stand der Mann auf, strich den Anzug glatt, nahm das flache Paket und begab sich zur Tür. Der Ispettore folgte ihm. Kaum stieg er die Stufen zum Bahnsteig hinab, begann sein Herz schneller zu schlagen. Das Licht war ganz anders als in Südtirol, beinahe plüschfarben, es roch nach von der Sonne erhitzten Marmorplatten, nach Zigarren, nach Pinien.

»Und jetzt?«, fragte er den Kunstsammler.

»Jetzt halten wir uns an den Plan. Sie sind doch hoffentlich in alle Details eingeweiht, oder?«

»Nein, äh, ja, doch, doch …« Schweiß stand ihm auf der Stirn.

»Na dann«, sagte der Mann und flanierte über den Bahnsteig Richtung Ausgang. »Ah, da vorne stehen ja schon meine beiden Freunde.« Er hob den Arm, winkte, wie man seiner Mutter nach einer langen Auslandsreise winkte. »Rocco und Alfredo, tolle Kerle.«

Der Ispettore bemühte sich, mit ihm Schritt zu halten. Dr. Elia Conte di Santangelo-Bellinghausen streckte den Arm, der Ärmel seines Trenchcoats rutschte nach hinten und legte die filigrane Uhr aus Gold frei. »16.20 Uhr, perfekt. Ich liebe es, wenn sich nach Stunden des Chaos alles wieder sortiert. Sie doch auch, oder?« Er wartete die Antwort nicht ab. »Sie und Ihre Bande, Sie sind doch Perfektionisten, nicht? Das ist der Grund, warum ich beschlossen habe, mit Ihnen Geschäfte zu machen. Bei Geschäften mit Perfektionisten läuft selten etwas schief.«

Als sie die Männer erreicht hatten, fiel die Begrüßung überraschend kühl aus. Einer der beiden nahm den eingepackten Bilderrahmen entgegen. Sie trugen beide einen Siebentagebart, Schirmmützen, alte Bomberjacken, Jeans, abgewetzte Stiefel. Saltapepe runzelte die Stirn. Irgendetwas stimmte hier nicht, die beiden passten so gar nicht zum Auftreten von diesem Bellinghausen. Durch einen Seitenausgang verließen sie die Bahnhofshalle.

Ein alter silberner Alfa 156 stand auf einem Taxi-Parkplatz. Der Mann, der sich als Rocco vorgestellt hatte, setzte sich auf den Fahrersitz, Alfredo hielt die Beifahrertür auf, bedeutete dem Conte einzusteigen und legte ihm das eingepackte Bild auf den Schoß. Dann öffnete er die hintere Tür für Saltapepe. Der Ispettore zögerte. Das war vielleicht die letzte Möglichkeit, die Karten offenzulegen. Sich als Polizist zu outen. Die Männer zu befragen, sollten sie dazu bereit sein, und den nächsten Zug zurück nach Bozen zu nehmen. Alfredo stupste ihn leicht an, er stieg ein. Der Mann schloss die Tür, ging um den Wagen herum, setzte sich auf die andere Seite der Rückbank. Rocco fuhr los, hupend, damit ihm Platz gemacht wurde im stockenden Verkehr.

»Umdrehen«, sagte Alfredo zu Saltapepe. Der Ton verriet, dass er es ernst meinte. Der Ispettore zögerte, wandte ihm dann den Rücken zu, der Mann packte ihn an den Armen, drehte sie ihm auf den Rücken und hielt sie mit einer Hand fest, während er mit der anderen begann, ihn abzutasten. Er zog ihm das Handy aus der Jackentasche, legte es in die Ablage an der Tür.

»Hey«, sagte der Ispettore verdutzt.

Conte Bellinghausen schaute nach hinten. »Das ist doch nicht nötig, Alf, der ist sauber, hundertprozentig.«

Saltapepe spürte die fremde Hand am Oberschenkel und am Gesäß.

»Wir sind am Ende doch alles Freunde der Kunst, nicht? Wir Kunstmenschen tragen keine Waffen. Unsere Waffen sind Pinsel, was sollen wir mit Kanonen? Damit schießen wir uns höchstens selbst ins Bein.«

Saltapepe wusste nicht so recht, ob er es bereuen sollte, seine Beretta nicht mitgenommen zu haben. Oder ob sie ihm in dieser Situation zum Verhängnis geworden wäre. Er hatte sie im Alfa gelassen. Er trug einen eng geschnittenen Anzug, den die Pistole unvorteilhaft ausgebeult hätte. Wie hätte er morgens ahnen sollen, dass er am späten Nachmittag mit diesen eigenartigen Gestalten in Florenz zu tun haben würde?

Der Mann ließ von Saltapepe ab, der Alfa passierte eine Brücke. Der Ispettore kannte sich in Florenz nicht aus, er war noch nie hier gewesen, doch er ahnte, dass sie sich stadtauswärts bewegten. Die Straßen wurden breiter, die Häuser hässlicher.

»Wohin fahren wir?«, fragte der Ispettore.

»Zum Versteck«, antwortete Bellinghausen, ohne sich umzudrehen.

Saltapepe beschloss, das Spiel jetzt zu beenden, es konnte nicht ewig so weitergehen. »Zu welchem Versteck?«

Nun drehte sich der Kunstsammler um. »Dahin, wo wir das Bild lagern werden. Wo wir es genauestens untersuchen lassen werden. Wo wir Ihnen, wenn alles in Ordnung ist, die restliche Summe für dieses erste Bild aushändigen werden. Zu einem alten, verlassenen Bauernhaus an der Grenze zu Umbrien. In einer knappen ...«

»Welches Bild, dieses Bild da auf Ihrem Schoß?«

Alfredo neben ihm hob die Augenbrauen.

Der Conte zwinkerte dem Ispettore zu. »Mein lieber Freund, natürlich dieses Bild ...«

»Ich bin nicht der Mann, für den ihr mich haltet. Euer Mann ist tot. Ich bin ...«

Saltapepe wurde nach vorn geschleudert, der Sicherheitsgurt schnitt ihm in die Brust, Rocco hatte abrupt abgebremst. Auch Bellinghausen hatte es nach vorn geworfen, er hatte einen hohen Schrei ausgestoßen. Alfredo war nicht angeschnallt gewesen. Er lehnte am Vordersitz, ein wenig benommen, eine Pistole war ihm aus der Jackentasche gefallen und in den Fußraum gerutscht. Der Ispettore bückte sich blitzartig, hob sie hoch und richtete sie auf den Fahrer. Rocco blickte sich kurz um, seine rechte Hand wanderte zur Hüfte.

»Das würde ich nicht tun«, sagte Saltapepe und drückte ihm die Pistole an den Hinterkopf.

Der Mann hörte nicht auf ihn. Noch bevor der Ispettore verstand, was passierte, schaute auch er in die Mündung einer Waffe. Der andere hatte sie in Sekundenbruchteilen aus der Jacke gezogen.

»Meine Herren, Freunde, das ist doch absolut nicht nötig«, sagte Dr. Elia Conte di Santangelo-Bellinghausen mit bebender Stimme.

»Schießt du, schieße ich auch«, sagte Rocco grimmig.

20

Die Erde gab nach, das Gras riss auf. Tappeiner rutschte tiefer, fand Halt, dann rutschte sie weiter. Verdammt, das war es dann wohl. Dieser blöde Kopf! Sie war ins Grübeln gekommen, auf den letzten Metern, die langen Sätze wurden zu Trippelschritten, schließlich sprang sie beinahe aus dem Stand. Mehr hoch als weit. Sie krallte sich am Gras fest.

Hilflos schaute sie sich um, wieder zuckte ein Blitz über ihr, näher als vorhin, gleich würde das Donnergrollen erklingen, würde es das Letzte sein, was sie hörte? Ein Schrei mischte sich in das Pfeifen des Windes. Etwa zwei Meter neben ihr landeten zwei Füße auf der Wiese, ein Körper, der in die Knie ging, ein bleiches Gesicht: Donnachiara. Die Praktikantin rappelte sich auf, griff nach ihrer Hand, warf sich nach hinten. Bald lag Tappeiner mit dem Bauch auf der Wiese, zog die Füße hinterher, keuchte.

»Danke«, sagte Grauners Assistentin.

»Ich lass dich hier oben doch nicht allein«, antwortete die Praktikantin.

»Der Sprung, nicht schlecht.«

Es regnete wieder. Nicht stark, aber beständig. Das grollende Gewitter war weiter nach Süden gezogen. Doch heller wurde es nicht, der Himmel war noch immer von schwarzen Wolken bedeckt. Alles war verdunkelt, so als hätte bereits die Dämmerung eingesetzt. Die Regentropfen perlten an ihren Jacken ab, und doch waren sie völlig durchnässt. Die Schirme waren bei den Polizisten geblieben. Tappeiner und Donnachiara liefen in die Richtung, in der die Kühe und die Buben verschwunden waren.

Die Landschaft wurde karger, steiniger, je höher sie kamen. Sie ließen die Baumgrenze hinter sich, das Gras wich Moos und Stauden, der schmale Trampelpfad war an vielen Stellen kaum noch zu erkennen. Immer wieder entdeckten sie Kuhfladen und Ziegenkot, sie wiesen ihnen den Weg.

Bald führte der Steig sie an einem Bach entlang, riesige Findlinge lagen verstreut herum, Gesteinsbrocken, die vor Jahrhunderten vom Gipfel heruntergekullert waren. Nach einer guten halben Stunde war in der Ferne ein Licht zu erkennen. Eine Almhütte. Kleine Fenster, weißes Gemäuer. Die Ziegen hatten sich an den Felsen weiter im Osten versammelt. Die Kühe standen am Zaun, der sich um einen verwilderten Garten zog. Der Border Collie lief nervös um Donnachiera und Tappeiner herum und bellte.

»Bellt der unseretwegen?«, fragte die Praktikantin.

Sie hatten sich hinter einem der Findlinge versteckt, etwa fünfzig Meter von der Hütte entfernt, die sie von dort beobachteten. Moos und Flechten klebten am kalten Stein, ein kleines Bäumchen war daran hochgewachsen.

»Ich weiß es nicht«, antwortete Grauners Assistentin.

Die Tür der Hütte öffnete sich, ein Bub trat heraus. »Sherpa!«, rief er, dann pfiff er. Kurz, laut, wie ein Murmeltier.

Der Border Collie kam sofort herbeigeeilt, er winselte.

»Still«, zischte der Junge, tätschelte dem Hund den Kopf, schob ihn ins Innere der Hütte.

»Wollen wir sie erst einmal observieren?«, fragte Donnachiara.

Tappeiner schüttelte den Kopf. »Nein«, sagte sie dann, »ich gehe jetzt hinein und frage sie aus.« Sie fröstelte.

»Du? Warum nur du? Ich komme mit«, sagte Donnachiara.

Das kam gar nicht infrage. Nicht etwa, weil Tappeiner sich Sorgen um die Praktikantin machte. Was sollte ihnen schon geschehen? Sie waren von der Polizei. Ja, sie waren im hintersten Tal, aber das waren Hirtenbuben. Buben! Die spielten Streiche, gewiss. Die klauten auch mal was oder schlugen irgendwelche Scheiben ein. Gefährlich waren sie nicht. Aber wenn hier oben etwas Finsteres vor sich ging, dann wussten sie davon. Tappeiner hoffte sehr, dass der Schlüssel zur Lösung des Falles hier zu finden war, bei den Rissen, den sumpfigen Wiesen. Sie wollte die Jungs ausquetschen. Die Praktikantin würde dabei nur stören, womöglich dazwischenquatschen, Fehler machen.

»Nein, ich gehe allein«, sagte sie und stand auf. Der Wind hatte sich gelegt. Friedlich wirkte alles, es war seltsam still.

Donnachiara sprang ebenfalls auf. »Natürlich komme ich mit, wäre ja noch schöner, du kannst mich ja nicht ...«

Dann verstummte sie. Sie schauten einander an. Tappeiner war sofort klar, dass Donnachiara es auch gehört haben musste. Ein Wiehern. Die beiden Frauen sprangen erneut hinter den großen Steinbrocken und lauschten. Da, wieder, das Wiehern.

»Ruhig, Goldmond, ganz ruhig. Was hast du denn? Hier ist niemand. Keine Angst, gleich sind wir da.«

Ein Schatten löste sich aus dem Halbdunkel, eine Gestalt auf einem Pferd, deren Gesicht nicht zu sehen war. Aber Tappeiner erkannte die Stimme. Georg Krawinkel. Er ritt direkt an ihnen vorbei zu der Hütte. Er musste einen anderen Weg hier hoch genommen haben. Der Bauer sprang ab, band das Tier fest und machte sich am Sattel zu schaffen. Er holte eine Jutetasche heraus, schaute sich um, als wollte er prüfen, ob ihn jemand beobachtete, dann ging er zur anderen Seite der Hütte.

Lange tat sich nichts, dann kam er wieder hervor, ohne die Tasche, ging auf die Tür zu. »Buben, wo seid ihr?«, rief er und trat ein, ohne anzuklopfen.

»Wie gesagt, du wartest hier«, sagte Tappeiner und trat hinter dem Stein hervor.

»Nein, ich ...«

»Keine Widerrede!«

Tappeiner lief gebückt in Richtung der Hütte. Sie hatte nicht mehr vor einzutreten. Sie wollte wissen, was in dieser Jutetasche war, die Krawinkel irgendwo hinter dem Haus versteckt haben musste.

21

Hinter Sterzing führte die Autobahn zum Brenner hoch, die schwarzen Wolken hingen über der Stadt. Grauner erreichte das Autobahnhäusl, öffnete das Fenster, kalte Luft kam ihm entgegen. Ein Hauch von Benzin, ein Hauch von Gülle. Zwei Burgen wachten über die breite Talsohle, links Burg Reifenstein, rechts Schloss Sprechenstein. Der Commissario umkurvte den Kreisverkehr an der Stadteinfahrt, Menschen schoben vollbepackte Einkaufswagen auf einem Supermarktparkplatz umher, auf einer Bank saßen drei Jugendliche, weite T-Shirts, Käppis, Skateboards, Joint. Sie lachten.

Er nahm die dritte Ausfahrt, fuhr an ein paar Fabrikgebäuden vorbei, die auf beiden Seiten der Straße standen, dann ließ er die Stadt hinter sich. Vor ihm türmten sich die Berge auf, Blitze zuckten um die Gipfel. Kein Auto vor ihm, keins hinter ihm. Es kam ihm vor, als führe er dem Ende der Welt entgegen.

Vereinzelt standen Bauernhäuser auf den Wiesen, die Straße wurde schmaler und schlängelte sich am Hang entlang, irgendwo musste sie enden, es gab keinen befahrbaren Pass, der zwischen den Bergen ins dahinterliegende Tal führte, so viel wusste er.

Wäre der Anlass für diese Fahrt ein anderer, hätte er Mahler angemacht, eine bessere Kulisse gab es kaum. Für die sechste Sinfonie. Oder die siebte. Aber Grauner war ganz und gar nicht in Stimmung. Er war viel zu angespannt. Er kannte dieses Tal nicht. Früher, so viel wusste er, hatte es hier mal ein Bergwerk gegeben. Nun gab es nur noch ein

Museum. Als er zur Schule gegangen war, hatte die Parallelklasse einen Ausflug dorthin gemacht. Seine Klasse nicht. Sie waren zum Goldenen Dachl nach Innsbruck gefahren.

Ein überdimensionaler Traktor kam ihm entgegen, der Commissario lenkte den Panda beinahe in den Graben, um ihm auszuweichen. Er gab wieder Gas, hinter einem Waldstück verwandelte sich die Straße in einen Schotterweg. *Maiern* stand auf einem Ortsschild. Wieder ging es in den Wald hinein. Als die Bäume sich lichteten, tat sich vor ihm ein Kessel auf. Er hatte das Ende des Tals erreicht. Das Licht hier wirkte matter, so als hätte sich ein graugrüner Schleier über alles gelegt. Er hielt an.

Links vor ihm stand ein Industriebau aus nacktem Beton. Dahinter erhob sich eine steile Rampe. Schwere Stahlseile durchschnitten den Himmel. Bagger standen scheinbar vergessen herum. Zwei, drei. Neben einem halben Dutzend rostigbrauner Wägelchen wies ein Schild den Weg zum Museum. Ein kleines Kirchlein wandte Grauner die Hinterseite zu. Weiter hinten entdeckte er eine Handvoll heruntergekommener Häuser. Eine Straße führte im Zickzack weiter den Hang in die Berge hoch.

Was war das hier? Grauner stieg aus, zog sich das Jackett fest um die Schultern. Hätte er es nicht besser gewusst, hätte er vermutet, eine Hollywood-Kriegskulisse zu betrachten. Der Ort war hässlich und faszinierend zugleich.

Was nun, dachte er. Im Augenwinkel nahm er eine Bewegung wahr. Auf der Brücke neben dem Parkplatz, die zu den Häusern weiter hinten führte, stand eine Gestalt. Ganz in Schwarz gekleidet. Der Mann schien nicht recht zu wissen, ob er weitergehen sollte. Oder umkehren. Schließlich trat er näher an den Commissario heran. Einige Meter vor ihm blieb er stehen. Ein Greis. Glatzköpfig. Nur wenige kurze weiße, schimmernde Haare an den Schläfen. Tiefe Falten im Gesicht. Sommersprossen, ein Muttermal auf der Stirn. Grauner schätzte ihn auf achtzig, mindestens. Die hellblauen Augen schienen durch ihn hindurchzusehen.

»Grüß Gott«, sagte der Commissario.

»Sie sind zu spät, mein Herr.« Der Greis hustete. »Das Museum ist bereits geschlossen.«

Grauner schüttelte den Kopf. »Ich wollte nicht ins Museum, ich ... sagen Sie, wer sind Sie? Und was ist das für ein Ort?«

Der Alte schmunzelte, trat näher an ihn heran, sein Blick ging noch immer durch ihn hindurch. Da verstand der Commissario. Der Mann war blind.

»Ich bin der Luis. Ein Überbleibsel aus der Zeit, als hier an diesem Berg noch geschuftet wurde.« Er drehte sich um, breitete die Arme aus. »Dieser Ort ist die Hölle.«

Dem Commissario lief es kalt den Rücken hinab. Der Mann strahlte eine unendliche Traurigkeit aus. Der Ort ebenso.

»Leben Sie allein hier?«, fragte Grauner weiter.

Der Mann nickte. »Da hinten«, sagte der Greis und zeigte zu den heruntergekommenen Häusern. »Ich bin der Einzige, der da noch wohnt.« Viele der braunen Jalousien waren geschlossen, manche fehlten, manche hingen lose herab. »Und hier«, er zeigte auf ein renoviertes Häuschen auf einer kleinen Anhöhe über ihnen, »helfe ich im Museum ein bisschen aus. Doch wenn die Besucher und die anderen Mitarbeiter weg sind, gehört das Talende mir ganz allein.«

Grauner stellte sich nun als Polizist vor, verriet dem

Mann, dass er in einem Mordfall ermittelte. »Kennen Sie eine Mary Krawinkel?«, fragte er gleich freiheraus.

»Mary Krawinkel, nein«, erwiderte der Alte und schüttelte den kahlen Kopf. »Nein, nie gehört, ist die hier aus dem Tal?«

»Aus St. Leonhard. In Passeier.«

»Aus dem Passeiertal.« Der Mann lehnte sich zurück. »Da war ich schon lange nicht mehr.«

Grauner holte sein Handy heraus. Kein Netz. »Haben Sie ein Telefon hier igrendwo? Drüben in Ihrer Wohnung vielleicht?«

»Nein!«

Der Commissario erschrak ein wenig, der Blinde hatte aufgeschrien.

»Nein«, sagte der Mann noch einmal, diesmal sanfter. »Nein, nein, das tut mir leid. Ich hab keins. Aber kommen Sie!«

Ein dicker Tropfen traf Grauner an der Schulter. Erst da bemerkte er, wie finster es geworden war. Dann, mit einem Schlag, öffnete der Himmel die Schleusen.

»Wir gehen zum Museumscafé. Bis das Unwetter vorbei ist. Da oben gibt es Netz und einen Espresso.«

Der Mann streckte die Hand aus, suchte Grauners Schulter, schob ihn ein bisschen vor sich her, weg vom Parkplatz, weg von der Brücke, die zu den alten Häusern hinüberführte. Der Commissario ließ es geschehen. Der Himmel ergoss sich über sie. Innerhalb von Sekunden waren sie platschnass.

22

Es summte. Tappeiner näherte sich vorsichtig. Das Summen wurde lauter. Sie glaubte sicher zu wissen, wo Krawinkel den Jutebeutel verstaut hatte. In einem der Bienenstöcke, die an einem weiteren großen Gesteinsbrocken hinter der Hütte standen. Ein anderes Versteck gab es hier hinter der Hütte nicht. Eine der Bienen schwirrte ihr um den Kopf. Sie verscheuchte das Tierchen, doch es kam immer wieder.

Tappeiner kämpfte mit sich selbst. Sie musste sich eingestehen, keine Ahnung von Bienen zu haben. Sie mochte noch nicht einmal Honig. Sie war eine Marmeladenfrühstückerin. Als könnte im Bienenstock ein Mörder lauern, pirschte sie sich langsam heran. Nun gab es kein Zurück mehr. Tappeiner öffnete den ersten Stock, sah hinein, sah die Waben, die Bienen, unzählige emsig übereinanderkriechende Leiber. Keine Jutetasche.

Sie öffnete den zweiten. Da lag sie. Sonst nichts. Keine Waben. Eine herumfliegende Biene landete auf ihrem Arm, noch eine. Es kitzelte ein wenig. Sie hielt ganz still. Sie spürte einen Stich. Sie biss sich auf die Lippen, hob die Tasche langsam heraus, in ihren Ohren summte es, immer wieder streifte sie ein leichter Windzug. Hastig stolperte sie zurück. Die Tasche lag nun vor ihr im Gras. Sie packte sie, lief um den Steinbrocken hinter den Bienenstöcken herum, lehnte sich an ihn.

Auf der kleinen, kartonierten Schachtel war eine Patronenhülse abgebildet. *Rifle Match – Jagdmunition* stand darunter. Tappeiner kniete sich auf den Boden und öffnete die Zigarrenkiste aus hellem Holz, die sich ebenfalls in der Tasche befunden hatte. Papier quoll heraus, zusammengefaltete DIN-A4-Blätter. Schwarz-Weiß-Ausdrucke. Fotos von Malereien. Naturmotive. Ein schneebedeckter Berggipfel im Hintergrund eines Waldes, zwei Jäger mit Gewehren, eine erlegte Gams. Eine Sumpflandschaft, über der ein weißer Mond schwebte. Eine bleiche Geisterfrau im Moor. Ein Gebirgssee. Ein Schiff auf hoher, wilder See.

Unten im Kästchen fand sie die Kopie einer handbeschriebenen Seite aus einem Notizbuch. Es schien sich um den Teil eines Briefs zu handeln. Die Schrift wirkte sehr – sie überlegte – ja, sehr altmodisch. Sie tat sich schwer, die Worte zu entziffern.

Es geht jetzt zu Ende mit mir. Zeit, alles aufzuschreiben. Ja, sie haben Vater ermordet. Oben am Schneeberg, an diesem Höllenort. Sie wollten auch uns beide tot sehen. Sie werden büßen irgendwann, die Krawinkels! Charly, der gute Charly, er hat uns gerettet. Er wird eines Tages in den Himmel kommen. Ganz bestimmt. Und wenn mir Gottes Gnade zuteilwird, dann werde ich sie alle wiedersehen. Charly. Meinen geliebten Matthäus. Auf den beiliegenden Seiten habe ich aufgeschrieben, was geschehen ist. Mein lieber Sohn, lebe wohl, ich weiß, Du wirst das Richtige tun. Adieu

»Charly«, hauchte Tappeiner, sie wühlte in den Blättern, fand nur Kopien von Bildern. »Verdammt, es muss doch noch mehr geben«, flüsterte sie. Was hatte das alles zu bedeuten? Die Krawinkels müssen büßen. Schneeberg, der Schneeberg, ein Höllenort. Schneeberg, wo hatte sie das schon mal gehört? Tappeiner ließ sich auf den Boden sinken. Ja, die Geologen hatten davon gesprochen! Von einem Bergwerk, das den Berg über dem Tal durchlöchert hatte. In dem die Wissenschaftler eingestürzte Stollen vermuteten. Und unterirdische Seen, die zu platzen drohten. Das musste irgendwo hier oben sein. Noch weiter über den Almen. Sie hob die Zigarrenkiste an, drehte und wendete sie, ein dünnes Papier fiel heraus. Es fühlte sich anders an, zarter. Sie entfaltete es und legte es sich auf den Schoß. Erst dachte sie, es handelte sich um ein weiteres Kunstwerk, eine Zeichnung. Zarte Striche liefen über das Papier, kreuzten sich, manche waren mit Zahlen und Buchstaben beschrieben:

A.46, A.66, A.72, W, B.77, B.22

Über anderen hatte jemand Namen und rätselhafte Wörter notiert:

Veit, Stubner, Karl, Schmier, Posch, Barbara,
Erb, Hernorter, Salige, Moos, Schwarzsee

Es war eine Landkarte. Tappeiner stand auf, sammelte das Papier ein, stopfte es in die Kiste zurück, schloss sie, dann sah sie sich noch einmal den halb leeren Patronenkarton an. Sieben Stück lagen darin. Sie steckte die Patronen in ihre Jackentasche, klemmte sich die Zigarrenkiste unter den Arm, schaute um die Ecke, das Pferd stand noch immer vor der

Hütte. Sie musste das Risiko eingehen. Loslaufen, hoffen, dass niemand aus dem Fenster schaute.

In diesem Moment hörte sie das Quietschen der Vordertür. Wortfetzen.

»Nimm den Speck mit raus.«

»Nein, die Gläser sind ...«

Sie drückte sich an den Stein.

23

Der Alte stapfte durch Pfützen, die sich in kürzester Zeit gebildet hatten. Grauner folgte ihm, der Hosensaum seines Anzugs färbte sich schlammig braun, die polierten Lederschuhe ebenso. Sie erreichten die Anhöhe, der Blinde öffnete die Glastür, neben der auf einem Schild *Café* stand. Er trat ein, ohne sich ums Licht zu kümmern.

Für einen Moment zögerte Grauner. Im Inneren des Cafés hallten die Schritte des Mannes durch die Finsternis. Der Commissario suchte den Schalter, die Lampe blinzelte, erleuchtete dann surrend eine kleine Theke, ein paar Tische und Stühle. Hastig schloss er die Tür, durch die der Wind den Regen hereintrug. Es roch nach Putzmittel. Der Blinde machte sich an der Kaffeemaschine zu schaffen.

Grauner stellte sich ans Fenster, draußen tobte das Unwetter. In einer Vitrine waren einige Steine aufgereiht. Quarze. Weiß. Durchsichtig. Silber. Der Commissario steckte die Hand in die Hosentasche, bekam zwei der Steinchen zu fassen, die er auf dem Fußboden des Jeeps gefunden hatte. Er zog sie heraus, sah die Steinchen silbern glitzern.

»Ich halte hier kleine silberne Steinchen in den Händen«,

sagte er dem Blinden, »ich frage mich, ob die von hier stammen.«

»Das müssen Granatsteinchen sein«, sagte der Mann. »Schön. Aber wertlos. Die Edelsteine der armen Leute, sagte man früher. Oben am Berg ist alles voll davon.«

»Wo führt eigentlich die Straße weiter hinten genau hin?«, fragte Grauner.

»Zur Moarerberg-Alm«, antwortete der Blinde, »und zum Stollen.«

»Dem Stollen?« Der Commissario ließ die Steinchen von einer Hand in die andere kullern.

»Sie waren wohl noch nie hier? Etwas unterhalb der Alm führt ein Stollen in den Berg hinein. Über Tage geht es nur zu Fuß weiter. Steil bergan zum Schneebergjoch. Von dort schaut man auf St. Martin am Schneeberg. Eine ehemalige Knappensiedlung, zweitausenddreihundertfünfzig Meter über dem Meeresspiegel, die höchste ihrer Art in Europa.«

Die Kaffeemaschine schnaubte und zischte.

»St. Martin am Schneeberg«, wiederholte Grauner nachdenklich.

»Ja, ein richtiges Dorf war das früher. Tausende Menschen lebten da oben. Es gab einen Lebensmittelladen, eine Kirche, ein Frauenhaus, einen Friedhof, eine Arztpraxis, zeitweise sogar ein Kino.«

Der Commissario dachte nach. »Ich muss …«, begann er.

Der Blinde unterbrach ihn. »Sie kommen da jetzt nicht hinauf, mein Freund. Bei so einem Unwetter überflutet der Regen die Schotterstraße und die Wassermassen rauschen durch den Wald ins Tal. Jetzt da hochzufahren, ist gefährlich.«

Grauner nickte. Er hatte recht. Es war sinnlos.

»Warten Sie das Ende des Unwetters ab und fahren Sie

dann lieber nach Hause, Herr Kommissar.« Er stellte zwei Tassen auf einen der Tische.

Grauner schaute auf die Straße neben dem Fluss, sie stand unter Wasser. Er hatte das Gefühl, seine Zeit zu vergeuden, aber er musste warten, ein bisschen zumindest, bis der ärgste Regen nachlassen würde. Dann würde er entscheiden, ob er zurück zur Raststätte und von dort nach Bozen fahren sollte. Oder doch den Berg hoch? Er nahm das Handy in die Hand, wollte nach der Nummer der Questura scrollen, als ein Anruf von Tappeiner einging.

24

Saltapepe starrte Rocco in die Augen, tastete an der Tür nach dem Griff, fand ihn. Verdammt, wie hatte er ihnen so in die Falle laufen können? Dr. Bellingirgendwas? War wahrscheinlich ihr Boss. Oder ein reicher Idiot, den sie erpressten.

Der Ispettore rutschte nach hinten, stieg rückwärts aus, ließ dabei den Fahrer und die auf ihn gerichtete Waffe nicht aus den Augen. Sie befanden sich in einer ruhigen Wohngegend. Im Augenwinkel nahm Saltapepe Häuserfronten wahr, Vorgärten, einen kleinen Park. Kein Mensch auf der Straße. Kein Verkehr. Die Männer im Auto rührten sich nicht. Er zielte weiterhin mit der Pistole auf Rocco, während er sich vom Wagen entfernte. Die Türen des Wagens öffneten sich, Rocco stieg aus, Alfredo auch.

Saltapepe schwitzte. Er musste es hinter eines der Häuser schaffen, sie abhängen, sich irgendwo verstecken. Zum Bahnhof finden. Den nächsten Zug nach Bozen nehmen.

Oder noch besser nach Neapel. Mutter umarmen. Er hatte sie schon so lange nicht mehr gesehen.

Als er sich umdrehte, um loszurennen, erstarrte er. Ein paar Hundert Meter entfernt sah er zwei Autos stehen. Mitten auf der Straße. Die Türen geöffnet. Männer dahinter. Geduckt. Sie waren also mehr. Viel mehr. Er hörte Roccos Stimme. »Waffe weg. Hände hoch!«

»Ich will die Hände sehen«, schrie nun auch Alfredo.

Saltapepe runzelte die Stirn. Er hatte schon sein ganzes Leben lang mit Verbrechern zu tun, noch nie hatte er einen so reden hören. So redeten nur ...

In diesem Moment zog Alfredo eine Tessera aus der Tasche und streckte sie ihm entgegen. Obwohl er etwa zehn Meter entfernt stand, erkannte der Ispettore den Carabinieri-Ausweis sofort. Er schnappte nach Luft. »Ich ...«

»Hände hoch!«, brüllte Rocco wieder.

Saltapepe ließ die Hand sinken, um das Portemonnaie mit dem Polizeiausweis hervorzuholen.

»Nicht bewegen, ich schieße!«, schrie Alfredo.

Erschrocken zuckte der Ispettore zurück, ließ die Waffe fallen. »Ich bin Claudio Saltapepe, ich bin Polizist, Ispettore della Questura di Bolzano, ich ermittle in einem Mordfall.«

Rocco senkte die Pistole nicht. Alfredo kniff die Augen zusammen, schien nachzudenken.

»Kommen Sie her, ziehen Sie das Portemonnaie aus meiner Tasche«, sagte Saltapepe mit möglichst ruhiger, klarer Stimme.

Rocco nickte seinem Kollegen zu, der langsam näher kam und dem Ispettore in die Jackentasche griff, das Portemonnaie hervorholte und den Ausweis herausnahm. Er drehte sich um. »È uno di noi.« Er ist einer von uns.

Saltapepe ließ erschöpft die Arme sinken, Alfredo, wenn er denn so hieß, reichte ihm die Hand, klopfte ihm auf die Schulter.

»Ich denke, wir haben viel zu besprechen, Kollege!«

Der Ispettore nickte.

25

Tappeiner traute sich kaum zu atmen, sie hörte das Knurren des Hundes näher kommen, gleich würde er bei ihr sein. Dann vernahm sie einen Pfiff. Das Knurren brach ab, ein Winseln ertönte, der Köter schien sich zu entfernen. Wieder hörte sie Stimmen.

»Isst du nicht ein bisschen Speck mit uns?«

»Nein, ich reite noch zu den Rissen bei den Wiesen, um zu schauen, ob die beim letzten Regen größer geworden sind. Vielleicht komme ich danach noch einmal vorbei.«

Georg Krawinkel schnalzte. Der Bube rief noch etwas zum Abschied. Dann ertönte ein Wiehern, der Reiter entfernte sich. Leise hörte Tappeiner die Stimmen der Jungen, sie hatten sich wohl vor die Hütte gesetzt. Der Wind heulte. Die schwarzen Wolken waren weitergezogen, sie hingen nun an den Gipfeln im Osten. Vorsichtig richtete Tappeiner sich auf und drückte die Patronenschachtel und die Zigarrenkiste fest an sich. Sie würde sich gedulden müssen, bis die Buben wieder in der Hütte verschwunden waren. Dann würde sie Donnachiara einsammeln und mit ihr zum Wagen zurückkehren.

26

Die beiden Ruderer glitten über das türkisgrüne Wasser des Arno. Gleichmäßig, wie eine Maschine, tunkten sie die Riemenblätter ins Nass. Ein Jogger und ein Yorkshire-Terrier rannten am Ufer entlang. Die Sonne stand tief, sie tauchte die Stadt in ein warmes, brennendes Licht. Neben Saltapepe gingen Rocco und Bellinghausen. Rocco wirkte erschöpft, der Conte keineswegs. Der Carabiniere hatte die Kollegen in die Kaserne zurückgeschickt, sie drei dagegen waren in Richtung des Flusses gelaufen.

»Freunde!«, jauchzte Bellinghausen, »was für ein Tag! Was für ein Abenteuer! Was für Überraschungen!« Er klatschte in die Hände, schlug Saltapepe auf die Schulter. »Sie sind also tatsächlich kein Mitglied der Bande, Sie Schlingel.«

Während sie am Ufer entlanggingen, erzählte der Ispettore, dass sie im Zuge einer Mordermittlung eine Einladungskarte zur Kunstauktion auf Schloss Maretsch sichergestellt hatten, auf der Bellinghausens Initialen notiert waren. Dass er ihm deshalb gefolgt sei. Er blieb erst einmal bewusst vage, wartete ab, was die beiden zu erzählen hatten.

»So, und jetzt würde ich gern mehr über Ihre Arbeit erfahren«, forderte er, als sie bei einer Biegung des Arno am Ponte Vecchio angekommen waren. Sie zwängten sich durch ein Meer von Menschen. Geschrei, Selfies, Geschubse. Auf einer Bank saß ein Rentner, er warf Brotkrümel auf den Boden, kreischend stürzten sich Möwen darauf.

»Mein Nachname ist Ferretti«, sagte Rocco, »ich bin in

eine verdeckte Ermittlung involviert, genannt *Operation Alpenjudith*. Gemeinsam mit einem Kollegen …«

»Alfredo«, ging Saltapepe dazwischen.

Ferretti nickte.

»Ja, Alfredo Sacchi. Er war lange Zeit auch ein Carabiniere. Vor vier Jahren ist er in die Privatwirtschaft gewechselt und leitet den Sicherheitsdienst der *Uffizi*.«

Saltapepe war bei Gott kein Kunstkenner, aber das Kunstmuseum in Florenz war selbst ihm ein Begriff.

Der Carabiniere fuhr fort. »Alles begann im Sommer letzten Jahres. Wir brauchten wieder einmal die Hilfe von Dr. Conte di Santangelo-Bellinghausen.«

Saltapepe schaute verblüfft zu dem Mann, der leise summend neben ihm lief. »Sie heißen also wirklich so?«, fragte er.

Bellinghausen lachte schallend. »Sie sind ein lustiger Kerl, Herr Ispettore Saltapepe, natürlich heiße ich so, niemand könnte sich so einen Namen ausdenken.«

»Der Herr Doktor stand in jungen Jahren mal auf der anderen Seite«, sagt Ferretti.

Der Herr Doktor nickte.

»Wir haben ihn damals, Jahrzehnte ist das her, bei dem Versuch erwischt, illegal zwei Kunstwerke zu erstehen. Er wurde zu sechs Monaten Gefängnis verurteilt, kam jedoch vorzeitig raus. Wegen guter …«

»Sehr guter!«, ging Bellinghausen dazwischen.

»… Führung. Und weil er sich dazu bereit erklärte, ab und an mit uns zu kooperieren, um Kunstdelikte aufzuklären. Undercover. Seitdem arbeiten wir eng zusammen. Er ist eine Koryphäe auf dem Gebiet, aber Dottore, vielleicht wollen Sie selbst …«

Bellinghausen hob die Hände. »Nein, nein, ich bitte Sie. Sprechen Sie weiter! Sprechen Sie! Das ist Balsam für meine Ohren an einem so wunderbaren Abend.«

Ferretti grinste. Dr. Elia Conte di Santangelo-Bellinghausen, so erzählte er, habe Kunstgeschichte in Eton und an der *Sorbonne* studiert. Er habe seine Doktorarbeit über das Grabtuch von Turin geschrieben, seine Habilitation darüber, wie Michelangelo seine Schüler ausgewählt habe, und sich daraufhin auf die Historie von Kunstraub und Kunstfälschung spezialisiert.

Der Dottore stoppte den Gang, hob den Zeigefinger. »Ich würde nur hinzufügen wollen, dass meine Frau Mama einem alten österreichisch-ungarischen Adelsgeschlecht entstammte, mein Vater einem noch älteren florentinischen. Das ist die Prägung, die ich erfahren habe. Meine Hemden lasse ich immer noch in England maßschneidern, mein Parfum lasse ich in einer ganz exquisiten kleinen Versailler Duftmanufaktur nach eigenem Wunsch zusammenmischen.« Er nickte dem Carabiniere zu, zum Zeichen, dass der nun weitermachen könne.

»Von der *CCTPC* haben Sie sicher bereits gehört?«

Saltapepe nickte eifrig. Wenn er ehrlich war, wusste er jedoch nicht genau, was sich hinter der Abkürzung verbarg.

»Die Einheit *Carabinieri per la Tutela del Patrimonio Culturale* wurde 1969 zum Schutz des kulturellen Erbes Italiens ins Leben gerufen. Hier in Florenz, einem der größten Standorte, habe ich die Leitung überno...«

»1969?«, ging Bellinghausen nun doch noch einmal dazwischen. »Nein, nein, nein, Sie können doch nicht erst im Jahr 1969 beginnen! Damit werden wir dem Thema nicht gerecht. Ach, lassen Sie doch lieber mich das machen, also …« Er griff in seine Jackentasche, holte ein Metalletui hervor, öffnete es, zog einen Zigarillo heraus, steckte ihn in den Mundwinkel, hielt den anderen beiden das Etui hin, beide schüttelten den Kopf. Dann legte er los, mit dem nicht entzündeten Zigarillo zwischen den Lippen. »Die Kunst hat zwei Seiten. Eine helle, eine dunkle. Sechzig Milliarden Dollar werden weltweit jährlich mit Kunst umgesetzt.«

»Lassen Sie uns über die dunkle Seite sprechen«, sagte Saltapepe. Er wollte, dass es nun endlich voranging.

Bellinghausen räusperte sich. »Kunst und Raub und Verbrechen und Fälschung und Gier, das hat es immer schon alles nur gemeinsam gegeben. In mannigfaltiger Form. Denken wir an den überehrgeizigen Archäologen, der trotz besseren Wissens behauptet, Troja entdeckt zu haben. An die Schändung und Zerstörung von Kulturgut in Kriegen. An all die gewieften Fälscher, die einem gierigen Kunstmarkt immer neue verschollen geglaubte Werke von namhaften Künstlern anbieten. Von manchen italienischen Vertretern der Hochrenaissance sind so viele Werke im Umlauf, dass sie zwei Dutzend Bilder an jedem Tag ihres Lebens hätten malen müssen, um auf diese Anzahl zu kommen. Ein Rauschenberg in der Küche, ein Giacometti im Garten, das raubt den *Art Lovers* den Verstand. Die Kunst? Ist tot. Ökonomisiert! Zum Investment degradiert, nicht nur für die globale Kulturelite, auch für Spekulanten. Und wo die Spekulanten sind, sind auch die Verbrecher nicht weit, denen die Kunst allzu oft nur dazu dient, ihr Geld reinzuwaschen. Drogengeschäfte, Menschenhandel. Nichts ist leichter zu manipulieren als der Kunstmarkt. Er ist globalisiert, verworren, intransparent. Der perfekte Sumpf, der an der Oberfläche glänzt. Die Kunst konkurriert mit Wertpapieren, Gold, Beton. Vierhundertfünfzig Millionen Dollar für *Salvator Mundi*, dem nun teuersten Gemälde aller Zeiten. Das letzte Gemälde von Leonardo da Vinci, wie sie alle schreiben. Pah! Dabei sind sich die Experten bis heute nicht einig, ob dieses Werk tatsächlich ihm zugeordnet werden kann. Irre, nicht? Apropos Experten. Viele lassen sich schmieren. Die sind ja nicht blöd. Die bescheinigen nur zu gern genau das, was der Auftraggeber hören will. Und der will hören, dass er sein Geld für echte Ware ausgegeben hat. Ehrliche Gutachter, die wenigen, die es noch gibt, werden nicht selten unter Druck gesetzt. Drohbriefe, zertrümmerte Windschutzscheiben, dunkle Gestalten, die sich vor ihren Häusern herumtreiben. Solche Geschichten. Die Kunst ist die perfekte Ware des Kapitals. Galerie oder Luxusboutique, da erkennt heute keiner mehr einen Unterschied. Kunst – ob echt oder falsch – dient lediglich dem Prestige. Sogenannte *Art Advisors* beraten und kassieren. Da wird selbst eine stümperhafte Skizze, die Andy Warhol auf dem Klo sitzend auf ein Stück Toilettenpapier gekritzelt hat, als großes, wiederentdecktes Werk gefeiert. Nur der Name zählt! Der Preis mancher Werke hat sich innerhalb von einem halben Jahrzehnt verdreißigfacht.«

Saltapepe dachte an Alba. An ihren Warhol. Nur eine Kritzelei?

»Wer gut malen kann, kann auch gut fälschen. Von meinem lieben Michelangelo heißt es, er habe als Knabe ein Porträt nachzeichnen sollen. Er tat wie geheißen, behielt das Original, gab dem Herrn Lehrer die Kopie – immerhin ein echter Michelangelo, haha! –, und niemand bemerkte es. Manche Fälscher verstehen ihr Handwerk aufs Feinste.

Da brauchen erfahrene Prüfer viel Zeit, um herauszufinden, ob ein Werk ein Original ist oder nicht. Doch Zeit hat kaum jemand heutzutage. Das spielt den Fälschern in die Hände. Sie gehen ins Risiko. Denn: Wird doch mal einer von ihnen erwischt, schreibt er im Gefängnis seine Memoiren. In Botticellis *Inferno*-Kupferstich schmoren die Fälscher nach dem Tod durch den Scheiterhaufen in der Hölle. Heute sitzen sie nach milder Haft in den Talkshows. Was der Fälscher macht, wird als Kavaliersdelikt angesehen. Die Methoden der Betrüger sind vielfältig. Die Auswüchse der in der Welt befindlichen Fälschungen ebenfalls. Wenn ich kurz ausholen darf ...«

Saltapepe konnte nur mühsam ein Stöhnen unterdrücken.

»In einem Luxus-Hotel in St. Moritz und in der Dresdner *Gemäldegalerie Alte Meister* hängt scheinbar ein und dasselbe Bild: Die *Madonna di San Sisto*. Ein später Raffael. Beide haben ein Echtheitszertifikat renommierter Gutachter. Welche Madonna ist das Original? Vielleicht keine der beiden! Oder denken Sie nur an den Fall der geraubten *Mona Lisa*, der ist Ihnen ja sicher geläufig, nicht?«

Saltapepe schüttelte den Kopf, was blieb ihm anderes übrig. Ferretti zwinkerte ihm zu.

»Die schöne *Gioconda* wurde erst so richtig berühmt, als sie aus dem Louvre entwendet wurde. Das war im Jahr 1911 – und es war ein Inside-Job. Ein Italiener namens Vincenzo Peruggia, der im Museum als Glaser gearbeitet und dadurch Kenntnis von den Sicherheitsvorkehrungen erlangt hatte, versteckte sich über Nacht mit zwei Kompagnons in einer Kammer. Am nächsten Morgen, noch bevor die Alarmsysteme an den Bildern aktiviert waren, nahmen die drei die *Gioconda* einfach von der Wand und verschwanden durch einen Nebenausgang. That's it. Das Bild blieb erst mal verschollen. Erst viel, viel später stellte sich heraus, dass Peruggia im Auftrag eines argentinischen Kunstverbrechers gehandelt hatte. Eduardo de Valfierno. Das alles kam jedoch erst Jahrzehnte später ans Tageslicht. Der Argentinier hatte einem Journalisten alles erzählt, unter der Bedingung, es erst nach seinem Tod zu veröffentlichen.«

Der Ispettore hatte keine Ahnung, warum der Mann ihm diese Geschichte erzählte. Doch es hatte keinen Sinn, den Dottore zur Eile zu drängen. Er würde sich in Geduld üben müssen.

»Sie fragen sich nun sicher, warum ich Ihnen diese Geschichte erzähle, nicht?«, sagte der Kunstkenner und fuhr fort, ohne eine Antwort abzuwarten. »Üben Sie sich in Geduld. Sie werden es gleich verstehen. Dieser Eduardo de Valfierno verdiente sein Geld damit, die Fälschungen eines befreundeten Restaurateurs an skrupellose, reiche Käufer zu veräußern. Er ließ nun also auch die *Mona Lisa* kopieren. In der Gewissheit: Wer gestohlene Kunst will, geht nicht zur Polizei, selbst wenn er bemerkt, dass er einem Fälscher auf den Leim gegangen ist. Sechs Mal verkaufte de Valfierno vermeintliche *Mona Lisas,* angeblich bekam er je dreihunderttausend Dollar dafür. Gerissen, nicht?«

Saltapepe dämmerte langsam, was ihm der Mann sagen wollte.

»Und die echte *Gioconda*?«, fragte er.

Bellinghausen schmunzelte. »Sie hat Paris nie verlassen. Der Glaser Peruggia bewahrte sie nur wenige Häuserblocks vom Louvre entfernt auf. Er hat von seinem argentinischen Auftraggeber nie wieder etwas gehört, nie Geld gesehen. Er war reingelegt worden und saß auf seiner – ohne die richtigen Kontakte – schwer zu verkaufenden Ware. Als er schließlich nach zwei Jahren in Florenz versuchte, die *Mona Lisa* für viel Geld über einen Galeristen an den damaligen Direktor der *Uffizi* zu veräußern, schnappten die Handschellen zu.«

Sie liefen nun durch die Gassen der Stadt, immer noch im Slalom durch die Touristenmassen, begleitet vom Sound der Bars und Restaurants, in denen die Florentiner zu einem Aperitivo zusammenkamen. Auf dem Platz vor der Santa-Croce-Kirche saßen junge Leute und tranken Bier aus Flaschen.

»Fresken von Giotto«, sagte Ferretti, als sie an der beeindruckenden Marmorfassade der Kirche vorbeikamen, »und die Gräber von Machiavelli, Michelangelo, Galilei.«

Saltapepe musste grinsen, wahrscheinlich war es so, dass jemand, der in Florenz wohnte, automatisch zum Stadtführer mutierte, wenn er mit einem Fremden von außerhalb unterwegs war. Ihn überkam eine berauschende Leichtigkeit. Die Gefahr war gebannt.

»Schon wieder Michelangelo. Ich wusste gar nicht, dass der zuletzt bei der Fiorentina gespielt hat«, witzelte er.

Ferretti warf ihm einen strengen Blick zu, Saltapepe biss sich auf die Lippen. Darüber spaßte man in Florenz wohl nicht. Das verstand er. Über San-Gennaro-Witze lachte man in Neapel schließlich auch nicht. Da fing man sich eine.

Der Conte hielt das Gesicht in die letzten Strahlen der Abendsonne, schloss kurz die Augen, dann drehte er sich schwungvoll um und lächelte den Ispettore an.

»Also, was ich sagen will: Es gibt in dieser Branche nichts, was es nicht gibt. Und das macht es so wahnsinnig schwierig, gegen Kunstraub und Kunstfälschung vorzugehen. Die Kunst verzaubert uns, der Markt macht unsere Seelen kaputt.«

Der Dottore nahm den Zigarillo aus dem Mund und hielt ihn locker zwischen den Fingerspitzen. Erneut gelangten sie an das Ufer des Arno, liefen wieder in die Richtung zurück, aus der sie gekommen waren. An einer weiteren Brücke hatten Obdachlose einen Topf auf einen Gaskocher gestellt.

»Vielleicht haben die Feuer für Sie«, sagte Saltapepe.

»Feuer? O dio mio, nein! Ich rauche schon seit über zehn Jahren nicht mehr.« Bellinghausen hob den Zigarillo hoch. »Ich kaue nur noch darauf herum, jeden Abend beim Spaziergang hier am Arno zerkaue ich einen davon.«

Sie gingen schweigend weiter, die beiden Obdachlosen beachteten sie gar nicht.

»Lassen Sie uns nun zu dieser eigenartigen Geschichte kommen«, fuhr der Conte fort, »die uns zusammengebracht hat. Die mich nach Südtirol hat reisen lassen. Zur gestrigen Kunstversteigerung in diesem ganz wunderbaren Schloss Maretsch, wo ich den Mittelsmann eines dubiosen Mannes treffen sollte, der angeblich echte Prachtstücke zu verkaufen hat. Meine Freunde von den Carabinieri haben mich als Lockvogel eingesetzt. Herrlich, nicht? Alles war minutiös geplant. Ich fuhr nach Bozen, beschattet von Zivilpolizisten, aber dann … traf ich auf Sie!«

27

Es hatte eine gefühlte Ewigkeit gedauert. Als die Hirtenbuben nach etwa einer Dreiviertelstunde endlich in der Hütte verschwunden waren und Tappeiner zum Felsen zurückgekehrt war, war Sabrina Donnachiara nicht mehr da gewesen. Sie hatte anscheinend allein den Weg zurück angetreten. Tappeiner stieg zu den Almen ab, der Fels war rutschig, viel rutschiger als vorhin, zweimal landete sie auf dem Hintern.

Sie bemerkte Schritt für Schritt, wie sehr der Boden durch den vielen Regen aufgequollen war. Kleinere Risse waren bis obenhin mit Wasser gefüllt. Sie sank immer wieder ein Stück ein. Bald bis zum Knie. Das Unwetter hatte die Wiese in einen unpassierbaren Schlammsee verwandelt. Sie kam nicht weiter. Konnte es nicht riskieren. Was nun? Sie beschloss, wieder ein Stück hochzusteigen und dann in die Richtung hinabzugehen, aus der Krawinkel gekommen war. Das musste eine andere Möglichkeit sein, ins Tal zu gelangen. Sie würde einen Pfad finden. Ganz bestimmt. Sie machte sich auf den Weg.

28

Sie waren ins Stadtzentrum vorgerückt, hatten sich an der Piazza della Repubblica vor eine Bar gesetzt und drei Espressi bestellt. Schnellen Schrittes querten elegante Florentiner den Platz, verschwanden in der Fußgängerzone oder im Schatten des Triumphbogens, dem Arcone. Mittendrin kreiste ein goldenes Karussell zu Drehorgelmusik.

Saltapepe hatte inzwischen erfahren, dass Ferretti und seine Männer der *CCTPC* neben dem systematischen Durchstöbern von Auktionskatalogen und legalen Online-Portalen auch im Darknet ermittelten, wo gestohlene, verschollene und gefälschte Bilder Käufer fanden. Sie versuchten, den wahren Strippenziehern auf die Spur zu kommen.

»Wir schlagen nicht zu, sobald ein Bild zum Verkauf angeboten wird«, sagte Ferretti, »damit würden wir nur die kleinen Fische fangen. Wir versuchen seit einiger Zeit, unsere Leute in diese Kreise einzuschleusen, aber das ist uns leider noch nicht gelungen.«

Nun aber hätten sie ihre Chance kommen sehen. Obwohl sie zunächst alles völlig falsch eingeschätzt hatten. Auf einer Darknet-Seite bot ein anonymer Verkäufer drei Werke an. Zwei Botticellis, ein Ghirlandaio. Bilder, so fanden Ferrettis Männer heraus, aus dem Bestand der *Uffizien*. Drei Werke, durchaus wertvoll, aber nicht sehr bekannt, die derzeit im Lager vor sich hin vegetierten.

»Es musste sich bei den Angeboten um Identfälschungen handeln«, sagte Ferretti und musste an Saltapepes Blick erkannt haben, dass der Begriff erklärungsbedürftig war. »Es gibt Stilfälschungen, da malt ein Fälscher frei erfundene Motive, die er als verschollene Werke großer Meister loswerden will. Und es gibt Identfälschungen, da ...«

»Da malt er ein Bild, das es tatsächlich schon gibt«, vervollständigte der Ispettore den Satz.

Ferretti nickte. »Identfälschung, das ist die absolute Königsdisziplin. Ohne das Original als Vorlage neben sich stehen zu haben, ist das beinahe unmöglich.«

»Aber wer kauft eine Fälschung, wenn er weiß, dass das Bild bereits in einem Museum hängt?«, fragte Saltapepe.

»Nicht jedes Werk ist eine allbekannte *Mona Lisa*. Die meisten Werke schlummern in Archiven vor sich hin, da hat kaum jemand den Überblick, was wo liegt und was es überhaupt gibt. Und kaum ein Schwarzmarktkäufer ist ein Experte. Außerdem gibt es erlauchte Kreise, da ist so ein Werk, dessen Original angeblich im Museum steht, der absolute Kick ...«

»Jaja, im *MoMa* hängt ein Gerhard Richter. Aber schauen Sie hier, hier hängt der echte ...«, funkte Bellinghausen anschaulich dazwischen. »Das, dieser Satz, ist manchem millionenschweren Sammler mehr wert als die längste Luxusjacht im Hafen von Monaco. So ein neureicher Banause von einem Möchtegernkunstliebhaber will einfach nicht sehen, dass es sich eventuell um eine Fälschung handelt. Der will nur von irgendeinem dahergelaufenen Gutachter die Bestätigung der Echtheit haben. Um das Werk endlich für seine Privatvernissage aufhängen zu können. Wenn etwas nicht echt ist, aber alle es für echt halten wollen, was ist es dann?« Er lachte lauthals.

Ferretti übernahm wieder, erzählte, wie es weitergegangen war. Sie hatten Interesse vorgetäuscht, sich als Kunstsammler ausgegeben. Dr. Bellinghausen, von dessen Zusammenarbeit mit den Behörden niemand in der Kunstszene wusste, trat als beratender Experte auf. Es folgten vorsichtige, langsame Anbahnungsgespräche. Schließlich einigten sie sich auf die Kaufsumme.

»Fünfzigtaus...« Saltapepe sprach den Satz nicht zu Ende, der ihm absurderweise in den Sinn gekommen war. Nein, hier ging es natürlich um ganz andere Summen als jene, die Grauner in einem Kuvert in der Küche des Toten gefunden hatte.

»Drei Millionen Euro«, sagte Ferretti. Ohne sich anmerken zu lassen, ob er den Zwischenruf des Ispettore gehört hatte.

Wenige Tage später hätten die verdeckten Ermittler eine Mail erhalten, an eine eigens dafür eingerichtete Adresse. Im Anhang befanden sich Fotos der Kunstwerke. Die Nachricht dazu war unmissverständlich.

*Wir gehen davon aus, Sie haben sich darüber in Kenntnis
gesetzt, dass diese Bilder eigentlich zum Archivbestand der
Uffizien zählen. Dort im Lager befinden sich jedoch Fälschungen.*

*Wir gehen außerdem davon aus, dass Sie die Echtheit der
von uns angebotenen Bilder überprüfen wollen. Dies wollen wir Ihnen gern ermöglichen. Der von Ihnen gewählte
Experte kann an einem von uns gewählten geheimen Ort
die Begutachtung des ersten Bildes vornehmen. Im An-
schluss findet an einem weiteren von uns gewählten Ort die
Übergabe des Geldes statt. Wenn dies alles reibungslos über
die Bühne geht, folgt die Übergabe des zweiten und dritten Bildes auf die gleiche Weise. Wir erwünschen profes-
sionelle Zusammenarbeit. Weitere Informationen zu den
Treffpunkten und zum Bezahlvorgang erhalten Sie später.*

»Wir willigten ein. Allerdings stellten auch wir ein paar Bedingungen. Alles andere wäre verdächtig gewesen. Wir zeigten
uns einverstanden damit, eine erste Begutachtung nach ihrem
Wunsch durchzuführen. Das reichte uns aber nicht. Wir for-
derten zur Überprüfung der Echtheit eine weitere, zweite Inspektion, mit kunsthistorischer Expertise sowie naturwissen-
schaftlichen und restauratorischen Betrachtungen. An einem
Ort unserer Wahl. Am Ort der ersten Begutachtung würden
wir eine Anzahlung hinterlassen und das Bild bereits mitnehmen. Später den Rest übergeben. Wir blieben hart. Irgendwann willigten sie – wohl zähneknirschend – ein.«

Ferretti und seine Männer hatten lange hin und her überlegt, ob sie den Conte solch einem Risiko aussetzen konnten. Doch ein Carabiniere, der sich nicht mit Kunst auskannte, wäre schnell aufgeflogen.

»Ich war sofort bereit dazu«, meldete sich Bellinghausen zu Wort. »Was für ein Erlebnis!« Er schnippte einen Kellner herbei, bestellte nun einen Gingerino mit Zitrone und Eis. »Und ein winziges Schlückchen Weißwein. Trinkt ihr auch noch etwas?« Er lehnte sich zurück.

Saltapepe bestellte Mineralwasser, Ferretti nichts. Kaum hatte sich der Kellner entfernt, erzählte der Carabiniere weiter. Leiser als zuvor.

»Wir haben auch den Direktor der *Uffizien* eingeweiht, Tommaso Ventura. Und Alfredo Sacchi, seinen Sicherheitschef, den Sie ja bereits kennengelernt haben.«

Saltapepe nickte.

»Wir haben uns die Bilder in den Archiven der *Uffizien* noch einmal angeschaut, sie erneut auf Echtheit überprüfen lassen. Es gab keinen Zweifel, wir fanden nichts, was dafür sprach, dass es Fälschungen sein könnten. Die Korrespondenz mit den Verkäufern zog sich in die Länge, kam immer wieder ins Stocken. Dann, vorgestern, war es so weit. Wir hatten, wie gefordert, Dr. Conte di Santangelo-Bellinghausen mit dem Zug nach Bozen geschickt. Beschattet von einigen unserer Leute.«

Bellinghausen hatte Anweisungen per SMS bekommen, die von wechselnden Nummern abgeschickt worden waren. Er sollte in einen Bus nach Branzoll steigen. Dort angekommen, leitete man ihn weiterhin via SMS zu einem heruntergekommenen Haus am Rande des Dorfes.

»Ich kämpfte mich durch verstaubtes Gerümpel, ich wollte schon umkehren«, fuhr der Kunstkenner fort, »in der ersten Etage fand ich es dann. Eingewickelt in Papier. Ein *Judith*-Porträt Ghirlandaios. Unter diesen Bedingungen konnte eine Untersuchung tatsächlich nur oberflächlich sein. Es handelte sich um eine exzellente Fälschung. Hätte ich nicht gewusst, dass das Original im Lager der *Uffizien* steht, hätte ich es für echt gehalten. Das Bild ist ganz wunderbar.«

Er hinterlegte die Anzahlung – dreitausend Hundert-Euro-Scheine mit notierten Seriennummern –, packte das Werk wieder ein und nahm es mit. Das Handy warf er, wie mit den Carabinieri besprochen, in den nächstbesten Mülleimer. Nun ging es um die zweite Inspektion des Bildes. Und um die Übergabe des restlichen Geldes.

Saltapepe sprach seine Gedanken laut aus: »Sie haben den Verkäufern mitgeteilt, dass Sie deren Mittelsmann in Bozen treffen würden, bei der Auktion im Schloss Maretsch. Die Einladungskarte, die wir gefunden haben, stammt von Ihnen.«

Der Kunstmann nickte.

»Ja«, bestätigte auch Ferretti. »Wir ließen die Verkäufer vorab wissen, wie sie unseren Mittelsmann erkennen würden. Sicher ist sicher. Auch wenn wir davon ausgingen, dass Bellinghausen bereits in Branzoll aus sicherer Ferne beobachtet werden würde.«

»Hut, Schal, Stock«, flüsterte Saltapepe.

Sie hatten abgemacht, dass Bellinghausen sich am Anfang der Bildversteigerung erheben und den Saal verlassen würde. Dass der Mittelsmann ihm folgen sollte. Dass Bellinghausen ihn – ihn allein! – an den Ort bringen würde, wo er das restliche Geld bekommen sollte, aber erst, wenn das Bild ausgiebig untersucht und für gut befunden worden war.

Im Publikum saßen verdeckte Ermittler. Als Saltapepe mit einer weiteren Person dem Conte folgte und eine dritte

Person, die anscheinend ebenfalls zu ihnen gehörte, zurückblieb, waren sie alarmiert. Drei, das war nicht abgemacht gewesen.

»Grauner und Alba«, sagte Saltapepe.

Ferretti sah ihn fragend an.

»Grauner ist Kommissar der Mordkommission«, sagte der Ispettore, »Alba seine Frau.«

Ferretti hob eine Augenbraue. »Wir hatten vor, Sie in einer entlegenen Hütte im Hinterland der Toskana warten zu lassen und derweil Ihre Begleiter dingfest zu machen. Dann aber ...«

»... kam alles anders«, beendete Saltapepe den Satz.

Der Mann nickte.

»Was ist mit Grauner und ...«

»Unsere Kollegen, die mit nach Bozen gekommen sind, haben noch beobachtet, wie er am Bahnhof eine Polizistin überwältigt hat. Er hat sie mit ihren eigenen Handschellen an eine Laterne gefesselt. Dann haben sie seine Spur im Verkehrschaos der Stadt verloren.«

Saltapepe sprang auf. »Und Alba ...?«

»Zwei Kollegen haben sie beschattet. Sie fuhr mit einem erstandenen Kunstwerk nach Hause. Sie hatte Besuch. Drei junge Typen, die Haus und Hof gefilmt haben. Sie ließen dafür sogar eine Drohne aufsteigen. Die Kollegen waren kurz davor, sie festzunehmen, bevor Sie sich uns offenbart haben.«

Saltapepe setzte sich langsam wieder, schwieg. Er konnte sich keinen Reim auf all das machen, was dieser Mann ihm gerade erzählt hatte. Grauner war flüchtig, nachdem er eine Polizistin festgekettet hatte? Und was hatte es mit den Dreharbeiten auf seinem Hof auf sich? Diese Fragen würden warten müssen. Er hatte nicht vergessen, warum er hier war.

»Der Mann, den Sie suchen, der Mittelsmann, ich vermute, er heißt Hannes Kiem. Das ist der Tote. Unser Toter im Passeiertal. Er ist ermordet worden. In seiner Küche haben wir die Einladungskarte sichergestellt.«

Der Carabiniere starrte ihn fassungslos an.

»Passeiertal?«, fragte Bellinghausen, schüttelte die Eiswürfel im Glas, schlürfte einen letzten Schluck daraus.

Saltapepe nickte.

»Das ist … das könnte … natürlich, warum bin ich nicht … kann das sein? Das ist interessant«, sagte er leise, mehr zu sich selbst.

Der Ispettore wartete.

Der Mann schaute stirnrunzelnd hoch zu einer Straßenlaterne, die soeben angegangen war. »Ich müsste, um sicherzugehen, in meinen Unterlagen nachschauen«, sagte er, stand auf und legte einen Schein auf den Tisch.

»Kommen Sie beide doch morgen früh zu einem späten Frühstück zu mir. Ich bin mir nicht sicher, ich glaube, ich habe da etwas, das Sie interessieren könnte.«

Pfeifend schritt er über den Platz, die Melodie mischte sich mit der des Karussells, das sich noch immer unermüdlich drehte. Die Pferde, die weißen und schwarzen, sie tanzten.

29

Als sie die Talstraße erreichte, war es bereits dunkel. An einer Bushaltestelle checkte sie den Fahrplan. Erst morgen früh würde wieder ein Bus fahren. Sie schaute aufs Handy. Ein Strich, dann wieder keiner. Sie hielt es in die Höhe und lief hin und her. Zwei Striche, drei.

»Frau Tappeiner, wo sind Sie?«, erklang die überraschte Stimme des Staatsanwalts in der Leitung.

Sie klärte ihn darüber auf, dass der Weg über die Wiesen zurück zu den Autos aufgeweicht und unpassierbar geworden war, dass sie einen anderen Steig hinunter ins Tal hatte finden müssen.

Belli sagte ihr, dass er inzwischen nach Bozen zurückgefahren sei, die anderen warteten noch immer oben auf sie, er werde die Kollegen nun verständigen. Den Huber hätten sie zur Fahndung ausgeschrieben, der Hotelier sei im *Alpenglück* nicht anzutreffen gewesen. Angeblich sei er nach Verona gefahren, hieß es, zu einer Fachmesse. Die örtlichen Kollegen überprüften das nun.

Tappeiner ließ sich auf die Bank der Bushaltestelle sinken und streckte die schmerzenden Beine aus. »Was ist mit Grauner und Saltapepe, gibt es da etwas Neues?«

Es gebe einige Neuigkeiten, sagte Belli. Im Hintergrund hörte sie Besteckgeklimper und Klaviermusik. Aber sie solle den Ispettore doch selbst kontaktieren, er bleibe allerdings über Nacht in Florenz. Sie und Grauner sollten sich bitte morgen um neun zu einer Besprechung in der Questura einfinden, sie möge ihm das bitte ausrichten, wenn sie ihn anrufe. Er habe für heute genug von den Eskapaden des Commissario.

Tappeiner beschloss, dem Staatsanwalt erst morgen von dem Fund zu berichten, und verabschiedete sich.

Das Freizeichen ertönte, Grauner nahm zuerst ab. Saltapepe kurz darauf. Der Commissario schien sich von außen gegen ein Fenster zu lehnen, hinter der Scheibe war eine Theke zu sehen, Gläser, Weinflaschen in einem Regal. Er stand wohl vor einer Bar. Seine Lippen bewegten sich, doch er war nicht zu hören.

»Du musst dein Mikro auf laut schalten«, sagte Tappeiner. Schon bereute sie es, diesen Videoanruf gestartet zu haben. Es war das erste Mal, dass sie sich zu dritt auf diese Weise besprachen. Es krachte und krächzte. Dann war seine Stimme zu vernehmen. Nun tauchte rechts unten am Bildschirm auch Saltapepes Kopf auf. Der Ispettore grinste, hob grüßend die Hand.

»Wo um Gottes willen seid ihr beide?«, fragte Tappeiner.

»Im hintersten Ridnauntal«, sagte Grauner.

»Auf der Piazza Santa Maria Novella in Florenz«, sagte Saltapepe, »schön hier. Herrlich. Warm. Mild. Leichte Brise. Wie ist es bei euch?«

»Hier schüttet es, als gäbe es kein Morgen«, sagte Grauner. »Ich bin kurz vor die Tür gegangen, stehe unter einem Dachvorsprung.«

»Hier hat es zum Glück gerade wieder aufgehört«, sagte Tappeiner.

Dann brachten sie sich auf den neuesten Stand. Grauner erzählte von der Verfolgung Mary Krawinkels. Vom Zwischenfall an der Autobahnraststätte mit dem Unbekannten. Von seiner Weiterfahrt. »Ich hoffe darauf, dass der Regen bald nachlässt, dann fahre ich den Berg hoch. Dort sollen sich stillgelegte Erzstollen befinden. Ich muss herausfinden, was Mary Krawinkel da oben zu tun hatte.«

Ridnauntal. Bergwerk. Tappeiner zählte eins und eins zusammen. »Grauner«, sagte sie, »dann bist du gar nicht so weit weg von mir. Du befindest dich auf der anderen Seite des Berges.«

Der Bildschirm zeigte Grauners Ohr, seine Stimme war

dumpf zu hören. »Ich muss mir das noch mal auf der Karte anschauen, ich habe gar nicht gemerkt, dass ich sozusagen beinahe im Kreis gefahren bin.«

Tappeiner nickte. In der anderen Kachel auf dem Display genehmigte sich der Ispettore gerade einen Schluck Negroni. Grauner sprach weiter.

»Ich habe eben noch einmal mit Weiherer telefoniert. Die Kollegen sind noch immer auf der Raststätte. Ich hätte gern ein Phantombild des Mannes, den Krawinkel verfolgt hat. Ich habe ihn nur aus der Ferne gesehen. Leider …«

»Dafür habe ich vielleicht so einiges, das uns weiterbringen kann«, unterbrach ihn Saltapepe. Tappeiner und Grauner lauschten mit wachsender Aufregung seinem Bericht.

»Das hängt alles irgendwie zusammen«, sagte er zum Schluss, »wahrscheinlich hat Hannes Kiem mit gefälschter Kunst gehandelt. Dieser Bellinghausen will mir morgen noch weitere Infos geben.«

Grauner hatte sich in Bewegung gesetzt, schien angespannt hin und her zu laufen, das Bild schwankte wie ein Fischkutter bei wildem Seegang. Der Regen fiel wie aus Kübeln.

»Kunst«, sagte Tappeiner, »apropos Kunst.« Sie stand auf und lief schnellen Schrittes bergab. Sie hatte keine Lust, an der Bushaltestelle auf die Polizeistreife zu warten. Genauso gut konnte sie ihnen ein Stück entgegengehen. In knappen Worten erzählte sie, was sie im Bienenstock gefunden hatte.

»Kunst«, murmelte nun auch Grauner, »alles dreht sich um die Kunst.« Saltapepe nickte nachdenklich.

»Es kann aber auch sein, dass alles ganz anders ist.«
Zwei Augenpaare starrten überrascht in die Kamera.

Dann berichtete Tappeiner den beiden von Donnachiaras Entdeckung im Internet und dem Treffen mit Patti Huber. Von dem Konflikt mit dem Vater, der Abtreibung.

»Wo ist dieser Huber? Habt ihr ihn verhört?« Grauner schrie beinahe.

Tappeiner schüttelte den Kopf. »Er ist angeblich in Verona. Auf einer Hotelmesse. Er konnte bislang noch nicht ausfindig gemacht werden.«

»Gut«, sagte der Commissario schließlich, nachdem er einen Moment geschwiegen hatte. »Silvia, ich melde mich später noch einmal. Und dann sehen wir uns morgen früh in der Questura, um das weitere Vorgehen zu planen. Claudio, du kommst dann mittags dazu und gibst uns Bescheid, sollte es etwas Neues geben.«

Tappeiner und der Ispettore nickten. Weiter vorn tauchten Lichter im Dunkeln auf, zwei Kegel, sie kamen näher, Grauners Assistentin erkannte das Polizeiauto, winkte, es hielt. Der Fahrer kurbelte die Scheibe runter. »Steig ein«, sagte er.

Sie öffnete die hintere Tür, setzte sich.

Der Mann fuhr nicht los. Er drehte sich um. »Wo ist die andere Kollegin?«, fragte er.

»Sabrina? Die ist doch … ist die nicht … die ist doch zu euch zurück?«

Der Polizist schüttelte den Kopf.

30

Noch immer prasselte der Regen vor dem Fenster zu Boden. Grauner stand wieder im Inneren des Cafés, fuhr sich durchs nasse Haar. Der Blinde reichte ihm ein warmes Geschirrtuch, das auf der Kaffeemaschine gelegen hatte. Er rubbelte sich damit über den Kopf. Dann schaute er hinaus, versuchte, die neuen Informationen zu ordnen. Erst nach ein paar Sekunden merkte er, dass der Greis zu ihm sprach. Er ging zu ihm, lehnte sich an die Theke, lauschte. Was sollte er anderes tun? Er musste warten. Bis der Himmel sich beruhigte. Der Mann erzählte und der Commissario war bald gefangen von dem, was er hörte.

Das, was nun ein Museum war, sei einst die größte Erzaufbereitungsanlage der Region gewesen. Ein monströses Erbe der industriellen Revolution. Vor hundertfünfzig Jahren erbaut. Oben am Berg wurde geschürft, hier unten im Tal wurde das Erz vom Stein getrennt und abtransportiert. Nach Sterzing. Von dort nach ganz Europa.

Den Bergbau an sich gab es an Ort und Stelle schon seit Mitte des dreizehnten Jahrhunderts. Damals arbeiteten die Knappen mit Feuer, dann mit Schlägel und Eisen, schließlich mit Schwarzpulver und Dynamit. »Sie haben zahlreiche Stollen in den Berg gegraben«, sagte der Blinde. »Sie haben ihn durchlöchert.«

Ein durchlöcherter Berg. Von beiden Seiten. Passeier und Ridnaun.

Auch in den Wintermonaten seien die Knappen monatelang dort oben gewesen, erzählte der Mann weiter. Oft türmte sich der Schnee bis zu zehn Meter hoch. Wochenlang hätten die Arbeiter kein Tageslicht gesehen, die Behausungen oben in Schneeberg seien durch Tunnel mit den Stollen verbunden gewesen. Viele hätten die ewige Dunkelheit und die Kälte nicht ausgehalten und seien verrückt geworden.

»Der Berg ist kaputt«, sagte der Alte. »Er wird sich wohl nie mehr vom Menschen erholen. Auch wenn wir irgendwann nicht mehr sind.«

Grauner brummte. »Was machen Sie hier, in dieser Ruinenwelt?«

»Ich habe keine Lust mehr auf Menschen. Die Alten im Tal sind gestorben, die Jungen kennen mich kaum. Sie nennen mich nur *den Blinden*.«

Grauner tat sich schwer damit, das Alter des Mannes zu schätzen. Die Haut wirkte im Licht der Deckenleuchte dünn wie Papier, mit zarten Flecken versehen, wie Spuren alter Verbrennungen. Nur die Augen strahlten beinahe jugendlich.

»Fünfundneunzig«, sagte der Blinde.

Grauner zuckte zusammen.

»Sie haben sich doch sicher gefragt, wie alt ich bin, nicht?«

Der Commissario nickte. »Ja«, sagte er dann, als ihm einfiel, dass der Mann ihn nicht sehen konnte.

»Ich war einer der letzten Buben, die große Teile ihrer Kindheit da oben verbracht haben, und viele Jahre meines späteren Lebens«, sagte er. »Bis, ja, bis das Arbeiterwohnhaus im Jahr 1967 niedergebrannt ist.« Der Greis berührte mit den Fingerspitzen die Stirn, die Nase, den Mund, das Kinn, schließlich die Augenlider. »Es ist in den Flammen passiert«, sagte er dann.

Es dauerte einen Moment, bis der Blinde weitersprach. »Ich habe mein ganzes Leben bei diesem Berg verbracht. Hier fühle ich mich sicher, hier kenne ich jeden Stein, jeden Baum. Ich arbeite ein paar Stunden in der Woche drüben im Museum, immer dann, wenn die Besucher nicht da sind.

Ich putze, leere die Mülleimer, rücke alles zurecht. Und ab und an packe ich meine Sachen und verbringe ein paar Tage wandernd im Wald, auf den Almen, in den Bergen. Das ist mein Leben. Den Toten geht's schlechter.«

Der Blinde grinste. Dann erzählte er vom größten überlieferten Unglück im Bergwerk. Man schrieb das Jahr 1724, ein neuer Stollen, der Kaindlstollen, war erst vier Jahre zuvor angeschlagen worden, da stürzte er ein und sieben Knappen wurden verschüttet.

»Zehn Tage lang hörten die, die nach ihnen suchten, ihr Klopfen«, sprach der Mann, »danach hörten sie nichts mehr. Und als sie gefunden wurden, sahen die Helfer die angenagten Lederschuhe. Und die abgenagten Fingerkuppen. Doch sie waren nicht verhungert, sie waren erstickt. Der Sauerstoff war ausgegangen.«

Draußen war es still geworden. Grauner schaute erneut zum Fenster. Die Gewitterwolken waren vorübergezogen, doch es blieb dunkel. Die Dämmerung hatte eingesetzt.

»Jetzt muss ich hoch«, sagte der Commissario.

»Bald wird es Nacht«, antwortete der Blinde. »Fahren Sie nach Hause.«

»Ich muss«, sagte Grauner.

Sein Bauernverstand sagte ihm: Ja, hör auf diesen Mann, fahr nach Hause. Sein Commissario-Gefühl erwiderte: Fahr auf den Berg.

Er ging noch einmal vor die Tür, wählte die Nummer, die er auch im Schlaf hätte aufsagen können. Er wusste, er hätte sich schon längst melden sollen.

»Johann, ich ...« Ihre Stimme klang scheppernd, aber sie war zu verstehen. Sie klang eigenartigerweise nicht verärgert.

»Alba, ich ... entschuldige bitte. Ich habe es einfach nicht geschafft, mich früher zu melden ...«

»Nein, Johann, ich muss mich entschuldigen, das mit dem Bild heute Morgen, der Warhol ...«

Der Warhol! Er hatte ihn ganz vergessen.

»Ich habe mit deiner Kreditkarte bezahlt.«

»Dreitausend«, murmelte er.

»Äh, ja, dreitausend«, sagte sie und räusperte sich, »und dann habe ich noch mal dreitausend bei der Bank abgehoben, für die Crew. Die Freunde von Sara, die drei Filmemacher ...«

Auch die hatte Grauner vergessen.

»Sie meinten, wenn ich sie gleich in bar bezahle, dann könnten sie einen kleinen Preisnachlass geben, sie hätten das so mit Sara ausgemacht. Aber allein das Benzin für die Fahrt und die Miete der Technik war wohl ziemlich teuer.«

Grauner biss die Zähne zusammern. Hätte er sich nur nie auf diesen *Grauner's-Little-Farm*-Blödsinn eingelassen.

»Ich kann nicht lange sprechen, Alba«, sagte er, schließlich war jetzt nicht der Moment, das auszudiskutieren, »es gibt da noch eine Spur, der ich folgen muss. Es wird spät.«

»Pass auf dich auf, Johann«, antwortete sie.

Es roch nach frischem Tannenharz, während er wieder zum Parkplatz hinablief. Von den Bäumen tropfte es. Er hatte sich vom Blinden verabschiedet, ihm gedankt, der Greis hatte gesagt, dass er im Café noch ein bisschen aufräumen werde.

Grauner stieg ins Auto, ließ den Motor an, fuhr auf die Straße zurück, bog in Richtung Bergstraße ein.

»Sechstausend Euro« schimpfte er vor sich hin. Doch dann schmunzelte er. Sechstausend Euro, die in der Urlaubskasse fehlten, dachte er. Vielleicht, ja, vielleicht schaffte er es irgendwie, das als Argument zu verwenden. Schau, Alba, das Geld fehlt. Die Woche an der Adria im August muss leider ausfallen. Lass uns stattdessen lieber jeden Tag eine Wanderung unternehmen. Kein nerviges Meerrauschen. Das wäre es. Ein Traum!

Er nahm die erste Kurve, dann ging es steil hoch.

31

Es fühlte sich an, als wäre die Welt ganz weit weg. Die Stadt, die Menschen. Sie hörte nur das dumpfe Rauschen des Verkehrs, manchmal ein Hupen. So ging es ihr oft, wenn sie abends allein in der Questura saß. Alles dunkel, beinahe gespenstisch. Nur der Lichtkegel auf ihrem Schreibtisch, nachtblaue Schatten vor den Fenstern. Diese Stunden waren ihr am liebsten. Doch heute fand sie keine Ruhe. Sabrina Donnachiara war verschwunden. Und Grauner hatte sich auch nicht mehr gemeldet. Und war nun nicht mehr zu erreichen. Was war da los?

Sie war erst vor einer Stunde aus dem Tal zurückgekommen. Sie hatten den Bürgermeister informiert, der hatte einige Feuerwehrleute zusammengetrommelt und drei Kollegen von der Bergwacht. Gemeinsam waren sie noch einmal zu der Stelle gefahren, an der sie die Risse im Boden vorgefunden hatten. Bürgermeister Kofler hatte mit den Almbuben oben an der Hütte telefoniert, nein, hatten diese gesagt, bei ihnen habe keine junge Frau Zuflucht gesucht.

Die Männer der Bergwacht wollten jetzt im Dunkeln nicht noch höher steigen, das sei zu gefährlich. Der Regen hatte wieder eingesetzt. Sie hatten die Suchaktion abbrechen müssen.

Eine Streife war zum Hof der Krawinkels gefahren, hatte jedoch die Geschwister nicht angetroffen. Nur Georg Krawinkels Frau und Tochter. Die Frau hatte besorgt gewirkt. Sie wisse nicht, wo ihr Mann und ihre Schwägerin seien. Ja, sie werde sich melden, sobald sie auftauchten.

Auch der Hotelier Huber war immer noch nicht gefunden worden. Belli hatte einen Polizisten abbestellt, um sämtliche Hotels in Verona abzutelefonieren, die Messegäste aufgenommen hatten. Sollte der Mann bis morgen früh nicht auftauchen, wollte er eine italienweite Fahndung ausrufen.

Widerwillig hatte sich Tappeiner nach Bozen zurückbringen lassen. Belli hatte ihr befohlen, sich auszuruhen, zwei Polizisten blieben im Tal. Nun saß sie hier. An Schlaf und Ruhe war nicht zu denken.

Sie scrollte auf ihrem Handy herum, betrachtete die Fotos der Fundstücke, die sie vorhin Weiherers Leuten übergeben hatte. Die Patronenschachtel. Die sieben Patronen. Die abgebildeten Kunstwerke. Den Brief, sie las ihn immer und immer wieder. Sie wurde nicht schlau daraus.

»Es geht jetzt zu Ende … Sie haben Vater ermordet … am Schneeberg … Charly … Sohn … Du wirst das Richtige tun …« Tappeiner legte das Handy weg, schaltete den Computermonitor ein, das Hintergrundbild erschien, sie, kraxelnd am Heiligkreuzkofel in den Dolomiten. In das Suchfeld des Browsers tippte sie Kombinationen der Namen und Ortsbezeichnungen aus den Fundstücken.

Matthäus und *Passeiertal*. Nichts. *Veit* und *Passeiertal*.
Nichts. *Stubner* und *Passeiertal*. Ein paar Treffer. So hießen
wohl ein, zwei Familien im Tal. Das brachte sie nicht weiter.

Wieder griff sie zum Handy und besah sich die Fotos. Als
sie bei der Karte ankam, zoomte sie heran. Auf die Buchstaben und Zahlen: *A.46, A.66, A.72, W, B.77, B.22*. Das sagte
ihr alles nichts.

Sie gab *Salige* in das Suchfeld ein. Ein Link zu einer Inter-
netseite, die sich mit Südtiroler Sagen beschäftigte, tauchte
auf. Sie klickte darauf, ein Text erschien.

Ein Jäger aus dem Passeiertal sei in der Nähe des Bergwerks unterwegs gewesen, als er am Ufer eines Sees eine
Frauengestalt mit silberschimmerndem Kleid und goldglit-
zerndem Schmuck entdeckt habe. Sie zeigte ihm die Edelsteine, die sie bei sich trug, und versprach ihm, ihn zu dem
Ort zu führen, wo sie sie gefunden habe. Unter einer Bedingung: Er dürfe nie wieder jagen. Der Jäger zerstörte seine
Armbrust, die *Salige* hielt ihr Versprechen und wies ihm
den Weg zu einer Silberader. Das Bergwerk wurde angelegt,
der Jäger lebte gut und glücklich. Als Greis ließ er sich jedoch dazu hinreißen, einen Steinbock zu erlegen. Gleich ereilte ihn die prophezeite Strafe: Ein Felsblock löste sich und
erschlug ihn. Am darauffolgenden Tag fanden die Knappen in der Grube nur noch wertloses Gestein.

Tappeiner legte den Kopf in den Nacken, seufzte. Das
brachte sie auch nicht weiter. Immer wieder tauchte dieses Bergwerk irgendwo auf. Das konnte kein Zufall sein.
Sie studierte die Seite zur Geschichte des dortigen Erzab-
baus. Seit 500 Millionen Jahren liege Erz oben am Berg, las
sie. Silber, Bleiglanz, Zinkblende, Kupferkies. Der Karlstollen war am 17. August 1660 angestochen worden. Mit ihm

wurde dem Inneren des Berges im großen Stil der Kampf angesagt.

34 Jahre würde es dauern, dachte man damals, um die Erzader zu erreichen. Doch die ersten Knappen kamen nur mühsam voran. Mit Keilhaue, Fäustel, Schlägel. Nicht mehr als zwei Zentimeter am Tag. Mit dem Einsatz der Schießtechnik ab dem Ende des 17. Jahrhunderts ging es schneller voran – aber auch ungemein gefährlicher. Der Fels wurde instabil. Decken stürzten ein, Wasser brach ein, es gab Tote. Die Väter gruben in der Hoffnung, dass ihre Söhne, vielleicht auch erst die Enkel, irgendwann auf das Erz stoßen würden. 1750, nach neunzig Jahren, gab es endlich erste Funde.

Tappeiner konnte kaum noch die Augen offen halten, sie stand auf, ging ans Fenster, öffnete es, atmete die frische Nachtluft ein. Dann drehte sie sich kurz entschlossen um, schaltete den Computer aus und packte ihre Sachen zusammen. »Das Bergwerk da oben, mit eingestürzten Stollen und Seen, die zu platzen drohen«, sprach sie halblaut vor sich hin. Das, wovon der Geologe am Vormittag gesprochen hatte, hallte in ihrem Kopf nach, als sie sich auf den Heimweg machte.

32

Der Panda kämpfte sich im Zickzack durch den Wald die Schotterstraße hoch, Schlamm und Wasser flossen ihm entgegen. In einer steilen Linkskurve blieb er stecken, der Commissario schaltete zurück, drückte das Gaspedal tief durch, mit einem Satz sprang der Wagen nach vorn und war frei.

»Super, Panda, braver Panda«, murmelte Grauner.

Er schaute ins Tal hinab, sah Licht aus den Fenstern eines der Arbeiterhäuser dringen. Sonst war es dunkel. Auf dem Schotterweg hatten sich große Rinnsale gebildet. Bald hatte er die Baumgrenze erreicht, in der Dämmerung leuchtete die Straße wie ein weißer Streifen auf dem kargen Wiesenhang.

Weiter vorn sah der Commissario ein altes Steinhaus und eine Rampe, die zu einem Joch führte. Das Schneebergjoch, vermutete er, irgendwo dahinter lag vermutlich das ehemalige Knappendorf. Nun entdeckte er auch eine windschiefe Holzhütte, die etwas abseits stand, das musste die Alm sein, von der der Blinde gesprochen hatte.

Er steuerte darauf zu. Erst als er sie erreichte, bemerkte er die Steinwand hinter der Hütte. In den Beton waren zwei große Holztore eingelassen. Eines war geschlossen, eines stand offen. Rostige Schienen verschwanden im Inneren. Der Eingang zum Stollen. Grauner hielt an. Sein Herz pochte. Er schaute sich um, sah niemanden. Kein Auto. Er griff in die Tasche seiner Jacke, ertastete das Pfefferspray. Dann fiel es ihm wieder ein, ja, er hatte doch vorhin …

Er öffnete das Handschuhfach, ja, da war sie, er zog eine Taschenlampe hervor. Als er ausgestiegen war und sie anknipste, glitzerten die Steinchen am Boden silbern im Licht. Wie jene in seiner Hosentasche.

Fröstelnd zog er den Kragen seines Jacketts nach oben und näherte sich dem dunklen Loch. Über dem Eingang war ein Messingschild angebracht. *Poschhausstollen* stand darauf. Darüber prangten zwei riesige Hammer, die sich überkreuzten. Das Symbol der Knappen. In einer Glasvitrine neben den Holztoren hing eine Landkarte. Grauner trat an sie heran. Sie zeigte einen Ausschnitt der Berge und Täler Südtirols. Daneben ein Gewusel aus Strichen. Namen und Nummern. *A.72, W, B.77, Karl, Schmier, Posch, Barbara, Erb, Hernorter, Salige, Schwarzsee …*

Vermutlich handelte es sich um eine Karte des Stollens. Mit einem dicken gelben Punkt war sein Standort markiert. Er fand Sterzing und die Straße ins Ridnauntal. Und das Schneebergjoch, die ehemalige Knappensiedlung. Dahinter das Passeiertal. Ja, verdammt, es lag alles viel näher beieinander, als er gedacht hatte.

Er suchte den Boden nach einem geeigneten Stein ab, schob den feinen, glitzernden Schotter beiseite, griff nach einem großen weißen Brocken. Die Scheibe zerschellte beim ersten Schlag. Vorsichtig zog der Commissario die Stollenkarte hervor, faltete sie zusammen, steckte sie in die Anzughosentasche. Dann richtete er den Schein der Taschenlampe auf die Gleise und betrat den dunklen Schlund.

Der Kies knirschte unter seinen Sohlen. Ihm war, als würde das Geräusch von den nassen Steinwänden zurückgeworfen. Es war hier drinnen eigenartigerweise wärmer als draußen. Der Stollen machte eine Kurve nach links. Zehn Schritte, und weitere zehn. Dann spürte er einen Luftzug am Kopf. Schließlich vernahm er ein dumpfes Krachen. Er fuhr herum. War es das Tor, das offen gestanden hatte? Er war sich nicht sicher. Konnte der Wind ein so schweres Holztor zustoßen? Er lauschte in die Stille. Das Licht der Taschenlampe fiel auf eine Reihe von Waggons. Er beschloss weiterzugehen.

Zehn Minuten vergingen. Fünfzehn. Er hatte bald keine Ahnung mehr, wie weit er schon gegangen war. Fünfhundert Meter? Tausend? Mehr?

Da nahm er ein Geräusch wahr. Knirschen. Schritte? Rasch knipste er die Taschenlampe aus. Presste sich an die kalte Steinwand. In diesem Moment fiel ihm wieder das Licht im heruntergekommenen Haus im Tal ein. Licht! Im Haus eines Blinden! Verdammt, da stimmte etwas nicht. Er musste … Er spürte erneut einen Luftzug. Ganz sanft. Warme Luft, die ihn am Ohr und an der Wange kitzelte. Ein Atemzug.

Später, viel später konnte er sich nur noch daran erinnern, dass er nach dem Pfefferspray in der Jackentasche gesucht hatte. Es zu fassen bekommen hatte, doch nicht mehr vermocht hatte, es herauszuziehen.

5. Juni

1

»Donnachiara?«

»Nichts.«

»Die Geschwister?«

Kopfschütteln.

»Huber?«, fragte Belli, der zusammen mit Weiherer in Tappeiners Büro stand.

»Den haben wir«, sagte Tappeiner. »Er sitzt bei den Kollegen in Verona. Er will dort auf seinen Anwalt warten. Er behauptet, er habe mit der ganzen Sache nichts zu tun. Der Anwalt ist auf dem Weg zu ihm, dann bringen wir ihn nach Bozen und verhören ihn.«

»Und wo zur Hölle ist Grauner?«

Tappeiner hob die Schultern. »Er hat sich gestern nicht mehr gemeldet. Vorhin habe ich ihn angerufen, da ist er nicht rangegangen. Er wird bestimmt zu Hause sein.« Sie schaute auf ihr Handy. Noch immer kein Anruf. Sie musste Alba anrufen. Sie suchte nach dem Kontakt, drückte auf den grünen Hörer, dann auf den Lautsprecher. Es klingelte.

»Ja.«

»Alba, hier spricht Silvia aus der Questura …«

»Wo ist Johann, Silvia?«

Tappeiner riss die Augen auf. Belli fluchte lautlos.

Als sie das Gespräch beendet hatte, räusperte sich Belli. »Ich fahre ins Ridnauntal«, sagte er, »mit drei Streifen. Ich stelle außerdem einen Durchsuchungsbefehl aus. Für die Almhütte. Und das Haus der Krawinkels.«

Tappeiner nickte. »Ich fahre nach St. Leonhard, um die Suche nach Donnachiara voranzutreiben.«

Weiherer trat einen Schritt vor, er öffnete eine blaue Mappe, zog ein Bild heraus, legte es auf den Schreibtisch. Es zeigte das Gesicht eines Mannes. »Das Phantombild von der Raststätte«, sagte er. »Wir haben es mithilfe des Tankwarts und der Baristin erstellt.«

Belli und Tappeiner beugten sich darüber. Der Staatsanwalt zuckte mit den Schultern. »Nie gesehen.«

Grauners Assistentin konnte sich nicht so schnell vom Bild lösen. Die schmale Nase, die ausgeprägten Wangenknochen. Der Rest war von einer Sonnenbrille und einem hohen Kragen verdeckt. »Ich schon«, sagte sie, »aber …«

»Aber?«, drängte der Staatsanwalt.

Sie schüttelte den Kopf. »Ich weiß nicht, irgendwie … Aber vielleicht täusche ich mich auch.« Sie spürte das Vibrieren ihres Handys in der Hosentasche. »Claudio!«

2

Die Piazza Santo Spirito lag auf der anderen Seite des Arno. Saltapepe lief die Via dei Calzaiuoli hinab. Bahnte sich einen Weg durch die Massen, die schon jetzt, am Vormittag, wieder unterwegs waren. Aus den Seitengassen strömten sie herbei.

Sie kamen von oben, vom Dom herunter, von unten, wo Michelangelos David stand. In kleinen Grüppchen, ausgerüstet wie Expeditionsteilnehmer: Wanderschuhe, Wanderrucksack, meist vor der Brust, man musste ja so vorsichtig sein im Großstadtdschungel. Schlecht verschmierte Sonnencreme im Gesicht, Handy mit der Karten-App in der einen, Trinkflasche in der anderen Hand. Die Lemminge in Rentnerbeige waren in größeren Gruppen unterwegs, einem Anführer folgend, der einen Schirm in die Höhe hielt.

Der Ispettore sprang zur Seite, am Rande der Prachtstraße kam er besser voran, er lief vorbei an Ledergeschäften, Eisdielen, Souvenirläden, an Plastikdavidstatuen mit Kochschürze, mit herausgestreckter Zunge, mit Sonnenbrille, Arm in Arm mit der New Yorker Freiheitsstatue, den Stinkefinger zeigend, sie waren im Angebot für 12,99 anstatt 17,99. Er erreichte die Piazza della Signora, umkurvte den Neptunbrunnen, eine Schar Tauben schreckte flatternd hoch, eine landete auf Davids Kopf.

Die Menschenmasse, die sich um die Statue versammelt hatte, kreischte vergnügt. Ein Selfie mit David war super. Ein Selfie mit David und Taube war absolute Spitze. Saltapepe ließ den Palazzo Vecchio hinter sich, eilte durch den Säulengang der *Uffizien*, die Helden der italienischen Geschichte schauten auf ihn hinab. Donatello gutmütig, Machiavelli listig, Giotto böse, Leonardo da Vinci angewidert, Dante interessiert. Bei den Arkaden am Wasser bog er nach rechts ab, erreichte nach wenigen Schritten den Ponte Vecchio, hier war er schon am Abend zuvor entlangspaziert. Nun ging es erneut in den Nahkampf.

Er fuhr die Ellenbogen aus, ein Paar, das gerade mitten auf der Brücke stehen geblieben war, um ein Kuss-Selfie zu machen, geriet ins Taumeln. Erst als er die engen Gassen der anderen Arno-Seite erreicht hatte, konnte er aufatmen. Hier war kaum noch ein Tourist zu sehen. Im Slalom lief er um die vielen Motorini herum, erreichte einen kleinen Platz vor einer schlichten Basilica. Dezente Schwünge, mattes Gelb.

Die Hausnummern versteckten sich hinter dem Laub der vielen Ulmen, die Schatten boten. Gegenüber der Kirche entdeckte er schließlich die Adresse, die Bellinghausen ihm genannt hatte.

Er fand den Namen auf der Klingel, es surrte, so schnell, als hätte jemand an der Tür gewartet. Der Ispettore trat ein, links und rechts gingen die Treppen des Vorderhauses ab, die Schuhe klapperten auf dem Mosaikboden, der Innenhof glich einem verwunschenen Garten. Trauerweiden, Palmen, Zypressen, Erlen, Vogelgezwitscher, eine Bank, auf der sich Moos breitgemacht hatte. Das Holz knarzte, als er im Hinterhaus nach oben stieg, in der dritten Etage stand die Tür bereits offen.

Es roch eigenartig. Ein bisschen nach Tee, aber auch nach altem Papier und Schimmel.

»Kommen Sie, kommen Sie«, ertönte eine Stimme aus dem hinteren Teil der Wohnung. Saltapepe ging durch den engen Flur, der nur durch das matte Licht einer Keramiklampe beleuchtet wurde. An den Wänden: Ölbilder, Landschaften, Porträts, Teppiche, Holzschnitzereien, verzerrte Fratzen, die Augen aus Perlen, Muscheln oder Knöpfen, die Haare aus Stroh.

Er erreichte das Wohnzimmer. Vasen in Pastellfarben standen auf schweren, dunklen Schränken, silberne Weinkelche hinter Glasvitrinen. Neben einer Flügeltür hing ein Bärenfell samt Kopf, im weit geöffneten Maul glänzten spitze Zähne. Ein Grizzly, vermutete Saltapepe, obwohl er sich mit Bären überhaupt nicht auskannte. Mit Antilopen kannte er sich noch weniger aus. Ein ausgestopfter Antilopenkopf hing dem Bärenfell gegenüber. Auf einer Truhe stand ein Elefantenfuß, als er näher trat, erkannte der Ispettore erleichtert, dass es sich um eine bemalte Holzschnitzerei handelte. Der Holzfuß war hohl, Büroklammern und ein Radiergummi lagen darin.

Der Tisch im Erker war gedeckt, von dort aus hatte man einen spektakulären Blick über die Dächer der Stadt. Saltapepe blieb vor der speckigen Couch stehen, auf der sich Bücher stapelten, die aussahen, als kämen sie aus einem Antiquariat. Die Einbände waren vergilbt, eingerissen. Er nahm eins davon in die Hand, blies den Staub vom Deckel. Nachtblauer Ledereinband. Es knackste, als er es aufschlug, *La divina commedia*, stand da in geschwungenen Lettern.

»Attenzione!«

Er zuckte zusammen, fuhr herum. Bellinghausen stand dicht hinter ihm, er war erschreckend lautlos ins Zimmer getreten. Er grinste und nahm dem Ispettore das Buch aus der Hand. »Vorsicht!«, sagte er noch einmal, »das ist eine teure und seltene Sonderausgabe, anno 1896. Mit skizzierten Bildtafeln. Davon gibt es nur etwa fünfhundert weltweit. Siebentausend Euro musste ich bei einer Auktion in Arezzo vor einigen Jahren dafür hinblättern.«

Er legte das Buch auf die Couch. Ferretti tauchte im Türrahmen auf und nickte ihm zu.

»So«, sagte der Kunstsammler und drehte sich einmal im Kreis, die Arme weit geöffnet, »setzen Sie sich, mein lieber Gast, und sagen Sie mir freiheraus: Womit wollen wir beginnen?«

Der Ispettore verstand nicht, was der Mann meinte.

»Mit dem genüsslichen Frühstück oder mit unserem spannenden Fall? Ich habe eine Consommé zubereitet, sie köchelt in der Küche vor sich hin, dazu ein paar Pfannkuchen, Frischkäse und Kräuter vom Markt, Tomaten, Cuore di bue, natürlich herrliche Croissants, Sie müssen außerdem mein Olivenöl aus San Gimignano prob…«

»Zuerst der Fall!«, sagte Saltapepe, obwohl er durchaus hungrig war.

»Na gut«, Bellinghausen ließ sich neben die Bücher auf die Couch plumpsen. Ferretti blieb stehen, Saltapepe setzte sich auf ein riesiges buntes Sitzkissen.

»Passeiertal, Passeiertal … Ich habe es gestern Abend in meinen Tagebüchern noch einmal nachgeschlagen. Es war vor …«, der Kunstmann schaute an die Stuckdecke, als wäre dort der Rest des Satzes zu finden, »… ja, vor einunddreißig Jahren, da hörte ich zum ersten Mal von diesem verwunschenen Tal, versteckt hinter Felsen, umgeben von Gipfeln, bewohnt von furchteinflößenden Bergmenschen. Ich war natürlich sofort fasziniert. Es war Tommaso Ventura, der mir davon erzählte. Er war blutjung damals, ich war es auch. Er war soeben erst zum Museumsdirektor der *Uffi-*

zien ernannt worden, wir haben uns auf ein Glas Vermentino am Piazzale Michelangelo getroffen. Wir kannten uns aus dem Studium, ich war nach meinem Intermezzo im Fälschermilieu längst geläutert, er vertraute mir und offenbarte mir schließlich, was ich anfangs gar nicht glauben mochte.«

Saltapepe streckte die Beine aus, er war sich ganz sicher, dass es noch eine Weile dauern würde, bis der Mann zum Punkt käme.

»Ventura sagte mir, die französische Polizei sei an ihn herangetreten. Bei einem Undercovereinsatz in den Bergen von Savoyen habe eine Spezialeinheit im Auftrag des Generalsekretariats von Interpol Kunstwerke ausfindig gemacht, die von der Wehrmacht kurz vor Kriegsende aus den *Uffizien* entwendet worden seien …«

Saltapepe ruckelte sich ein wenig zurecht, er hatte schon lange mal auf einem dieser XXL-Kissen sitzen wollen, es war ihm im Möbelhaus in der Bozener Industriezone aber immer peinlich gewesen, sich vor den Augen der anderen Kunden daraufzufläzen.

»… und US-Soldaten hätten diese Kunstwerke im Passeiertal wiederentdeckt. In St. Leonhard, ja, ich habe meine Notizen gestern Nacht tatsächlich noch entziffern können, St. Leonhard, genau, so heißt das Bergdörfchen.«

Mit einem Satz saß der Ispettore wieder aufrecht. Er lehnte sich nach vorn, fixierte den Kunstkenner. »Der Reihe nach, Herr Bellinghausen«, sagte er. »Wie um Gottes willen kamen gestohlene Kunstwerke aus den *Uffizien* nach St. Leonhard?«

Bellinghausen räusperte sich, schien sich kurz zu sammeln, dann legte er los. »Am 10. Juli 1943 landeten die Alliierten auf Sizilien, wir kennen das alle aus dem Geschichtsunterricht. *Operation Husky,* so wurde die Invasion, die einen Wendepunkt im Zweiten Weltkrieg markieren sollte, getauft. Eine durchaus unglückliche Namenswahl, finden Sie nicht?« Er wartete die Antwort nicht ab. »Waren Sie im Sommer mal auf Sizilien? Da brennt die Luft, so heiß ist es. Die armen Hunde.«

Er lachte vergnüglich, doch niemand lachte mit.

»Im Laufe der darauffolgenden Monate zogen die Amerikaner gen Norden, den Stiefel hoch, am 4. Juni 1944 brachten sie Rom unter ihre Kontrolle. Die Nazis waren auf dem Rückzug, jedoch nicht ohne Beute. Auf Befehl von Reichswirtschaftsminister Hermann Göring, der fetten Sau, die Monate zuvor noch dekadente Feste à la Nero in der ewigen Stadt gefeiert hatte, wurden beispielsweise sämtliche Kunstdepots in und um Florenz geräumt. Hunderte von Bildern wurden in Militärlastern in den Norden gebracht. SS-Standartenführer Alexander Langsdorff, ein Professor für Früh- und Vorgeschichte, schaute sich in den Bergen südlich des Brenners nach geeigneten Standorten für die Zwischenlagerung um. Schließlich entschied er sich für ein herrschaftliches Landgut in Sand in Taufers im Pustertal – und für das leer stehende Gefängnis St. Leonhard im Passeiertal. Langsdorff veranlasste, dass in St. Leonhard ein örtlicher Historiker die Schätze katalogisieren und auf sie aufpassen sollte, er gab ihm die Schlüssel zum Gefängnis.«

Saltapepe nutzte die kurze Pause, die entstand, weil der Dottore ihnen Tee nachschenkte. »Das Gefängnis …«, begann er.

»… wurde später zur Grundschule, auch das weiß ich von Ventura«, antwortete der Experte. »Am 6. Mai 1945 kamen die Amerikaner nach Sand in Taufers. Der Dorfhistoriker übergab ihnen auf Geheiß Langsdorffs die Kunstschätze, die von den Wehrmachtseinheiten zurückgelassen worden waren.«

Saltapepe räusperte sich, das ging ihm alles etwas zu schnell. »Warum wurde die Beute von den Nazis nicht über den Brenner gebracht?«

Bellinghausen schüttelte den Kopf. »Dafür reichte die Zeit nicht, die Flucht musste eiligst vonstattengehen.«

Der Ispettore hob die Augenbrauen.

»Menschenleben waren dem SS-Schergen einerlei, doch die Kunstwerke wusste er im Zweifel lieber in Feindeshand als verloren.«

Saltapepes Gedanken rasten. »Im Sommer 1944 wurden die Bilder ins Tal gebracht, weggesperrt, die Schlüssel einem örtlichen Historiker anvertraut, ein Jahr später wurden sie den Amerikanern übergeben. Ein Jahr Zeit, um …«

»Um einige davon verschwinden zu lassen«, vervollständigte der Dottore den Satz.

»Ja«, sagte Saltapepe.

»Nein«, sagte Bellinghausen. »Oder … vielleicht. Wir wissen es einfach nicht. Ich habe gestern Abend noch einmal mit Ventura korrespondiert, um zu erfahren, ob es dazu neue Erkenntnisse gibt. Wir stehen hier vor einem großen, bis heute ungelösten Rätsel.« Er lehnte sich zurück. »Der Historiker hatte damals zu Kriegsende akribisch eine Liste der im Passeiertal lagernden Kunstwerke angefertigt und diese, wie befohlen, den Amerikanern übergeben. Sie wurden zurück nach Florenz gebracht und überprüft. Der Gutachter bestätigte, dass es sich um Originale handelte. Nur ein paar wenige, recht unbedeutende, kleine Werke fehlten. Die hatte sich wohl der ein oder andere Soldat unter den Nagel gerissen. Aber auch sie fanden über den Lauf der Jahrzehnte in die *Uffizien* zurück.«

»Also waren die Bilder gefälscht, die vor einunddreißig Jahren in Frankreich aufgetaucht sind?«, fragte Saltapepe.

Der Kunstkenner schaute zu Ferretti, der seine Teetasse auf dem Couchtisch abstellte und zu sprechen begann.

»Ich war einer der Undercover-Ermittler vor Ort, es war einer meiner ersten Einsätze. Den Franzosen gelang es, die Identität der Käufer herauszufinden. Ein Magnat der Stahlindustrie aus dem Nordosten der USA, außerdem der Spross einer chinesischen Porzellandynastie und ein Reeder aus Genua. Wegen des Mannes aus Genua haben uns die französischen Kollegen hinzugezogen. Wir beschatteten die Mittelsmänner, den des Amerikaners schnappten wir am *Gare du Nord* in Paris, den chinesischen Strohmann erwischten wir bei einer eigens für ihn organisierten Verkehrskontrolle kurz vor der Schweizer Grenze, den Italiener auf hoher See, nahe Gibraltar. Wir konnten die Kunstwerke sicherstellen, aber – es war nicht möglich herauszufinden, ob es Fälschungen waren.«

»Was? Warum?«, ging Saltapepe dazwischen.

Bellinghausen schaltete sich wieder ein. »Wir müssen davon ausgehen, dass in diesem Fall ein exzellenter, ein ganz außergewöhnlicher Maler die Originale genau studiert hat. Um sie dann so gut zu kopieren, dass nicht abschließend nachgewiesen werden kann, dass es nicht die echten Werke, sondern Identfälschungen sind. Ein Geniestreich!«

Die Gedanken im Kopf des Ispettore überschlugen sich. Er holte sein Handy heraus, scrollte zu einem der Fotos der

Bilder in Kiems Stadel, die Weiherer herumgeschickt hatte. Dann gab er das Gerät an Bellinghausen weiter.

»Ist das gute Kunst?« Er war sich der Eigenartigkeit dieser Frage durchaus bewusst.

»Das«, der Kunstkenner hatte nur einen kurzen Blick auf die Bilder geworfen, ein bisschen herumgewischt und dann das Handy dem Ispettore zurückgegeben, »ist nix. Dafür lohnt es sich nicht, zu morden. Da malt meine tote Großmutter besser.« Er lachte glucksend.

Saltapepe stand auf, begann, im Zimmer hin und her zulaufen. »Ein Jahr lang, vom Sommer 1944 bis zum Sommer 1945, lagen die Bilder in St. Leonhard.«

Bellinghausen nickte. »Ja, unter der Aufsicht des Südtiroler Historikers Dr. Ernst Krawinkel, der …«

»Krawinkel!«, schrie Saltapepe und drehte sich auf dem Absatz um.

Die beiden Männer schauten ihn erschrocken an.

»Ernst, Ernst«, Saltapepe dachte fieberhaft nach, »wenn ich mich recht entsinne, hieß so der Großvater der Krawinkel-Bande.«

»Die Krawinkel-Bande?«, fragte Ferretti.

Der Ispettore nickte. »Ja, da gibt es ein Geschwisterpaar, Georg und Mary, sie sind momentan unsere Hauptverdächtigen im Mordfall Kiem. Sie haben auch ein paar Männer um sich geschart. Finstere Gestalten. Gewaltbereit. Vielleicht Mörder.«

Erneut holte er das Handy hervor, wischte darauf herum und legte es vor den beiden anderen auf dem Tisch ab.

Bellinghausen und Ferretti beugten sich darüber. Der Bildschirm zeigte ein Foto der Leiche am Fundort. Die Wunden, die seltsamen Dinge, die um ihn herum drapiert worden waren. Die Schwanenflügel, der Blumenkranz, die Vögel, die Puppe.

»*Venere nei boschi*«, sagte Bellinghausen.

»Was?«, sagte Saltapepe.

Der Kunstexperte zeigte auf das Display. »Das«, sagte er, »ist eine Inszenierung. Einem Gemälde von Botticelli nachempfunden. *Venere nei boschi.* Die Venus im Wald. Das ist eines der Bilder, die von den Nazis im Passeiertal deponiert wurden.«

Saltapepe ließ sich wieder auf das Sitzkissen sinken und rieb sich das Gesicht. Wo war er da nur hineingeraten? Er konnte sich nicht vorstellen, dass Botticelli so ein Bild gemalt hatte, musste sich jedoch eingestehen, dass er keine Ahnung hatte. »War dieses Bild auch unter den Fälschungen in Frankreich?«, fragte er schließlich.

Bellinghausen schüttelte den Kopf.

»Wo befindet es sich?«

»Im Archiv der *Uffizien,* soweit ich weiß.«

»Kann ich …«

»Sie wollen es sehen?«

Der Ispettore nickte.

»Ich denke, das ist sicher möglich.« Nun griff der Mann in seine Tasche, zog sein Handy hervor, tippte darauf herum, legte es ans Ohr, wartete.

»Ventura, carissimo, senti …«

Saltapepe trat in den Flur und wählte Grauners Nummer. Mailbox. Genervt legte er auf, ohne eine Nachricht zu hinterlassen, und suchte nach Tappeiners Namen in der Kontaktliste.

3

In Begleitung zweier Polizisten ging Grauners Assistentin die Treppe zum Gemeindehaus hoch. Sie nickten der Sekretärin kurz zu und liefen rasch an ihr vorbei, damit die Frau gar nicht erst auf die Idee kam, zu fragen, ob man denn einen Termin habe.

Am Ende des Flurs sah Tappeiner eine große Holztür mit einem protzigen Messingschild, dahinter musste sich das Büro des Bürgermeisters befinden. Sie klopfte an, wartete keine Reaktion ab. Kofler saß hinter einem Schreibtisch, auf dem sich Akten stapelten. An der Wand hing das Gemeindewappen. Eine gelbe, sanft geschwungene Bergspitze auf schwarzem Grund. Darunter war ein schwarz-gelber Schal gespannt, wohl ein Fanartikel des hiesigen Fußballvereins.

»Die Frau Ermittlerin«, sagte der Mann und sprang auf.

Tappeiner setzte sich auf einen der Stühle vor dem Schreibtisch.

Kofler ließ sich wieder in seinen Sessel plumpsen. »Unsere Leute sind schon seit Stunden oben, sie suchen gemeinsam mit Ihren Kollegen verzweifelt nach der jungen Frau.« Der Mann sprach hastig, beinahe so, als wollte er ihr zuvorkommen.

Die Almhütte und der Bauernhof der Krawinkels waren durchsucht worden. Nichts. Tappeiner hatte von Saltapepe erfahren, was er in Florenz herausgefunden hatte. Er hatte sie gebeten, sich hier im Tal dazu umzuhören.

»Gut. Ich möchte aber über etwas anderes mit Ihnen sprechen«, sagte Tappeiner nur.

»Bitte.« Kofler lehnte sich nach vorn, faltete die Hände.

»Und zwar über den Sommer 1944, als die Nazis Hunderte Bilder aus Florenz hier ins Tal gebracht und im ehemaligen Gefängnis versteckt haben.«

Der Bürgermeister erstarrte.

»Die Bilder wurden einem örtlichen Historiker übergeben, der sie begutachten und katalogisieren sollte. Bei diesem Mann handelte es sich um Ernst Krawinkel, den Großvater der beiden Krawinkel-Geschwister, Georg und Mary. Irgendwie lässt mir das keine Ruhe, Kofler. Vielleicht hängen die Ereignisse von damals mit denen von heute zusammen. Mit dem Mord an Hannes Kiem.«

Kofler nickte. »Sie kommen nicht – wie wir – aus einem von Südtirols abgeschiedenen Seitentälern, oder, Ermittlerin?«, fragte er dann.

»Nein, aus Branzoll«, erwiderte sie und ärgerte sich im selben Moment, geantwortet zu haben.

»Ich weiß nicht, wie es in Branzoll ist, aber hier bei uns zieht man es vor, die schrecklichen Sachen, die irgendwann mal vor Jahrzehnten passiert sind, lieber zu vergessen. Nicht mehr darüber zu sprechen. Das reißt nur alte Wunden auf. Es bringt nichts Gutes.«

»Wenn es um Mord geht, kann ich das Schweigen nicht akzeptieren, Herr Bürgermeister«, sagte Tappeiner.

Er brummte etwas Unverständliches.

Sie fuhr unbeirrt fort. »Die Krawinkel-Geschwister wollen hier im Tal darüber bestimmen, woran die Bewohner sich erinnern und woran nicht. Oder zumindest dafür sorgen, dass über manche Dinge nicht gesprochen wird. Ich weiß nicht, was genau sie verheimlichen. Korruption? Kunstraub? Kunstfälschung? Ein weiterer, lange zurückliegender Mord? Wissen Sie es, Kofler?«

Er schüttelte den Kopf. Viel zu heftig. Viel zu schnell. »Noch ein Mord? Wie kommen Sie denn darauf?«

Sie legte ihm zwei Blätter auf den Tisch. Die Kopie des Briefes aus der Zigarrenkiste. Er beugte sich darüber und las laut. »*Sie haben Vater ermordet. Oben am Schneeberg, an diesem Höllenort. Sie wollten auch uns beide tot sehen. Sie werden büßen irgendwann, die Krawinkels! Charly, der gute Charly, er hat uns gerettet … wenn mir Gottes Gnade zuteilwird, dann werde ich sie alle wiedersehen. Charly. Meinen geliebten Matthäus.*« Kofler verschränkte die Arme und lehnte sich zurück.

»Von welchem Vater ist hier die Rede?«, fragte Grauners Assistentin.

Der Mann rührte sich nicht.

»Matthäus. Da steht Matthäus. Wer war das? Und Charly? Und was ist am Schneeberg passiert, bei den Stollen? Was verbirgt sich da? Wenn Sie irgendetwas wissen, dann sprechen Sie!«

Nun platzte es aus dem Mann heraus. »Nichts ist da. Früher mal, ja, da war da das Bergwerk, doch das ist ja schon lange nicht mehr in Betrieb. Drüben auf der anderen Seite des Berges, da betreiben die Ridnauner noch ein Museum, da können Touristen ein paar Stollen besichtigen, aber unsere Leute wollen mit dem Werk nichts mehr zu tun haben.«

»Warum?«

»Weil es uns nur Unheil gebracht hat.«

»Aber die Krawinkels, die treiben sich da herum, oder?«

Er hob erneut die Schultern.

»Wissen Sie, ob Hannes Kiem da manchmal hochgefahren ist?« Sie dachte an die Worte Patti Hubers.

Keine Reaktion.

»Gibt es noch Alte im Dorf, die von damals erzählen können? Vom Kriegsende? Vom Bergwerk?«

Als der Bürgermeister schließlich zu sprechen begann, klang seine Stimme rau. »Bitte, bitte, lassen wir die Vergangenheit doch ruhen.«

Tappeiner lachte bitter. »Nein, diesen Gefallen, Bürgermeister, kann ich Ihnen nicht tun. Unsere Kollegin ist verschwunden. Kommissar Grauner ebenfalls.«

Er zuckte zusammen. »D… der Kommissar auch?«

»Er wollte gestern Abend zum Bergwerk im Ridnauntal, seitdem haben wir nichts mehr von ihm gehört.«

Die Lippen des Mannes bewegten sich, doch er brachte keinen Laut hervor.

»Was war Ernst Krawinkel für ein Mann, Bürgermeister? Er war Dorfhistoriker, nicht wahr?«

Kofler nickte.

»War er auch Maler?« Einen Versuch war es wert. Vielleicht hatte der alte Krawinkel die Kunstwerke gefälscht.

»Was soll ich Ihnen sagen? Ich bin 1978 geboren, im Jahr, als die Juve zum achtzehnten Mal Meister wurde. Vor dem Überraschungszweiten Vicenza mit dem Rekordtorjäger Paolo Rossi, dem WM-Helden von 1982. Das, wozu Sie mich befragen wollen, liegt alles …«

Sie unterbrach ihn. »Seit wann treiben sich die Krawinkels da oben herum?«

Er winkte ab.

»Sprechen Sie!«

Er schien mit sich zu ringen. »Ich weiß nicht, ob Ihnen das weiterhilft, und ich kann mir nicht vorstellen, dass das etwas mit der Nazi-Sache zu tun hat, aber dieser Geologe, dieser Anratter, Armin Anratter, der war mehrmals bei mir, er wollte Genehmigungen haben, Karten und einen Bergführer, der ihn in die Stollen bringt. Und zwar schon bevor das Amt für Geologie hier offiziell den Auftrag hatte, den Berg zu untersuchen. Er wollte die Stollen auf unserer Seite des Bergwerks erkunden. Ich habe ihn immer vertröstet. Weil … weil …«

»Weil?« Tappeiner schlug mit der Faust auf den Tisch.

»Ja, weil Sie recht haben, weil das da oben Georg und Marys Gebiet ist und ich weiß, dass sie dort keine Fremden sehen wollen. Weil sie jedem mit Gewalt drohen, der sich da oben ohne ihre Zustimmung herumtreibt. Außerdem besteht da sowieso überall Einsturzgefahr.« Er schloss kurz die Augen, sprach dann ganz schnell, so als wollte er es schnell hinter sich bringen. »Es gibt das Gerücht, dass es im Berg mehr Stollen gibt als offiziell festgehalten. Ein Labyrinth. Manche sagen sogar, dass einer der Stollen bis unter die Almen reicht.«

»Weiß Anratter von diesem Gerücht?«, fragte Tappeiner.

Der Mann schüttelte den Kopf. »Nicht von mir.«

»Kann es sein, dass der Geologe sich ohne Ihre Genehmigung im Bergwerk umgesehen hat?«, fragte sie weiter.

»Theoretisch ja«, antwortete der Bürgermeister. Er könnte bei den Ridnaunern als Tourist Zutritt erhalten haben und im Inneren des Berges unerlaubterweise auf unsere Seite rübergewandert sein. Da habe ich keinen Einfluss. Anderes Tal, andere Mächte.«

Tappeiner trat einen Schritt zurück.

»Noch mal: Gibt es jemanden im Tal, der damals schon am Leben war? Damals, als die Raubkunst hier gehortet wurde?«

»Ja«, sagte Kofler zögernd. »Die alte Barbara. Die Lechthaler Barbara. Unsere Dorfälteste.«

4

Der Ispettore überlegte, wann er zum letzten Mal in einem Museum gewesen war. Ihm fiel nur das Ötzi-Museum ein, das war ewig her. Und er war dort aus Ermittlungsgründen gewesen. Das kleine Napoli-Museum im jüngst umbenannten *Stadio Diego Armando Maradona* hatte er natürlich schon Dutzende Male besucht. Aber zählte das? Nein, natürlich nicht. Das war kein Museum, das war ein heiliger Ort.

»Ispettore!« Bellinghausens Stimme riss ihn aus den Gedanken. »Kommen Sie, wir drehen eine Runde, dann gehen wir runter ins Archiv, zum Direktor.«

Der Ispettore warf einen schnellen Blick auf die Uhr und seufzte. Es war zwecklos, Bellinghausen war nicht aufzuhalten, er hatte bereits das andere Ende des Raumes voller Marmorskulpturen erreicht und breitete die Arme aus.

»Die *Büste des Antinoos*, aus der Zeit Hadrians. *Der Dornauszieher*, ein ganz klassisches Motiv, dann *Augustus* und *Cäsar*, beide von Willem van Tetrode.« Er zeigte auf einen Ringkämpfer, der einen anderen zu Boden zwang. »Hellenistische Bronze«, hörte Saltapepe ihn noch sagen, dann war er bereits in einem anderen Raum verschwunden.

Saltapepe folgte ihm verwirrt, er hatte immer gedacht, man müsse sich in Zeitlupe durch ein Museum bewegen. Bei seinen wenigen Museumsbesuchen hatte er stets ein schlechtes Gewissen gehabt, weil er seinen Mantel bereits nach einer halben Stunde wieder an der Garderobe abgeholt hatte. Und nun das.

»Ich hasse es, durch Museen zu schlendern«, sagte Bellinghausen. »Ich lasse die Werke lieber schnell an mir vorbeiziehen, alles verschmilzt zu einem großen Gesamtkunstwerk, das ist der Kick, nicht?« Er zeigte auf die Bilder, die sie nun passierten. »*Die Schlacht von San Romano*, Paolo Uccello. *Madonna mit dem Kinde und zwei Engeln*, Filippo Lippi, Das Diptychon des *Herzogpaares von Urbino*, Piero della Francesca, *Herkules und die Hydra*, Antonio Pollaiuolo, *Pallas Athene und der Kentaur*, Botticelli.«

»Hören Sie, das ist alles wahnsinnig spannend, wirklich, aber ich fürchte ...«, begann Saltapepe, doch der Kunstsammler zog ihn schon in den nächsten Raum. Hier hing Botticellis *Auffindung des toten Holofernes*, dem Ispettore lief es eiskalt den Rücken hinunter. Da lag ein muskulöser Mann, ihm fehlte der Kopf, der Körper sah aus, als schliefe er nur. Sie erreichten Botticellis *Frühling*.

»Ein verwunschener Obstgarten. In der Bildmitte Venus, wir vermuten, es ist ihr Garten, in dem die Szene spielt. Da, die tanzenden Grazien, mit Kränzen geschmückt, den Lenz ankündigend. Über ihnen Cupido, der blinde Gott der Liebe. Ganz rechts Zephyr, die dunkle Gestalt, er schnappt sich die Nymphe Chloris, später wird er sie heiraten und ihr die Fähigkeit verleihen, Samen keimen zu lassen. Schon jetzt wächst ihr eine Blume aus dem Mund. Dort ist sie ein zweites Mal abgebildet. Im Blumenkleid, sie trägt Blumen um den Hals und im Haar, oh, der Blick, Madonna mia, dieser Blick.«

Sie nahmen den Aufzug, der sich links neben dem Bild befand, und fuhren in den Keller. Die Türen öffneten sich, Neonlicht strahlte ihnen entgegen. Weiße Regale standen in langen Reihen auf dem glänzenden Plastikboden. Saltapepe musste sofort an Filippis Gerichtsmedizin im Keller des Bozner Spitals denken.

An einem weißen Tisch standen zwei Männer. Alberto Sacchi, der ehemalige Carabiniere, den Saltapepe bereits kannte, hob grüßend die Hand. Der andere sah aus wie ein Betriebswirtschaftler aus den Achtzigerjahren. Er trug eine dicke schwarze Hornbrille. Abgewetzte Budapester, ein ausgewaschenes hellgelbes Hemd, einen fusselnden karierten Cardigan, einen ungepflegten Dreitagebart.

»Ventura!«, rief Bellinghausen jauchzend.

Der Museumsdirektor nickte schüchtern, bevor der Kunstsammler sich auf ihn warf und ihn umarmte, als würde er versuchen, ihn niederzuringen. Schließlich gab er ihn wieder frei und stellte ihm strahlend den Ispettore vor. Ventura ruckelte seine angelaufene Brille zurecht, dann zeigte er auf den Tisch. Erst jetzt bemerkte Saltapepe das Kunstwerk, das darauf lag. Sie traten näher, beugten sich darüber.

Das Ölgemälde steckte in einem breiten, mit Ornamenten versehenen goldenen Rahmen. Ein Waldstück war im Hintergrund zu erkennen, ein zartes Rehkitz lugte hinter einem Baumstamm hervor, ein Specht saß auf einem Ast, eine Eule auf einem anderen. Spatzen tanzten um ein leierspielendes Engelchen. Überwältigt betrachtete der Ispettore die dargestellte Szene. Am Bildrand reckte ein Schwan anmutig den Hals. Der Wald grenzte an eine Blumenwiese. Mattrosa, mattrote, mattgelbe, mattviolette Punkte auf dunklem, beinahe schwarzem Grün. Im Gras lag eine nackte Frau. Ein Blumenkranz krönte ihr Haupt, das lange goldene Haar bedeckte ihre Scham. Ihre Hüften üppig, ihre Brüste klein. Die Augen geschlossen.

»Beeindruckend, nicht?«, sagte Bellinghausen und klopfte ihm auf die Schulter.

»Und das ist das Original?«, fragte Saltapepe, er konnte den Blick nicht vom Kunstwerk wenden. Es zog ihn wie magisch an.

»Nach allem, was wir wissen, ist es das«, sagte Ventura. »Drei unabhängige Gutachter, die damals nach der Rückgabe engagiert wurden, haben keinerlei Hinweise gefunden, dass es sich um etwas anderes als das von den Nazis 1944 geraubte Gemälde handeln könnte.«

Saltapepe wollte einen Schritt zurücktreten, doch das Kunstwerk schien ihn festzuhalten. Die Schönheit des Bildes raubte ihm die Luft, ihm wurde schwindelig. Auf einmal war es Kiem, der da auf der Wiese lag, die blasse Haut riss, Blut tropfte heraus, sickerte ins Gras. Dem Ispettore brach der Schweiß aus.

Er riss sich los, wankte an den Regalen vorbei, er drückte die Tür des Notausgangs auf, schleppte sich die Treppe hoch, sich am Geländer festhaltend.

Als er endlich draußen stand, lehnte er sich an die Wand, schloss die Augen und atmete die Luft von Florenz tief ein. Ein Hauch von Benzin, ein Hauch von Espresso, ein Hauch von modrigem Flusswasser. Der Schwindel legte sich, die Sicht klarte wieder auf.

Er setzte sich auf eine Bank. Vor einem Café saßen einige ältere Damen, ihre Jutetaschen neben sich auf dem Boden, sie waren bis oben hin gefüllt. Tomatendosen lugten hervor, Lauch, Spaghetti, Ananas. Eine Gruppe Studentinnen lief tanzend an ihnen vorbei. Musik schallte aus einem ihrer Handys. Rihanna.

Eros Ramazzottis Stimme mischte sich in Rihannas Beats. *Come here, rude boy, boy, can you get it up?*, sang Rihanna. *Sono cose della vita, vanno prese un po' così,* trällerte Eros. Saltapepe zog sein Handy hervor, schaute auf den Bildschirm, ein Stein fiel ihm vom Herzen. »Sabrina!«, rief er.

»Hier spricht nicht Ihre Kollegin«, sagte eine Männerstimme kühl. »Es geht ihr gut. Ihr wird nichts geschehen.«

»Was … Wer …?«

Stille. Der Anrufer hatte aufgelegt.

5

Ein Bauer fuhr mit dem Traktor über ein Feld, eine Alpendohle kreiste am Himmel. Irgendetwas war da oben. Eine unheilvolle Kraft, eine böse Energie. Tappeiner schauderte. Das Gespräch mit Saltapepe ließ ihr nach wie vor keine Ruhe. »Alles dreht sich um die Familie der Geschwister Krawinkel«, hatte der Ispettore gesagt, als sie noch einmal telefoniert hatten.

Ja, so war es. Sie hatte ihm erzählt, dass Grauner und Donnachiara immer noch verschwunden waren. Und dass der Hotelier Huber den Kollegen in Verona nach langem Zaudern ein Alibi vorgelegt hatte. Eine Adresse, eine Handynummer. Eine Hure in Meran. Die Kollegen waren gerade dabei, das Alibi zu verifizieren.

»Die Geschwister?«, hatte Saltapepe noch gefragt.

»Nichts. Keine Spur von den beiden«, hatte Tappeiner ge-antwortet.

Der Ispettore hatte freudlos gelacht.

»Was?«

»Es ist wie bei den Mafiabossen. Sie kontrollieren al-les, oft über Jahrzehnte, und dann enden sie in irgendei-nem Loch, einem dreckigen Versteck, klammern sich an die Macht, die sie auch da noch haben, aber sonst nichts mehr.«

Die Greisin saß auf einer Bank, Hochwürden Windisch war bei ihr. Barbara Lechthaler trug ein weißes Kleid. Ihre Arme waren dünn, die dunkelblauen Adern schimmerten unter der blassen Haut, die verzottelten grauen Haare hatte sie zu einem Dutt zusammengebunden.

»Grüß Gott«, sagte Tappeiner, als sie näher trat. Sie hatte die beiden Polizisten gebeten, im Auto vor dem Altenheim zu warten und nicht mit in den Garten zu kommen.

Die Frau lächelte. Der Pfarrer nickte.

»Frau Lechthaler, ich möchte mit Ihnen über die Vergan-genheit sprechen. Über die Zeit, als die Nazis Bilder aus Flo-renz ins Tal brachten. Sie erinnern sich …?«

Die Alte nickte.

»Als wir den Toten auf der Wiese des Tretter-Bauern ge-funden haben, haben Sie sich an eins der Bilder erinnert.«

Erneut nickte die Greisin, dann sprach sie mit dünner Stimme. »Ja, an die *Venus im Wald*. Alles war da. Die Vö-gel, der Schwan, der Blumenkranz, die Blumenwiese, die Bäume. Nur lag da anstatt der schlafenden Schönen dieser blutüberströmte Mann.« Der zarte Körper der Frau zitterte. Der Pfarrer legte ihr sanft die Hand auf die Schulter.

»Wann haben Sie die *Venus* zum ersten Mal gesehen?«, fragte Tappeiner.

Die Greisin schloss die Augen. »Das war damals, als die Nazis ins Tal kamen, da war ich vierzehn. Ich stand am Straßenrand, als die Soldaten vor dem alten Gefängnis die Kisten voller Bilder abluden. Ein paar davon waren geöffnet, manche der Bilder trugen sie einzeln in den Keller. Die *Venus* lehnte eine Weile an einem der Militärwagen. Ich weiß es noch, als wäre es gestern gewesen. Ich stand wie erstarrt vor ihr, sie verzauberte mich sofort. Da waren diese Soldatenmänner mit ihren finsteren Gesichtern und ihren Waffen, doch was sie von den Wagen luden, war das Schönste, das ich jemals gesehen hatte. Ich weiß nicht, wie lange ich da gestanden habe, irgendwann hat mir jemand auf die Schulter getippt, ich habe mich ganz fürchterlich erschrocken. Es war einer der Uniformierten, ein junger Bub, nicht älter als zwanzig war der wohl. Eine Menschentraube hatte sich gebildet, das ganze Dorf war da.«

Tappeiner lauschte gebannt.

»Der junge Soldat fragte mich, ob mir das Bild gefalle. Ich nickte. Er sagte mir, ich solle doch später wieder vorbeikommen. Ich tat es und er ließ mich in den Keller. Ich betrachtete die *Venus* und andere Bilder. Das habe ich noch oft getan, ich bin immer wiedergekommen. Auch andere Kinder und Jugendliche. Der junge Wachmann ließ es geschehen. Wir brachten ihm dafür Äpfel, Trauben, manchmal Wein und Zigaretten.«

Der Pfarrer saß stumm neben der Alten. Es war nicht auszumachen, ob er die Geschichte bereits kannte.

»Dann wurden die Schlüssel zum Keller an Ernst Krawinkel, den Dorfhistoriker, übergeben ...«, begann Grauners Assistentin.

»Ja«, sagte Lechthaler und nickte heftig. »Und ich habe die *Venus*, meine *Venus*, nie wiedergesehen. Wenn wir Kinder dem Keller zu nahe kamen, hat er uns weggescheucht. Charly ist es einmal gelungen, sich reinzuschleichen, als der alte Krawinkel vergessen hatte abzuschließen. Er hat ein paar Bilder abgezeichnet, schnelle Bleistiftskizzen, seine *Venus*-Zeichnung hat er mir geschenkt. Danach haben wir uns zum ersten Mal geküsst.«

»Charly!« Tappeiner packte die Hand der Frau. »Welcher Charly?«

Barbara Lechthaler war zusammengezuckt, starrte sie an.

»Charly, na ja, mein Charly, der Kiem Luis. Meine Jugendliebe. Wir nannten ihn alle Charly damals, weil er immer sagte, irgendwann würde er nach Amerika auswandern. Und weil er sich immer oben am Karlstollen herumtrieb. Weil er sich als Einziger von uns allen hineintraute ins Dunkel des Berges. Karlstollen, Amerika, also Charly. Das war sein Spitzname. Der alte Krawinkel hat schließlich ein paar der Skizzen in die Hände bekommen, sie genau studiert. Seitdem durfte Charly immer wieder rein zu den Bildern. Aber nur er.«

Tappeiners Herz raste. »Charly? Kiem? Kiem, wie der Tote?«

Die Frau nickte.

»Luis Kiem, ist das der Vater des Toten?«

Die Frau machte große Augen. »Ich weiß es nicht. Es gibt einige Kiems hier im Tal. Ich ... das mit mir und Charly, das ist eine Ewigkeit her.« Sie flüsterte.

»Wo ist Ihr Charly, wo ist dieser Luis Kiem? Ich muss ihn sprechen!« Tappeiner erinnerte sich an die Worte Patti Hubers. Hannes Kiem hatte seinen Sohn Charly nennen wollen. Hatte er ihm den Namen seines Vaters geben wollen?

Die Alte seufzte, schaute zum Himmel. »Ich habe keine

Ahnung, junge Frau«, sagte sie schließlich, »oben beim lieben Gott ist er, nehme ich an.«

»Kennen Sie diesen Mann?«, fragte Tappeiner den Pfarrer.

Er schüttelte den Kopf. Die blonden Haare klebten ihm an der Stirn.

Sie drehte sich wieder zu Lechthaler. »Wann haben Sie Charly zuletzt gesehen?«

Die Alte räusperte sich. »Nach der Schule haben wir uns schnell aus den Augen verloren. Er wollte in Meran auf das Kunstlyzeum gehen, dann soll er ein paar Jahre als Straßenkünstler durch die Welt gezogen sein. Später ist er wieder ins Tal zurückgekehrt. Dann hat er, glaube ich, wie so viele, oben im Bergwerk gearbeitet.«

Tappeiners Gedanken überschlugen sich. »Im Bergwerk«, murmelte sie. »Und Sie?«

»Ich bin als junge Frau nach München. Ich habe dort als Zimmermädchen gearbeitet, meinen späteren Mann kennengelernt. Er war auch Südtiroler. Ultner. Nach zwei Jahrzehnten entschieden wir, wieder herzuziehen. Ich habe mal im Dorf nach Charly gefragt, da habe ich nur erfahren, dass er weg sei. Irgendetwas muss damals vorgefallen sein. Aber ich habe nie erfahren, was.«

Tappeiner dachte an Grauner, der irgendwo da oben verschwunden war. An Donnachiara, die vielleicht noch dort war. Vielleicht war Grauner tatsächlich ins Bergwerk gegangen. Vielleicht versteckten sich die Krawinkel-Geschwister in den Stollen. Und hielten auch die Praktikantin fest. Belli suchte mit einigen Männern alles auf der Seite des Ridnauntals ab. Vielleicht sollte sie sich mal auf dieser Seite umschauen.

»Der Zugang zu diesem Karlstollen«, fragte sie schließlich, »wo finde ich den?«

Die Alte erklärte ihr den Weg. Bevor Grauners Assistentin sich verabschiedete, zeigte sie den beiden noch die Kopien des Briefes und der rätselhaften Karte, die Georg Krawinkel versteckt hatte.

»Tut mir leid«, sagte Pfarrer Windisch, nachdem er sich die Blätter angesehen hatte, »ich weiß damit nichts anzufangen.«

»Den Brief verstehe ich nicht«, sagte Barbara Lechthaler, »aber das hier, das ist eine Bergwerkskarte. Da sind Stollen eingezeichnet. Jeder, der dort arbeitete, trug so eine bei sich. Zur Sicherheit. Da oben konnte man sich leicht verirren. Und das war meist der sichere Tod.«

Tappeiner lief es eiskalt den Rücken hinunter. »Noch etwas«, sagte sie, während sie der Alten bereits zur Verabschiedung die Hand gab, »wie wurde das einstige Gefängnis zur Schule?«

Der junge Pfarrer zuckte mit den Achseln, die alte Frau schien ein wenig nachzudenken, bevor es ihr einfiel. »Ernsts Sohn, Hans Krawinkel, hat den Umbau einst der Gemeinde spendiert. Das muss so Mitte der Achtzigerjahre gewesen sein.«

»Und was ist mit dem Keller?«, fragte Tappeiner weiter.

Die Frau lächelte. »Da hausen jetzt wohl die Ratten.«

6

Er dachte an Sabrina. An das Date, das sie hatten. Vor fast einem Jahr. Ja, sie hatte ihm den Kopf verdreht. Beinahe. Doch er war bei Verstand geblieben. Zum Glück. Oh Gott. Ein Date! Mit einer Praktikantin! Er war mit ihr essen gewesen. Ja. Einmal. Es war nett gewesen. Er hatte sich höflich von ihr verabschiedet. Ein Kuss auf die Wange, das war's. Mehr war da nicht. Sie wollte mehr. Klar, für sie war es ein Spiel. Aber er musste verantwortlich handeln. Einen kühlen Kopf bewahren. Jetzt war sie … verdammt!

Sie hätte sich nie, nie bei ihnen für ein Praktikum bewerben dürfen. Er fühlte sich verantwortlich für sie. Er war erschöpft. Die Lider wurden schwer. Die Gedanken träge. Die Konturen der Pianura Padana vor dem Fenster des Zugabteils verwischten. Bäume wurden zu grünen Flecken, Äcker zu gelben Streifen, Häuser zu weißen schimmernden Flächen.

Ein Wald, eine Wiese, eine nackte Frau im Gras, Venus, ihr Gesicht, erst war es das Gesicht Sabrinas, dann das Gesicht Silvias, schließlich wurde es zu dem von Grauner. Der Commissario öffnete den Mund, seine Zähne sahen aus wie die eines Raubtiers, über seine Zunge krabbelten Kühe nach draußen, sie hoben ab, flogen schwerelos wie Heißluftballons in die Luft, sie nutzten die Zunge als Abflugrampe, wurden größer und größer, ihre Bäuche dehnten sich, dann platzte die erste, fiel eingefallen zu Boden, die zweite, die dritte, sie schwammen tot auf einem schwarzen See.

Eine Polizeisirene ertönte, ein Rattern, die Sirene wurde zu einer Melodie, die er sehr gut kannte. Der Ispettore schreckte auf. Wischte sich den Schweiß von der Stirn. Es dauerte ein paar Sekunden, bis er wusste, wo er war. Die Kühe waren weg, nur das Rattern war noch da und die Melodie. Eros. *Cose della vita.*

Er schaute auf sein Handy. »Grauner! Grauner, endlich, was … Grauner, wo bist du? Grauner, hallo, Grauner … Was ist da los …?«

7

Die Wucht der Rotoren drückte das lange Gras zu Boden, brachte das schwarze Wasser in Wallung, die Wellen klatschten ans felsige Ufer. Aus der Luft hatte der kleine Gebirgssee wie ein tiefes schwarzes Loch ausgesehen. Es ruckelte, als der Carabinieri-Helikopter landete.

Der Pilot drückte einige Knöpfe, schaute dann nach hinten, hob den Daumen. Einige Carabinieri und Polizisten sprangen raus, Tappeiner folgte ihnen. Neben dem See standen die Reste einer Steinmauer, verrostetes Blech lag herum. Eine steile Rampe führte in die Höhe. Dort irgendwo musste Schneeberg liegen. Dahinter, tief im Tal, Ridnaun. Weiter nördlich, hinter den Felsen, die Hütte der Almjungen.

Der Boden unter den Füßen gab nach, er war hier, über den Almen, noch matschiger und sumpfiger als bei den Wiesen. An der Ostseite des Sees entdeckte Tappeiner einen mit Moosflechten überwucherten Stein. Vielleicht, so dachte sie, war dies das Felsstück, das die *Salige* einst auf den Jäger geworfen hatte.

Zwischen den Bäumen war ein Trampelpfad zu erkennen. Das musste der Steig sein, von dem die Greisin gesprochen hatte. Hier mussten sie laut ihrer Beschreibung ein Stück steil bergab gehen. Tappeiner lief voran, die Carabinieri und Polizisten folgten ihr.

Die Telefonverbindung zu Belli war immer wieder abgebrochen, als sie ihn vorhin angerufen hatte, um einen Hubschrauber anzufordern. Der Staatsanwalt hatte ihr mitgeteilt, dass er und seine Leute das hintere Ridnauntal bereits abgesucht hätten. Keine Spur von dem Wagen, den Grauner der Stadtpolizistin in Bozen entwendet hatte. Das Museum sei nur spärlich besucht gewesen, die junge Dame an der Kasse habe ihnen mitgeteilt, dass ein Förster am frühen Morgen weiter oben am Berg Reifenspuren entdeckt habe, aber weder sie noch der Förster hätten eine Ahnung, wer nachts da oben gewesen sein könnte. Im Sturm. Der Weg sei nun wegen umgefallener Bäume gesperrt, die Aufräumarbeiten würden noch einige Zeit in Anspruch nehmen. Nichts zu machen. Er habe daraufhin den Polizeihubschrauber angefordert, der habe sie hochgebracht.

»Was ist das für ein Tal, dieses Ridnauntal?«, hatte der Staatsanwalt gefragt.

Tappeiner hatte keine Antwort darauf gehabt.

Sie hätten den Stolleneingang gefunden, hatte Belli weiter berichtet, er sei durch massive Holztore verschlossen, sie versuchten nun, sie aufzubrechen.

»Sobald wir hier durch sind, lasse ich mich mit dem Helikopter zum Schneeberg bringen«, sagte der Staatsanwalt. Schließlich willigte er zähneknirschend ein, Tappeiner einen zweiten Hubschrauber, den der Carabinieri, zu schicken, um sie zum Stolleneingang auf der anderen Seite des Berges zu bringen, von dem Barbara Lechthaler ihr erzählt hatte. »Das heißt aber auch, dass ein paar Kollegen der Carabinieri mitkommen werden. Haut euch gegenseitig nicht die Köpfe ein, ja?«

Das Moos dampfte, es roch nach vermodertem Holz, irgendwo klopfte ein Specht, im Gebüsch raschelte es. Die Sonnenstrahlen stachen durch das Geäst, in der Nähe plätscherte ein Bach. Wild verteilt lagen Gesteinsbrocken zwischen den Bäumen, Findlinge, an manche waren Wegmarkierungen gemalt. Tappeiner fluchte. Barbara Lechthaler war ganz sicher schon ewig nicht mehr hier oben gewesen. Sie hätten den Stolleneingang schon längst erreichen müssen. Vielleicht waren sie vorbeigelaufen, vielleicht war er vom Pfad aus nicht zu erkennen?

Sie ging schnell voran, die Polizisten und Carabinieri lagen, wie sie befürchtet hatte, weit zurück. Vor ihr tat sich eine Lichtung auf, eine saftige Wiese leuchtete in der Sonne.

Der Wind verfing sich in den Wipfeln der Bäume, ein zartes Flüstern ging durch das Laub, kurz schloss sie die Augen. Als sie sie wieder öffnete, raschelte es dicht hinter ihr. Hastig drehte sie sich um. Da war nichts. Nur ein einsamer Schmetterling flatterte zwischen den Gräsern umher. Langsam beruhigte sich ihr Atem wieder.

Einer der Polizisten tauchte zwischen den Bäumen auf, beschleunigte den Schritt, dicht gefolgt von den anderen. Tappeiner überquerte die Lichtung, suchte nach der Fortführung des Weges. Da sah sie es. Halb verdeckt vom Gebüsch. Ein Eisengitter davor, ein goldenes Schloss daran. Der Stolleneingang. Der Weg in den Berg. Mit weißer Farbe hatte jemand ein paar Worte auf einen Stein neben der düsteren Höhle geschrieben.

Karlstollen
Anno 1660
Betreten verboten
Lebensgefahr

Sie griff nach dem Schloss am Gitter, es war ein Modell, wie man es in jeder gut sortierten Eisenwarenhandlung kaufen konnte.

»Karlstollen«, sagte sie leise. Den Bau hatte einst der Landesfürst Ferdinand Karl in Auftrag gegeben, das hatte sie im Internet gelesen. »Karl«, flüsterte sie wieder.

Die Polizisten erreichten sie, schließlich auch die Carabinieri. Tappeiner zeigte auf das Schloss. Einer der Männer machte sich daran zu schaffen, er hatte ein Allzweckmesser aus seiner Tasche geholt, zwei Nadeln daraus hervorgezogen, keine dreißig Sekunden später stand das Eisengitter offen.

Sie schauten sich an, einer der Männer reichte Taschenlampen herum, dann traten sie ins Dunkel. Tappeiner ging erneut voraus.

Schwaches Licht fiel durch den Eingang auf die Felswände. Am Boden hatte sich ein Rinnsal gebildet, die Luft war angenehm kühl, nicht muffig, wie befürchtet. Schimmel an den Wänden, in bunten Farben. Ein surreales Bild, wie ein Kunstwerk. Sie schritten voran, bald wurde das Rauschen lauter, das Rinnsal wurde zu einem Bach, der rechts an ihnen vorbeifloss. Schmelzwasser, vermutete Tappeiner. Sie musste an früher denken, an die Zeit hier im Berg, als es noch nicht einmal Taschenlampen gab, nur Kerzen. Und keine wasserfesten Wanderstiefel.

Der Stollen führte weiter kerzengerade in den Berg hinein. Ab und zu schrie einer der Polizisten leise auf und fluchte, wenn er sich den Kopf gestoßen hatte.

Zu Tappeiners Verwunderung wirkte das Innere des Berges kein bisschen bedrohlich auf sie. Sie hatte keine Höhenangst, nun wusste sie, dass sie auch keine Klaustrophobie hatte. Vielmehr erfüllte sie ein eigenartiges Gefühl der Geborgenheit.

Wieder schweiften ihre Gedanken ab. Zu den Informationen, die sie am Abend zuvor aufgesaugt hatte. Die ersten Knappen hier, sie hatten ziellos in den Berg hineingegraben, in der Hoffnung, irgendwann auf Erz zu stoßen. Im Winter waren sie lieber hier drinnen als im Dorf gewesen. Dort konnten die Temperaturen schon mal auf minus dreißig Grad fallen. Hier im Berg war es selten kälter als zehn Grad. Kniehoch, so hatte sie gelesen, sei der Stollen anfangs nur gewesen. Es wurde nicht gegangen, es wurde gekrochen. Als sie sich das vorstellte, ereilte sie nun doch ein gewisses Unwohlsein. Sie blieb kurz stehen. Sammelte sich, atmete ein paarmal tief durch, bevor sie weiterging.

Im Licht der Taschenlampen entdeckten sie Einkerbungen an den Wänden, dann eine in den Stein geschlagene Jahreszahl. *1693*. Dreiunddreißig Jahre hatten die Knappen gebraucht, um zu diesem Punkt zu kommen. Dreiunddreißig Jahre. Tappeiner und die Polizisten waren gerade einmal eine Viertelstunde unterwegs.

Irgendwann machte der Stollen eine Kurve, sie liefen weiter, bis sie das Ende des Hauptstollens erreichten. Eine tiefe Ausbuchtung tat sich auf, eine Höhle. Eine Holzleiter führte zu einem Loch in der Decke.

Tappeiner holte die Fotokopie der Karte aus ihrer Jackentasche, suchte den Karlstollen. Dort, wo der Strich endete, war eine feine Schraffierung zu sehen. »Das ist diese Holzleiter«, mutmaßte sie. Von dort aus führte ein weiterer Strich bis zum anderen Ende des Blattes. *Poschhaus*, stand darüber.

»Der Weg durch den Berg«, sagte sie. »Ins hintere Ridnauntal. Dort, wo Grauner gestern Nacht war, bevor er verschwunden ist.« Sie setzte den Fuß auf das rutschige Holz der Leiter, schaute nach oben. Schwarzes Nichts. Sie schloss die Augen, hielt den Atem an. Ihr Herz pochte, ihre Knie zitterten. Sie hörte den hastigen Atem der anderen Polizisten, das Rauschen des Wassers. Es gurgelte und brüllte. Nein. Das Wasser gurgelte. Das Brüllen war etwas anderes. Es klang ... Sie nahm den Fuß von der Sprosse. Öffnete die Augen. Ja, da war ein Brüllen, kein Zweifel. Wie ein wildes Tier.

»Hört mal!«, sagte sie. Drehte sich um, ging ein paar Schritte in die Höhle hinein, hier war das Rauschen und Gurgeln des Wassers leiser, das Brüllen klarer zu vernehmen. Es waren keine Worte, die da geschrien wurden, aber es waren menschliche Laute. Sie schienen tief aus dem Felsen zu kommen.

Tappeiner schaute wieder auf die Karte. Abgesehen von der Leiter waren noch vier Striche eingezeichnet, die in der Höhle ihren Anfang nahmen und weiter in den Berg hineinführten. Einer davon verzweigte sich noch viele Male, die anderen nicht. Tappeiner leuchtete die Wände ab, sah keine weiteren Durchgänge. Die Höhle war sehr viel tiefer, als sie zunächst gedacht hatte. Ganz hinten in der Ecke entdeckte sie eine große, verrostete Maschine, eine Art Bagger mit einem Greifarm. Sie schlich um die Maschine herum, zwischen dem Ungetüm und der Wand war noch etwa ein Meter Platz. Eine dunkle Platte lehnte am Fels. Als sie den Polizisten hinter sich ein Zeichen gab, traten sie heran, verstanden sofort.

Sie hievten die Platte zur Seite, ein Loch wurde sichtbar. Einer der Polizisten bückte sich.

»Der Gang ist auf dem ersten Meter kniehoch, dann kann man aufstehen«, rief er und kroch hinein.

Die anderen folgten zögernd und fanden sich kurz darauf in einem breiten Stollen wieder, der sich in vier schmalere aufspaltete. Sie nickten sich zu, Tappeiner ging zum rechten Eingang, die Kollegen teilten sich auf die anderen auf.

Meter um Meter schob Grauners Assistentin sich voran, gebückt, manchmal wurde der Gang so schmal, dass sie seitwärts laufen musste. Noch immer war das Brüllen zu hören, es schien aber leiser geworden zu sein. Sie lauschte. Ja, es war definitiv leiser. Doch es war zu eng, um umzudrehen. Kurz ereilte sie Panik. Sie biss sich auf die Lippen, ging einen Schritt rückwärts, noch einen. »Langsam, ganz langsam, nicht zu viel nachdenken«, sagte Tappeiner leise zu sich selbst.

Ein ganzer Berg lastete auf ihr. Ein Berg, der Wiesen entzweiriss, der Steine ins Tal warf. Ihr wurde heiß. Das ferne Brüllen war nicht mehr zu hören.

»Hier, hier!«, klang es nur Sekunden später dumpf aus der Ferne. »Ich habe ihn, oh Gott, ich habe ihn. Ich ... wir kommen raus.«

8

Grauners Haar war zerzaust, das Gesicht verdreckt, eine Schramme zog sich über seine rechte Wange, die Anzugjacke war am Ärmel aufgerissen, die Hose am Knie, ein Schatten lag unter seinen Augen, er schien verwirrt. Sie hatten sich in der Höhle versammelt, in der der Bagger stand. Einer der Carabinieri hielt dem Commissario eine Flasche Wasser hin, er trank gierig.

»Ich habe ihn in einem Loch gefunden, es war mit einer

Holzplatte abgedeckt. Zum Glück lag ein Seil daneben«, sagte der Polizist, der ihn gefunden hatte, keuchend. »Der Commissario ist geschwächt, er hat es nur mit letzter Kraft hochgeschafft.«

»Johann, Mensch, Johann«, sagte Tappeiner. Sie fiel ihm um den Hals, schluchzte auf. Sie war so erleichtert. Er legte die Arme um sie, drückte sie kraftlos. So standen sie einfach da, für ein paar Sekunden, bevor sie sich voneinander lösten.

Einer der Gesetzeshüter reichte dem Commissario noch mehr Wasser, ein anderer eine Banane. Ein dritter ein belegtes Brot.

»Speck?«, fragte Grauner.

»Speck, Käse, Gurke«, sagte der Mann.

»Perfekt«, sagte er und biss hinein.

Die Beamten schmunzelten. Tappeiner spürte, dass ihre Wangen ganz heiß geworden waren.

»Ich dachte, diesmal geht's nicht gut aus«, sagte der Commissario mit zitternder Stimme, dann biss er wieder ins Brot, kaute, schluckte, nahm einen Schluck Wasser, noch einen. »Noch nie hat mir ein Speckbrot derart gut geschmeckt, besser noch als Albas Knödel.«

Alle lachten.

»Ich habe keine Ahnung, wo wir sind«, sagte er schließlich, als er den letzten Rest des Brötchens verschlungen hatte, »vermutlich habt ihr euch auch verlaufen, oder?«

Tappeiner wollte zu einer Antwort ansetzen, doch er sprach einfach weiter.

»Aber ich habe da etwas.«

Er zog die Stollenkarte aus der Tasche, entfaltete sie, legte sie auf den Boden. Einer der Polizisten richtete das Licht der Taschenlampe darauf. Tappeiner holte ihre Fotokopie aus der Hosentasche, legte sie dazu.

Sie grinsten sich an.

»Die, äh …«, sagte einer der Polizisten, »sind nicht identisch.«

Die Köpfe stießen aneinander, als sich nun alle über die Karten beugten. Tappeiner kniff die Augen zusammen. Der Beamte hatte recht. Diese vier schmalen Stollen, die von der Höhle abgingen, waren auf Grauners Karte nicht eingezeichnet.

»Dov'è Sandro?«, fragte plötzlich einer der Polizisten.

Die anderen schauten sich um. Einer der Kollegen war noch nicht zurück.

Grauner sehnte sich danach, endlich ins Freie zu gelangen, nach frischer Luft und Tageslicht. Seine Glieder schmerzten bei jedem Schritt, doch er hatte nicht zurückbleiben wollen. Der Stollen, der sich laut Tappeiners Karte immer weiter verzweigte, schien nicht enden zu wollen, er führte die Ermittler tiefer und tiefer in den Berg hinein. »Sandro, Sandro. Ci senti? Dove sei?«, riefen sie.

»Qui, qui, mi sentite?«, schallte es endlich von vorn. Er stand an einer Weggabelung, hob die Schultern.

Tappeiner hielt die Karte hoch, fuhr mit dem Finger den schmalen Strich entlang, der den Stollen darstellte, in dem sie sich befanden. Wieder und wieder teilte er sich. Das Ende einer der Striche war mit einem *X* markiert. Grauner trat näher und schaute ihr über die Schulter.

»Ja?«, fragte sie.

Er nickte.

»Also gehen wir erst einmal nach links«, sagte Tappeiner.

Grauner unterdrückte ein Stöhnen, als er ihr folgte. Bald würde er eine Pause brauchen.

Bei jeder Abzweigung blieben sie kurz stehen, um die Karte zu befragen. Grauner lief ganz hinten. Er hatte wieder das Zeitgefühl verloren. Eine halbe Stunde waren sie bestimmt schon unterwegs, vielleicht länger.

Er hatte sich vorhin in der Höhle von Tappeiner auf den neuesten Stand bringen lassen. Doch es fiel ihm schwer, sich auf den Fall zu konzentrieren, immer wieder schweiften seine Gedanken ab, wanderten zu Alba, Sara und dem Hof.

Wie gern würde er jetzt in den Stall gehen, über die Rücken seiner Viecher streichen und den Mistgeruch einatmen, Bauer sein, ganz bei sich sein. Mechanisch setzte er einen Fuß vor den anderen, schaute zu Boden, zählte die Schritte. Beinahe wäre er in seinen Vordermann hineingelaufen, der auf einmal stoppte.

»Was ist los?«, fragte er.

»Johann.« Tappeiners Stimme drang von vorne zu ihm nach hinten durch. »Komm, schau. Das ist …«

Die Männer vor ihm versuchten, so gut es ging, Platz zu machen, er zwängte sich an ihnen vorbei und erreichte seine Assistentin. Starr blickte sie auf das, was vor ihnen lag. »Das ist …«

»So schön«, beendete Grauner den Satz, der über dem schwarzen See in der Luft schwebte.

Die Lichter der Taschenlampen spiegelten sich in der reglosen Wasseroberfläche. Eingefasst von steilen Felsen lag der See still da. Er war etwa fünfzehn Meter breit, schätzte

Grauner. Wie tief er wohl war? Er vermochte es nicht zu sagen.

»Es ist also wahr, was Armin Anratter, der Chefgeologe, befürchtet hat.« Tappeiner drehte sich zu den anderen. »Er hat vermutet, dass sich hier im Inneren des Berges Seen voller Schmelzwasser gebildet haben. Diese könnten irgendwann das Stollennetz zum Einsturz bringen. Und dann ...« Sie brach ab.

»Dann?«, fragte der Commissario.

Seine Assistentin schüttelte nur stumm den Kopf.

»Wir müssen hier raus«, sagte er bestimmt.

»Belli wollte mit dem Helikopter zum Schneeberg kommen«, sagte Tappeiner.

»Der Blinde, dem ich unten im Ridnauntal begegnet bin«, fuhr der Commissario fort, »er hat erzählt, es habe früher eine unterirdische Verbindung vom Arbeiterhaus oben am Schneeberg zu den Stollen gegeben. Damit die Knappen sich im Winter nicht durch Schnee und Sturm kämpfen mussten.«

Tappeiner hielt die Karte hoch. Folgte mit den Fingern einigen Strichen. »Ja, wenn wir zurück zur Höhle gehen, dann die Leiter nach oben zum *Poschhaus*-Stollen steigen, seht ihr, hier, diesem Strich folgend, immer weiter hoch, dann müssten wir zu einem Ausgang direkt in der Siedlung kommen.«

Grauner nickte. Ihm wurde schwarz vor Augen. Gleich spürte er Tappeiners Hand am Arm. Er atmete langsam ein und wieder aus. »Gehen wir los«, sagte er dann.

9

Es war, als wären sie von einer surrealen Welt in eine andere getreten. Als hätte sie der dunkle Berg geschluckt und in einer längst vergangenen Zeit wieder ausgespuckt. Tappeiner kletterte die letzten in den Stein geschlagenen Stufen hoch, schlüpfte durch die Luke, die einer der Polizisten aufhielt. Grauner nahm sein Handy in die Hand. Akku leer. Er bat den Polizisten neben sich, Alba anzurufen, ihr zu sagen, dass er lebte. Dass er sich so bald wie möglich melden würde.

Sie befanden sich in einem karg eingerichteten Raum. Von den schmutzigen Wänden bröckelte der Verputz, darunter kam das Gemäuer zum Vorschein. An der Decke spannten sich wuchtige Balken, dicke Spinnweben hingen daran. Der Boden war von Staub bedeckt. Dies war wohl der Raum, in dem sich die Knappen umgezogen hatten, bevor sie zu ihrer Schicht in den Berg hinabgestiegen waren. In der Ecke lagen eine Suppenschüssel und ein einzelner Plastikstiefel, vorne ein Loch. Daneben entdeckte Tappeiner eine alte Zeitung. Den *Kurier*. Sie hob ihn hoch, blies den Staub von den Seiten. Suchte rechts oben das Datum. 14. Januar 1985.

Eisenbahnunglücke in Bangladesch und
Äthiopien – 700 Tote
Großbrand in Brixner Molkereibetrieb
Lendl: Sieg über McEnroe in New York

Die Tür zum Raum nebenan stand offen, er war heller, Tappeiner folgte Grauner in eine Art Flur, einige Dielen waren aus dem Boden gerissen, an den Wänden hingen alte Schwarz-Weiß-Bilder. Stolze, müde Arbeiter an einem massiven Holztisch. Speck und Wein vor sich. Die Gesichter schmutzig. Männer vor weißer Winterkulisse. Alte Skier im Arm. Das Dorf Schneeberg. Ein paar Häuser, eine Kirche, Bergspitzen im Hintergrund. In einem dieser Häuser befanden sie sich nun.

Tappeiner schritt die Wände ab. Zwei Bergsteiger, an irgendeinem Gipfelkreuz, dicke Seile über den Schultern. Kinder, auf matschigem Boden mit einem aus Stofffetzen zusammengeflickten Ball spielend. Ein Mann in einer Materialseilbahn sitzend. Eine Frau, einen großen Korb unter dem Arm, Ziegen standen um sie herum. Als sie das nächste Bild erreichte, hielt Grauners Assistentin inne.

Sie beugte sich vor, musterte die Gesichter, das eine kam ihr bekannt vor, doch sie wusste nicht, woher. Daneben hing ein Gruppenbild. Etwa dreißig Männer standen da, ein Hund lag vor ihnen, ein Pfarrer hatte sich in die Mitte gestellt. Alle schauten stolz und müde in die Kamera. Die Namen standen unter dem Foto. Tappeiner schaute von einem Gesicht zum nächsten, da war er wieder, der Mann, den sie zu kennen glaubte, obwohl das nicht möglich war. Sie spürte Grauner hinter sich.

Der Commissario fuhr mit dem Finger die Reihe ab, erstarrte. »Ernst Krawinkel«, sagte er.

Sie tippte aufs nächste Gesicht. »Hans Krawinkel. Ernst und Hans. Großvater und Vater der Krawinkel-Geschwister.«

Ein paar der Polizisten und Carabinieri gesellten sich zu ihnen. Grauner beugte sich nach vorne. »Da«, sagte er und zeigte auf das Gesicht neben Ernst und Hans Krawinkel, »das ist der Mann, der Blinde, dem ich unten im Ridnauntal begegnet bin. Das Muttermal auf der Stirn! Da war er noch ganz jung.«

Tappeiner suchte den Namen in den Zeilen unter dem Bild. »Hier steht … hier steht Luis Kiem.« Ruckartig drehte sie sich zum Commissario um. »Verdammt, Charly! Luis Kiem, der Jugendfreund der alten Barbara, den alle nur Charly genannt haben! Kiem, ja, das ist vermutlich der Vater des Toten.«

Grauner hob die Augenbrauen, ihr war klar, dass er gerade überhaupt nicht verstand, was sie sagte.

»Martin Rohregger, Ingomar Vieider, Maximilian Saltner«, las Tappeiner flüsternd.

»Albert Alberti, Alfons Hallersteiner, Ferdinand Egger, Stanislaus Egger, Hochwürden Staller …«, ergänzte Grauner.

»Anratter, Matthäus «, sagte Tappeiner langsam. »Anratter, Anratter.« Der Name stand unter dem Mann, der ihr so bekannt vorkam.

Grauner schaute sie fragend an.

»Anratter, Armin Anratter, so heißt doch der Chefgeologe.«

»Hm«, sagte der Commissario, »könnte das der Vater sein? Sehen sie sich ähnlich?«

»Ja, doch«, sagte sie.

»Mir kommt das Gesicht auch bekannt vor«, sagte Grauner schließlich, »aber ich komme beim besten Willen nicht darauf, woher.«

Dann fiel es ihr wie Schuppen von den Augen. Sie zog ihr Handy hervor, scrollte darauf herum. Hielt es ihm hin. Er schaute auf das Phantombild von der Autobahnraststätte.

»Ja«, sagte er. »Ja, der Mann auf dem Foto an der Wand ähnelt dem Mann, dem Mary Krawinkel auf der Autobahn gefolgt ist.«

»Mary Krawinkel ist also Armin Anratter gefolgt, dem Chefgeologen«, sagte Tappeiner triumphierend.

»Armin Anratter, vermutlich der Sohn von Matthäus Anratter«, sagte der Commissario. »Wie hängt das nur alles zusammen?«

»Matthäus, Matthäus …« Tappeiner dachte fieberhaft nach.

Auf der vollgeschriebenen Briefseite, die sie im Bienenstock gefunden hatte, hatte der Name gestanden. »In dem Brief war von einem Mordopfer die Rede, einem Vater, jemandem, der Matthäus hieß. Das muss Anratters Vater gewesen sein! *Sie wollten auch uns beide tot sehen.* Anratter! Und wen noch? Seine Mutter? Seine Schwester? *Sie werden büßen irgendwann, die Krawinkels! Charly hat uns gerettet.* Luis Kiem, der Vater des Toten, der nun in Ridnaun lebt. Und die Mörder sind die Krawinkels, Hans und Ernst, Vater und …«

»Es hat sich vielleicht, wie so oft in unseren Tälern, zwischen Vätern oder Großvätern etwas zugetragen, das Söhne und Töchter nun zu Ende bringen«, murmelte Grauner.

Tappeiner fuhr sich durchs Haar. »Und das alles hat anscheinend irgendetwas mit den Kunstwerken zu tun, die von den Nazis ins Tal gebracht wurden.« Sie überlegte kurz. »Wir müssen Armin Anratter finden. Wo lebt er?«

Der Commissario drehte sich zu einem der Polizisten um, der nickte und zog sein Handy hervor. »Wo bleibt denn nur Belli mit dem Hubschrauber?«, fragte er dann.

Seine Assistentin ging zur Eingangstür, öffnete sie, frische Bergluft drang herein, sie atmete tief ein. Jetzt erst merkte sie, wie stickig es im Haus war. Draußen lag etwas matschiger Neuschnee, Tappeiner sprang die Holzstufen hinunter, lief ein paar Schritte und sah sich um.

Angezuckerte Berggipfel umgaben sie, im Osten sah sie ein weiteres, etwas größeres Gebäude und ein Kirchlein, im Westen eingefallene Gemäuer, eine Ruine.

»Schneeberg«, flüsterte sie. Weit unten lag das Passeiertal. Die Sonne stand tief, bald würden die Gipfel rot aufleuchten. Nirgends war ein Hubschrauber zu entdecken.

Tappeiner nahm eine Bewegung am Kirchlein wahr. Es waren zwei Ziegen. Dann tauchte ein Bub auf. Als er sie sah, blieb er stehen. Sie ging langsam in seine Richtung. Er rührte sich nicht. Nun hörte sie das Gebimmel der Glöckchen, Dutzende Ziegen strömten über den Platz und versammelten sich vor der Kirche. Ein Hund lief um sie herum. Sherpa. Plötzlich verschwand der Junge, ein Pfeifen erklang, die Tiere schauten auf und setzten sich wieder in Bewegung.

Sie zögerte. Es hatte keinen Sinn, ihm nachzulaufen, er war schneller und kannte sich besser aus. Sie drehte sich wieder um, zwei Polizisten standen vor dem Haus, aus dem sie gekommen war, einer steckte sich eine Zigarette zwischen die Lippen, der andere gab ihm Feuer. Der Abendwind trug einen herben Geruch heran, doch es war nicht Rauch, was sie roch, sondern Pferdemist. In diesem Moment sah sie es. Ein Schimmel. Er stand hinter dem Haus, an eine alte Holzbank gebunden.

»Goldmond«, flüsterte sie. Dann erst verstand sie. »Grauner! Grauner!«, schrie sie und rannte los. »Grauner!«

10

Der Commissario drehte sich zu einem der Polizisten um. »Haben Sie die Nummer des Ispettore eingespeichert?«

Der Mann nickte, holte sein Handy aus der Tasche, drückte darauf herum, reichte es ihm. Grauner schaute auf den Bildschirm. Der Empfang war schwach, sehr schwach, nur ein Balken war zu sehen. Er hielt das Gerät hoch, der Balken verschwand, er ging einen Schritt auf die Tür zu, der Balken kam nicht wieder. Links war das Zimmer, durch das man über die Falltür in den Tunnel zum Stollen gelangte, dort hielten sich immer noch ein paar der Carabinieri auf.

Der Commissario ging den Flur entlang, links und rechts sah er Türen, eine stand offen, er schlüpfte hinein, zog die Tür hinter sich zu, kontrollierte dabei das Handy, ein Strich, noch zwei Schritte, drei Striche. Gut, dachte er und setzte sich auf einen alten Sessel. Rauer Stoff, granatapfelrot, er versank beinahe darin, eine Staubwolke stieg auf.

Die kleinen Fensterscheiben waren verschmiert, ein winziges Waschbecken hing an der Wand, die Armaturen verrostet, der Spiegel darüber zersprungen. Auf der anderen Seite stand ein klappriges Bettgestell und ein Schrank, dessen Türen einen Spaltbreit offen standen. Grauner schaute auf den Boden, der von einer dicken Staubschicht bedeckt war, viel dicker als draußen im Flur und im Zimmer mit der Falltür. Dies musste eines der Arbeiterzimmer gewesen sein. Hier hatten sie also gelebt, sich ausgeruht, Kräfte gesammelt. Er hatte Spuren im Staub hinterlassen, die von der Tür zum Sessel führten. Grauner tippte auf den grünen Hörer, das Freizeichen ertönte.

Eine weitere Spur führte von der Tür zum Bett und von dort zum Schrank. Der Commissario erstarrte. Wie in Zeitlupe führte er die linke Hand zur Jacke, tastete die Tasche ab, suchte nach dem Pfefferspray, das da doch irgendwo noch sein musste. In der rechten Hand tutete das Handy. Den Blick hatte er fest auf den Schrank geheftet.

Die Türen öffneten sich lautlos, erst sah Grauner den Gewehrlauf, dann Hände, raue, zerkratzte Bauernhände, einen grünen Jackenärmel, die Schulter, das Gesicht. Georg Krawinkels Gesicht. Ein Ausdruck lag darauf, der ihn überraschte. Der Bauer hatte Angst.

»Grauner! Grauner, endlich, was ...« Saltapepes Stimme ertönte leise und scheppernd aus dem Handy.

»Krawinkel«, sagte der Commissario ganz ruhig.

Der Mann erwiderte nichts, trat aus dem Schrank heraus.

»Krawinkel, Sie haben keine Chance. Draußen stehen meine Männer. Tun Sie nichts Unüberlegtes.«

Der Bauer richtete den Gewehrlauf auf ihn. Grauner sah, dass ihm die Beine zitterten. Er suchte den Blick des Mannes.

»Ich bringe Sie zurück in den Berg, Kommissar, da kommt mir keiner hinterher. Da unten kennt sich niemand so gut aus wie ich.« Er räusperte sich.

Grauner bemühte sich, so ruhig wie möglich zu sprechen. »Meine Polizisten werden alle Ausgänge bewachen.«

»Ihre Männer haben keine Ahnung, wie viele Wege in diesen Berg hineinführen und wie viele wieder hinaus.«

»Wir haben eine Karte.«

Krawinkel schüttelte den Kopf.

»Wir haben *die* Karte, Krawinkel. Meine Männer stehen draußen im Flur und vor dem Eingang zum Tunnel, manche sind noch unten im Stollen. Sie kommen hier nicht weg. Niemals.« Grauner ging langsam einen Schritt auf ihn zu. »Und jetzt sagen Sie mir sofort: Wo ist unsere Mitarbeiterin, Donnachiara? Was haben Sie mit ihr gemacht?«

Überrascht blickte Krawinkel ihn an.

»Und wo ist Ihre Schwester?«, schob der Commissario hinterher.

Krawinkel biss sich auf die Lippen, er war blass geworden. Nein, das war nicht das Gebaren eines eiskalten Mörders. Höchstens das eines Handlangers, der den Mut verlor, wenn er allein war. Ein Gedanke blitzte auf. Eine Vermutung.

»Sie brauchen Ihre Schwester, nicht? Ohne sie hätten Sie den Mord nicht begangen. Alleine hätten Sie die Nerven dazu nicht gehabt.«

Krawinkel zuckte zusammen. Kurz dachte der Commissario: Das war's jetzt. Jetzt schießt er. Doch Krawinkel schoss nicht.

»Ich bin kein Mörder«, schrie er. »Ich bin nicht wie ...« Er brach ab.

»Nicht wie...?«, legte Grauner nach.

Doch er bekam keine Antwort.

»Nicht wie Ihr Vater? Wie Ihr Großvater vielleicht?«

Eine Träne rann dem Bauern über die Wange, rasch wischte er sie mit dem Ärmel ab.

»Nicht wie Ihre Schwester?«

Krawinkel hielt die Waffe fest umklammert.

»Commissario?« Die Stimme eines Polizisten drang von draußen herein.

Beide sahen zur Tür, hörten Schritte, die näher kamen.

»Machen Sie jetzt keinen Fehler«, sagte Krawinkel und

setzte ihm den Lauf des Gewehres auf die Stirn. Schweiß rann ihm über das Gesicht.

»Nicht reinkommen«, schrie Grauner. Sein Puls raste.

Der Polizist schien stehen zu bleiben. »Ma, dov'è?«

»Treten Sie nicht ein. Ich bin nicht allein. Georg Krawinkel ist hier. Er hat eine Waffe.«

Kurz herrschte Stille.

»Okay«, drang es durch die Tür.

»Ihre Männer sollen das Haus verlassen!«, herrschte Krawinkel ihn an.

»Verraten Sie mir, wo unsere Mitarbeiterin ist, jetzt!«

Der Blick des Mannes wanderte wild im Raum umher, er schwieg. Von draußen war nun Gemurmel zu hören. Schritte. Grauner hörte auch Tappeiners Stimme.

»Was ist mit Ihrer Schwester? Hält sie Donnachiara gefangen?«, legte der Commissario nach.

Aus der Ferne war ein Brummen zu hören, es wurde schnell lauter. Propellergeräusche.

»Das ist ein Polizeihubschrauber«, sagte Grauner. »Da sitzen noch mehr Polizisten drin. Sie werden dieses Haus umstellen. Wir kommen hier nicht raus. Geben Sie auf, sagen Sie mir, wo Donnachiara ist!«

Der Mann schüttelte den Kopf. »Raus aus dem Haus, alle«, zischte er.

»Wo ist sie?« Grauner hob beschwichtigend die Hände.

»Sie … ich habe sie … es wird kein Unglück mehr geschehen. Lassen Sie mich …« Er brachte die Sätze nicht zu Ende.

Der Commissario riss die Augen auf. *Es wird kein Unglück mehr geschehen.* Diese Worte, er hatte sie schon mal gehört. Nein, anders. Sonst … sonst wird wieder ein Unglück geschehen. Ja. Die Stimme hatte auf der Aufzeichnung des anonymen Anrufs dumpfer geklungen. Vielleicht hatte er den Hörer mit einem Tuch abgedeckt. Doch Grauner war sich nun sicher: Es war Krawinkels Stimme gewesen.

11

Belli lief gebückt auf Tappeiner zu, seine Anzugjacke flatterte im Wind.

»Situation«, schrie er.

Sie wiederholte alles, was sie ihm schon ins Handy gebrüllt hatte, während er noch in der Luft gewesen war.

»Stürmen, einzige Möglichkeit«, sagte er.

Sie schaute ihn entsetzt an. »Das können wir niemals riskieren«, erwiderte sie. »Das Leben von zwei unserer Leute steht auf dem Spiel, Dottore.«

»Wir können nicht nur untätig herumsitzen.« Belli stand nun vor ihr.

»Wir haben das Gespräch zwischen dem Commissario und Georg Krawinkel belauscht. Es besteht eine kleine Chance, Dottore, das Ganze anders zu lösen. Ich muss Mary Krawinkel finden!«

Belli hob eine Augenbraue. »Haben Sie überhaupt eine Vermutung, wo sie gerade ist?«

»Geben Sie mir den Hubschrauber, Dottore. Und eine Stunde. Ich finde sie.«

Es war eine leise Ahnung, mehr nicht.

Belli hob die Augenbraue erneut.

»Bitte.« Sie sah ihn eindringlich an.

Beide schauten zum Helikopter, dessen Propeller sich

nur noch sehr langsam drehte. Der Pilot sprang aus der Kabine, ging in ihre Richtung.

»Na gut«, sagte der Staatsanwalt schließlich.

Tappeiner lief dem Piloten entgegen.

»Bringen Sie mich hinunter ins Tal«, schrie sie ihm zu.

Er hob die Schultern. »In welches?«

»Passeier. St. Leonhard.«

12

Das Häuschen stand in den Ausläufern der Stadt, wo die Rebenlandschaft begann. Es dämmerte. Der Verkehr rauschte, der Mond war bereits aufgegangen. Er schimmerte matt durch eine dünne Wolkendecke hindurch. Die Lichter Merans glitzerten, drüben beim nahen Krankenhaus war eine Sirene zu hören.

Grauner war nicht mehr ans Telefon gegangen, kurz nach Trient hatte Tappeiner den Ispettore angerufen. Der Commissario, kaum gefunden, war nun also in Georg Krawinkels Händen. Oben am Berg. Umzingelt von Polizisten. Die Krawinkels hielten Sabrina wohl irgendwo fest. Einer der Beamten in der Questura hatte die Adresse von Armin Anratter herausgefunden. Der Ispettore hatte sich nach der Ankunft in Bozen sofort mit einer Polizeistreife auf den Weg dorthin gemacht. Er hoffte, den Mann zu Hause zu erwischen.

»Allora, che facciamo, ispettore?«, sagte einer der beiden Polizisten, die neben Saltapepe standen. Er gab Anweisungen. Einer sollte links um das Haus herumgehen, der andere rechts. Das einstöckige Gebäude wirkte etwas heruntergekommen, doch nicht unbewohnt. Im Garten spross Salat aus einem Beet, an einem Zaun rankte eine Erdbeerstaude. Unter einer Pergola stand ein Holztisch, eine Schere lag darauf, eine zusammengeknüllte Jacke. Hinter dem Häuschen lugte eine kleine Blechgarage hervor. Der Ispettore deutete darauf, einer der beiden Kollegen nickte. Er hatte verstanden.

Saltapepe befühlte seine Beretta. Er wollte sie erst ziehen, wenn er an der Tür stand, nachdem er geklopft hatte. Er hasste diese Momente. Sekunden des Ausgeliefertseins. Aber es blieb ihm nichts anderes übrig. Er musste es wagen. Auch wenn da oben hinter den dunklen Fenstern jemand lauern könnte.

Er zögerte nicht. Klopfte. »Armin Anratter, hier spricht Ispettore Claudio Saltapepe von der Polizia di Stato. Sind Sie zu Hause?«

Nichts rührte sich. In der Ferne bellte ein Hund. Die Krankenwagensirene erstarb.

Saltapepe drückte die Klinke nach unten, die alte Holztür war nicht verschlossen und ließ sich geräuschlos öffnen. Der Ispettore trat ein, tastete nach dem Lichtschalter, fand ihn, im Flur wurde es hell. Auf einer Ablage entdeckte er einen Autoschlüssel. Mercedes.

Langsam ging der Ispettore weiter, setzte die Sohlen seiner Lederschuhe behutsam auf die eierschalenfarbenen Fliesen. Der Flur war breit, links ging ein Zimmer ab, rechts ebenso, die Türen waren geschlossen.

Er blieb stehen und lauschte. Nichts. Ein Gedanke schoss ihm in den Kopf. Wenn Anratter hier war, würde er dann aus seinem Versteck hervortreten, nachdem der Eindringling das Haus verlassen hatte? Saltapepe räusperte sich vernehmlich. »Anratter, sind Sie zu Hause?«

Stille. Bevor er das Handy hervorholte, wartete er einige Sekunden, dann imitierte er ein Telefongespräch. »Im Haus ist er nicht. Habt ihr …«, er wartete ein paar Sekunden, sprach dann weiter, »… auch nichts. Gut, dann treffen wir uns beim Wagen.«

Als er zur Haustür ging, ließ er die Schuhe ordentlich klappern, schaltete das Licht nicht aus, trat auf den Hof hinaus, schloss die Tür mit einem lauten Knall. Dann musste alles ganz schnell gehen. Er bückte sich, zog die Lederschuhe aus, stand wieder auf, zog die Waffe, öffnete die Tür erneut, schlich lautlos über den Flur. Dann wartete er, regte sich nicht. Da, ein Rascheln. Es kam aus einem der Zimmer weiter vorn, er ging vorsichtig weiter, hörte ein Räuspern. Ein Grummeln.

Er stellte sich neben die Zimmertür.

Ein Schatten tauchte im Türrahmen auf, drehte sich in seine Richtung, Saltapepe packte zu. Ein Schrei gellte durch das Haus.

»Ganz ruhig, Herr Anratter. Ganz ruhig jetzt. Wir müssen uns unterhalten.«

Der Ispettore schob den Mann wieder ins Zimmer, der ließ es geschehen, immer noch starr vor Schreck. Eine Ledercouch, ein Sessel, ein Tisch. Saltapepe schubste ihn auf die Couch, nahm selbst auf dem Sessel Platz, die Pistole hielt er auf Anratter gerichtet. Über dem Kopf des Geologen hing ein Bild in einem breiten Goldrahmen. Im Hintergrund war ein Wald zu sehen, auf einem Ast saß ein Specht, eine Eule auf einem anderen. Ein Engelchen mit einer Leier schwebte in der Luft und wurde von Spatzen umtanzt. Am Bildrand reckte ein Schwan anmutig den Hals. Ein Rehkitz lugte hinter einem Baumstamm hervor. Auf der Wiese vor dem Wald, in einem Blumenmeer, lag eine nackte Frau. *Venere nei boschi.*

Saltapepe blieb der Mund offen stehen. Sein Gegenüber schaute zu Boden.

»W… was?«, stammelte der Ispettore schließlich.

»Damit hat alles angefangen«, sagte der Mann und ballte die Hand zur Faust. »Meine Mutter liebte dieses Bild.«

»Was hat angefangen?«

Anratter schaute auf, sein Blick war hasserfüllt, die Augen rot unterlaufen.

Von draußen waren Rufe zu hören.

»Ispettore! Ispettore! Kommen Sie! Wir haben sie! Sie lebt, Ispettore!«

13

»Was ist damals geschehen?« Der Commissario beugte sich vor, ließ Georg Krawinkel nicht aus den Augen.

Dieser begann zu sprechen, erst zögernd, dann immer schneller. Grauner spürte, dass er nun die Wahrheit sagte. Er erzählte von der Zeit, als er noch ein kleiner Junge war. Sein Großvater Ernst Krawinkel sei Historiker und Dorflehrer gewesen, Vater Hans habe die Arbeiten im Stollen beaufsichtigt. Armin Anratters Vater habe, wie sein Sohn heute, als Geologe gearbeitet. Für das Bergwerk. Die Familie stammte aus Meran, Matthäus Anratter war für das lukrative Jobangebot mit Frau und Sohn ins Ridnauntal gezogen.

Nach dem Krieg hatte der italienische Bergbauriese *AMMI* das Knappendorf, die Stollen und die Siebanlage in Ridnaun übernommen. Der Berg wurde weiter durchlöchert. Mitte der Sechzigerjahre erhielten die Geologen den Auftrag, neue Probebohrungen durchzuführen, um herauszufinden, ob es sich lohnte, das Bergwerk weiterzubetreiben.

»Anratters Vater leitete das Unternehmen. Aber es kam zur Katastrophe«, sagte Georg Krawinkel mit brechender Stimme.

»Der Brand?«, fragte Grauner. Er dachte an Charlys Worte.

Krawinkel nickte.

»War es Brandstiftung?«, fragte er weiter.

»Brandstiftung, ja, und wohl auch Mord«, antwortete der Bauer. Er lehnte sich zurück, rieb sich mit der Hand das Gesicht. Grauner gab ihm einen Moment Zeit, sich zu fangen.

»Armin Anratter war ein Bub damals, seine Mutter konnte, wie die meisten, den Flammen entkommen. Sein Vater nicht. Der verkohlte Leichnam wurde in den frühen Vormittagsstunden, als die Feuerwehr endlich die Siedlung erreicht hatte, geborgen. Der Schnee lag meterhoch, die Aufstiegsanlage war außer Betrieb. Die mussten zu Fuß hoch.«

Krawinkel erzählte von einem Gerücht, das sich hartnäckig gehalten habe. Anratters Vater sei gefesselt worden, bevor der Brand ausgebrochen sei. »Angeblich von meinem Vater und Großvater.« Er ballte die Hand zur Faust.

»Gibt es Beweise? Geredet wird viel«, sagte Grauner.

»Großvater hat bis zu seinem Tod kein Wort über diesen Tag verloren, Vater schon. Er hat uns beiden Kindern eines Tages alles erzählt. Das Gerücht war keins. Es stimmte.«

Grauner runzelte die Stirn. »Welches Motiv hatten sie?«

Krawinkel seufzte. »Können Sie sich das nicht denken?

Sie wollten nicht, dass Anratter weiter in den Stollen herumschnüffelt.«

»Weil sich ein Geheimnis darin befand«, murmelte Grauner, »das Geheimnis ihres Reichtums.«

»Manche vermuteten, dass sie neue Erzadern gefunden hätten. Oder Gold.« Der Bauer seufzte.

»Doch das Geheimnis ist ein anderes«, mutmaßte der Commissario.

Sein Gegenüber nickte zögernd.

Der Commissario dachte an das, was der Ispettore aus Florenz berichtet hatte, an die *Venere nei Boschi*. An Barbara Lechthalers Worte. *Das hier habe ich schon einmal gesehen.* An die Raubkunst. An das Jahr, in dem die gestohlenen Werke von Georg und Mary Krawinkels Großvater gehütet wurden.

»Sie sind kein Mörder, Georg Krawinkel«, sagte er dann. Ganz ruhig.

»Ich habe mir als junger Bub geschworen, nie jemanden zu töten«, sagte der Bauer leise.

»Wo ist Donnachiara, unsere Kollegin?«

Schweigen.

»Wo ist Ihre Schwester?«

Keine Antwort.

»Hat sie Kiem ermordet?«

»Lassen Sie mich frei.«

14

Tappeiner ging die fünf Stufen hinab, sie sah noch einmal zum Himmel auf, der sich zusehends verdunkelte. In der Ferne donnerte es. Es war noch nicht vorbei. Hinter den Fenstern der Grundschule, in dem sich einst das Gefängnis befunden hatte, brannte kein Licht. Sie zog ihre Waffe. Eine Ratte huschte die Mauer entlang, verschwand um die Ecke. Nun erreichte Tappeiner die morsche, alte Kellertür. Sie drückte die Klinke nach unten. Nichts, verschlossen. Unschlüssig stand sie da, dann fuhr sie mit der Hand über den oberen Rand des Türrahmens, spürte etwas Kaltes zwischen den Fingern. Tatsächlich, ein Schlüssel.

Wäre die Situation nicht so ernst gewesen, hätte Tappeiner gelacht. Es war das älteste Versteck der Welt. Die Tür öffnete sich, Staub tanzte und kitzelte sie in der Nase, ein Niesreiz überkam sie, doch sie unterdrückte ihn.

Nachdem sie eine Weile in die Dunkelheit gelauscht hatte, zog sie die Taschenlampe hervor und schaltete sie ein. Der Raum war leer. Sie leuchtete umher. An der gegenüberliegenden Wand sah sie eine weitere Tür. Der Schlüssel steckte von außen. Vorsichtig drehte sie ihn im Schloss, mit einem knackenden Geräusch schwang die Tür auf. Dahinter lag eine schmale Holztreppe, die weiter hinab führte. Sie schwenkte die Lampe hin und her, der Schein erhellte den Steinboden der unteren Etage. Dann ein Bein. In einer Jeanshose. Ein Bergschuh.

»Mary Krawinkel«, flüsterte Tappeiner.

Das Bein bewegte sich nicht. Kein Laut war zu hören.

Tappeiner nahm Stufe um Stufe, die Beretta nach vorn

gerichtet. Nach und nach wurde das zweite Bein sichtbar, noch eine Stufe, dann der Oberkörper. Eine Decke, eine Wasserflasche, ein Teller. Schüttelbrot, Äpfel. Der Kopf lag auf einem dunklen Kissen. Die Frau schlief. Sanft hob und senkte sich ihr Brustkorb.

Grauners Assistentin wartete einige Sekunden, dann ging sie in die Knie und streckte langsam die Hand aus.

15

Einer der beiden Polizisten empfing sie an der Haustür, er packte Anratter, der bereits Handschellen trug, am Arm. Saltapepe ging an der Längsseite des Hauses entlang, Gestrüpp überwucherte den Grundstückzaun, er hörte Gegacker, sah jedoch keine Hühner. Unter einem Nussbaum war Holz gestapelt, dahinter stand eine schiefe Blechgarage, ein weißer Mercedes war darin geparkt. Auf dem Boden davor saß Sabrina. Die Haare fielen ihr fettig ins Gesicht. Der zweite Polizist kniete neben ihr, hatte ihr die Hand auf die Schulter gelegt.

»Sabrina«, rief Saltapepe und begann zu rennen.

»Es ist vorbei, es ist vorbei«, hörte er den Polizisten sagen.

Der Ispettore beugte sich zu der jungen Frau hinab, streichelte ihr übers Haar.

»Es ist vorbei, es ist vorbei«, sagte nun auch er.

Sie zitterte.

16

»Mary!« Der Schrei durchriss die Stille. Georg Krawinkel hielt das Gewehr noch immer auf den Commissario gerichtet, drehte sich jedoch zu seiner Schwester, die in Handschellen im Türrahmen stand. Sie bebte vor Zorn.

»Du bist nicht mehr mein Bruder. Du bist es nicht wert, ein Krawinkel zu sein. Du bist schwach, ein Feigling.«

Krawinkel starrte sie an, seine Hände begannen zu zittern. Dann sprang er abrupt auf und richtete den Gewehrlauf auf sie. Der Commissario nutzte die Gelegenheit und warf sich auf ihn. Der Mann schrie.

Grauner drückte ihn gegen den Schrank. Das Holz krachte. Ein stechender Schmerz fuhr ihm ins Handgelenk, er biss die Zähne zusammen. Ein Polizist mit Helm und schusssicherer Weste stürmte ins Zimmer, gefolgt von drei anderen. Sie packten den Bauern, nahmen ihm das Gewehr ab und führten ihn nach draußen.

17

Donnachiara war ins Krankenhaus von Bozen gebracht worden. Es ging ihr den Umständen entsprechend gut. Sie erzählte, was geschehen war. Sie hatte am Stein bei der Hütte lange auf Tappeiner gewartet, doch die Buben saßen vor der Tür, gingen nicht weg. Irgendwann beschloss sie, zurück zu den anderen zu gehen. Da traf sie erneut auf ihn. Krawinkel. Er ritt auf sie zu, sie bekam es mit der Angst zu tun, lief weg, in den Wald, versteckte sich. Er ritt zwischen den Bäumen umher. Wartete. Sie wartete ebenfalls. Zitternd. Irgendwann dämmerte es. Sie war weiter ins Dunkel des Waldes hineingelaufen. Bergab. Bald hatte sie Felsen erreicht, war wieder bergauf gegangen. Immer weiter. Sie hatte sich verirrt.

Huber war frei, die Prostituierte aus Meran hatte sein Alibi bestätigt. Der Mann hatte mit allem wohl tatsächlich nichts zu tun. Armin Anratter wartete in der Questura in einem Verhörraum.

Saltapepe hatte die Anweisung bekommen, den Geologen auszuquetschen. Er stellte zwei Espressi in Plastikbechern auf den Tisch. Der Raum war karg eingerichtet, die Wände grau, es gab nur ein winziges Fenster. Das Licht der Neonröhren knallte auf sie nieder. Er schob Anratter einen der Plastikbecher rüber. Der Mann begann sofort zu sprechen, ohne dass Saltapepe ihn dazu auffordern musste.

»Ich habe sie in einer Kammer der Garage gegen ihren Willen festgehalten«, sagte er, »dafür muss ich zur Rechenschaft gezogen werden.«

Saltapepe sprang auf, ging auf Anratter zu, stoppte, ballte die Hand zur Faust und schluckte mühsam seine Wut hinunter.

Die Stimme des Geologen zitterte. »Es ist vorbei. Ich möchte Ihnen nun alles sagen. Alles. Wenn ich darf. Darf ich?«

Langsam ließ sich Saltapepe wieder auf den Stuhl sinken. Er bedeutete ihm, zu sprechen.

Vieles von dem, was Anratter ihm erzählte, stimmte mit dem überein, was die Kollegen im Tal bereits in Erfahrung gebracht hatten. Ja, er habe als Kleinkind mit seiner Familie oben am Schneeberg gewohnt. Sein Vater Matthäus sei dort als Geologe angestellt gewesen. Doch obwohl das Bergwerk vom Unternehmen *AMMI* betrieben worden sei, hätten andere das Sagen gehabt.

»Die Familie Krawinkel«, fuhr Anratter fort, »hat meinem Vater zu verstehen gegeben, dass sie so einen wie ihn da oben nicht haben wollen. Dass er nicht herumzuschnüffeln hat. Dass er nur eines an die Zentrale weiterzugeben hat: Der Berg gibt nichts mehr her. Mein Vater aber ließ sich nicht einschüchtern. Er nahm Gesteinsproben. Er führte Messungen durch, um herauszufinden, an welchen Stellen es möglich wäre, weitere Stollen zu graben, ohne die Statik des Bergwerks zu gefährden. Doch stattdessen fand er Stollen, die es gar nicht geben sollte. In denen Dinge gelagert wurden, die er niemals an einem gottverlassenen Ort wie diesem vermutet hätte. Unter anderem …«

»… Botticellis *Venere nei boschi*«, flüsterte Saltapepe.

»Ich weiß das alles erst seit wenigen Monaten, Herr Inspektor«, sagte Anratter, »meine Mutter hat alles aufgeschrieben und mir ihre Aufzeichnungen hinterlassen. Kurz bevor …«, er schluckte, »kurz bevor sie im Krankenhaus von Innsbruck verstorben ist.«

Er habe immer geglaubt, sein Vater sei bei einem Stollenunglück ums Leben gekommen. Nun, im Angesicht des Todes, sagte seine Mutter ihm die Wahrheit. Dass Matthäus Anratter bei einem Brand in einem der Arbeiterhäuser getötet worden sei. Dass der Brand kein Unglück gewesen sei. Auch sie beide hätten sterben sollen. Doch ein Mann habe sie gerettet, sie aus den Flammen geholt. Beinahe wäre der Retter selbst im Feuer geblieben. Er schaffte es hinaus, bevor die Balken in sich zusammenfielen. Sein Augenlicht jedoch verlor er dabei.

»Ich las Mutters Brief und ihre Tagebücher immer und immer wieder, ich schaute mich am Schneeberg um, beantragte immer wieder eine Erlaubnis, die Stollen zu betreten. Bekam aber stets eine Absage, vom Passeiertal. Von der Ridnauner Seite aus ging ich mit einer Touristentruppe des Museums in den *Poschhaus*-Stollen, setzte mich ab, verirrte mich, geriet in Panik und fand nur mit Müh und Not wieder hinaus. Ich habe auch den Mann besucht, der uns damals gerettet hat. Meine Mutter war mit ihm bis zuletzt befreundet, sie hat mir Stunden vor ihrem Tod verraten, wo ich ihn finden würde. Erst wollte er mich abwimmeln. Feindselig. Nachdem er erfahren hatte, wessen Sohn ich bin, vertraute er mir. Bot an, mir alles zu erzählen. Unter einer Bedingung.«

»Welcher?«, fragte Saltapepe hastig.

»Er verlangte von mir, zu schwören, niemandem zu verraten, wo er zu finden ist. Von ihm weiß ich, dass die Krawinkel-Familie Gemälde kopieren ließ, die die Nazis zu Kriegsende ins Tal gebracht hatten.«

Saltapepe konnte das alles immer noch nicht so recht glauben. »Wer soll die Bilder denn dupliziert haben? Dafür braucht es einen exzellenten Maler.«

Anratter schob den Kaffeebecher hin und her, räusperte sich. »Er war das. Er selbst. Luis Kiem, der mich und Mutter aus den Flammen geholt hat.«

»Luis Kiem, den alle nur Charly nannten ...« Saltapepe stockte, seine Gedanken rasten.

»Ja, er konnte schon als Jugendlicher malen wie ein kleiner Gott. Ein Genie, hieß es. Ein Jahrhunderttalent. Der

Michelangelo aus Passeier. Mit den Originalen vor Augen fälschte er so gut, dass er im Nachhinein beinahe selbst nicht mehr sagen konnte, was echt war und was Kopie.«

Der Ispettore dachte an die *Venere* im Archiv des Museums, dann an jene im Wohnzimmer des Geologen, an die Worte Bellinghausens und Ferrettis, er hörte Anratters Stimme wie aus weiter Ferne.

»Die Krawinkels bestachen den jungen Soldaten, der den Keller des alten Gefängnisses bewachte, sie organisierten alte Leinwände, Luis, der beinahe noch ein Kind war damals, malte. In den Kisten, die Ernst Krawinkel schließlich den Amerikanern übergab, befanden sich sowohl Originale als auch manche der Fälschungen. Anscheinend behielten weder die Krawinkels noch Luis den Überblick, welches Bild über die Jahre wohin gelangte. Nach dem Krieg verlagerten sie ihre Fälscherwerkstatt vom Dorfgefängnis ins Bergwerk. Sie besorgten sich historische Farbtuben, manchmal haben sie den neu gemalten Bildern bewusst kleine Schäden zugefügt und diese dann ebenso bewusst stümperhaft restauriert. Sie sammelten Staub und räucherten die neu gemalten Werke in Zigarrenrauch und in Speckkellern ein, um ihnen die perfekte Patina zu verleihen. Über zwanzig Jahre ging das so. Sie kopierten und verkauften manche Bilder mehrmals, auf Basis der Originale fertigte Luis auch völlig neue, von den wahren Meistern nie gemalte Werke an.«

Zunächst hätten die Krawinkels ihre Bilder mehr schlecht als recht an den Mann gebracht, für wenig Geld. Doch sie knüpften kontinuierlich Kontakte in die illegale Sammlerwelt. Und schließlich klingelte die Kasse.

»Luis Kiem«, so fuhr er fort, »bekam ordentlich Geld für seine Fälschungen. Die Krawinkels verkauften eine Menge der Bilder über unterschiedliche Kanäle. So häuften sich einige Millionen an. Diese Strähne wurde seither nicht unterbrochen, nur einmal beinahe, als mein Vater ihnen auf die Schliche kam, die *Venere nei boschi* aus dem Berg holte und sich anschickte, zur Polizei zu gehen. Doch dazu kam es ja nicht mehr.«

1979 schließlich sei das Bergwerk endgültig geschlossen worden, bis zuletzt und auch danach hätten stets die Krawinkels da oben alles in der Hand gehabt. In den Achtzigerjahren schossen die Preise für vermeintlich echte Meisterwerke erst recht in die Höhe, die Jahrzehnte der Gier waren angebrochen.

Anratters Mutter sei nach dem Tod ihres Mannes mit dem Sohn nach Innsbruck geflohen, sie habe dort bis an ihr Lebensende gelebt, das Bild versteckt. Luis Kiem habe sich von den Krawinkels losgesagt, mit Mord habe er nichts zu tun haben wollen, habe sich geschworen, nie wieder ein Bild zu fälschen, selbst wenn er sein Augenlicht wie durch ein Wunder zurückbekäme. Er habe sich ins hinterste Ridnauntal zurückgezogen und komme nur noch ab und an heimlich nach St. Leonhard. Noch heute streife er allein durch die Wälder.

»Durch die Wälder? Der Mann ist blind, Anratter«, ging Saltapepe nun dazwischen, »und inzwischen über neunzig.«

Der Geologe lächelte. »Der kennt da oben jeden Stein. Und ist fit wie ein Bergschuh.«

Er habe sich viele Male mit Luis Kiem getroffen, berichtete Anratter weiter, es gebe da eine Art seelische Verbindung. Kiem habe dem Geologen viel von seinem Leben erzählt. Auch von seinem Sohn. Hannes. Der sei aus einer flüchtigen Beziehung mit einer Bauernmagd hervorgegangen. Die beiden hätten sich nur selten gesehen. »Hannes Kiem hat wohl darunter gelitten, das große Talent seines Vaters nicht geerbt zu haben. Luis wusste, dass sein Sohn manchmal für die Krawinkels arbeitete. Aus Geldnot. Um sich etwas dazuzuverdienen. Illegales Zeug. Botendienste.«

Der Ispettore dachte sofort an die Einladungskarte zur Kunstauktion im Schloss Maretsch. Wahrscheinlich hatten die Geschwister Hannes Kiem als Strohmann eingesetzt.

Der Vater, berichtete der Geologe weiter, habe dem Sohn mehrmals Geld angeboten, auf ihn eingeredet, den Kontakt zu den Geschwistern abzubrechen. Doch Hannes Kiem habe nicht auf ihn gehört.

»Luis hat seinen Sohn geliebt«, sagte Anratter. »Er betete dafür, dass er nicht in Schwierigkeiten geraten würde. Ich habe den Eindruck, dass er sich für das, was er getan hat, schämt. Ich glaube, er mag mich, weil ich ihn daran erinnert habe, dass Gutes in ihm steckt.«

»Warum sind Sie nicht zur Polizei gegangen, nachdem Sie all das herausgefunden haben?«, fragte der Ispettore.

»Wegen der *Venere.*« Anratter sackte auf dem Stuhl zusammen. »Meine Mutter hat das Bild so sehr ins Herz geschlossen. Und ich auch. Ich ... dieses Bild ... es ist ein Teil meiner Familie. Ein Teil von mir.«

Saltapepe fragte sich, welches Gemälde wohl das Original war, das in Florenz, das in Anratters Wohnung, am Ende sogar keines der beiden?

»Zuerst habe ich nach einem Weg gesucht, die Krawinkels ans Messer zu liefern, ohne mich selbst belasten und von der *Venere* erzählen zu müssen. Ich habe Luis mehrmals gefragt, ob er bereit sei auszusagen. Doch er winkte jedes Mal ab. Ich hielt mich an mein Versprechen, ihn nicht zu verraten. Ich war es ihm, meinem Retter, schuldig. Ich verstehe ihn. Er versteckt sich nun schon sein halbes Leben, er hat immer noch Angst vor den Krawinkels. Schließlich habe ich beschlossen, mich auf eigene Faust für die Ermordung meines Vaters zu rächen. Aber nicht durch weitere Morde, Herr Inspektor, das müssen Sie mir glauben, ich bin kein Mörder, nein.«

»Was ich glaube und was nicht, Herr Anratter, das müssen Sie schon mir überlassen. Wie sah denn Ihr Racheplan genau aus?« Saltapepe griff nach seinem Pappbecher, trank den kalten Espresso in einem Schluck, verzog das Gesicht. Je länger er dem Mann zuhörte, desto unruhiger wurde er. Sein Instinkt sagte ihm, dass er die Wahrheit sprach. Sein Verstand sagte ihm, dass man sich nie zu hundert Prozent auf den Instinkt verlassen durfte.

Der Geologe seufzte, dann fuhr er fort. Er habe die Krawinkel-Geschwister unter Druck setzen, sie zu Fehlern verleiten wollen. Er habe Beweise gesammelt und wollte irgendwann alles anonym dem *Südtirol Kurier* übergeben. Ihrem letzten Tagebucheintrag habe seine Mutter zwei eng beschriebene Seiten beigelegt, einen Brief an ihn, in dem sie ausführlich berichtete, was damals geschehen sei. Außerdem eine Karte, in der die geheimen Stollengänge eingezeichnet waren, sein Vater hatte sie angefertigt. Kopien von einer Seite des Briefes und dem Stollenplan schickte der Geologe zusammen mit einem Foto der *Venere* an die Geschwister, um sie aus der Reserve zu locken.

»Doch nichts passierte. Ich kam nicht weiter«, sagte der Geologe. »Ich wollte aufgeben, habe versucht, alles zu vergessen, mein Leben weiterzuleben. Als jedoch von der Landesregierung die Anweisung kam, einen Riss in den Almwiesen oberhalb des Tals zu untersuchen, verstand ich das als Wink des Schicksals.«

»Und dann haben Sie versucht, den jungen Kiem mit ins Boot zu holen.« Der Ispettore lehnte sich zurück.

Anratter nickte. Er habe ihm alles erzählt, ihn mehrere Male getroffen. Auch sie hätten sich ein wenig angefreundet. Der junge Kiem zeigte ihm irgendwann ein halbfertiges Werk, zu dem Anratter ihn inspiriert habe. Eine Neuinterpretation der *Venere*. Mit echten Schwanenflügeln, echten Blumen. Er sagte, er wolle es ihm schenken, wenn es fertig sei.

Der Geologe habe schnell gemerkt, dass Hannes Kiem schwach war. Unsicher. Hin- und hergerissen. Mal sagte er ihm, er würde den Krawinkels den Hof bald verkaufen. Damit sie ihn endlich in Ruhe ließen. Damit er nicht mehr für sie arbeiten müsse. Dann änderte er seine Meinung. Nein, er könne das Erbe seines Vaters niemals aufgeben.

»Ich habe ihn gefragt, was er über die Bilder im Stollen wusste. Doch er schien Angst zu haben, darüber zu sprechen. Nur, wenn er viel getrunken hatte, habe ich etwas aus ihm herausbekommen. Einmal hat er mir verraten, dass die Krawinkel-Geschwister bald wieder einige der Bilder verkaufen wollten. Ein anderes Mal, dass sie noch Dutzende Bilder von damals gelagert hätten.«

Eines Tages, als Anratter wieder in Kiems Wohnung gesessen habe, seien die Krawinkel-Geschwister aufgetaucht, mit ein paar Bauern ihrer Bande. Sie waren offenbar dahintergekommen, dass die beiden sich regelmäßig trafen.

»Wenn ihr uns etwas antut, landen die Aufzeichnungen meiner Mutter und die *Venere nei boschi* bei der Presse«, habe Anratter gesagt.

Mary Krawinkel habe nur gelacht. »Du sitzt da genauso mit drin. Mit der *Venere* deines Vaters. Fliegen wir auf, zahlst du auch.«

Anratter knetete die Finger im Verhörraum der Questura, dann sprach er kleinlaut weiter. »Da habe ich den ersten großen Fehler gemacht. Ich log, dass Luis Kiem bereit sei, gegen sie auszusagen.«

Der Ispettore knirschte mit den Zähnen. »Und der zweite Fehler?«, fragte er schließlich, nichts Gutes ahnend.

»Ich bot Hannes Geld an, fünfzigtausend Euro.«

»Wofür?«

»Für das Versprechen, den Hof nicht zu verkaufen.«

»Fünfzigtausend, das ist viel, als Landesgeologe verdient ...«

»Das Geld ist nicht von mir.«

Der Ispettore hob die Augenbrauen.

»Ich habe Luis vorgeschlagen, seinem Sohn an seiner Stelle Geld anzubieten. Hannes Kiem war zu stolz, es von seinem Vater anzunehmen. Luis willigte ein, gab mir die Summe. Aber ...«

Er stockte.

»Aber?«, wiederholte der Ispettore.

»Ich forderte für das Geld noch etwas anderes von ihm. Ohne das Wissen seines Vaters. Er sollte den Krawinkels vormachen, nun doch verkaufen zu wollen. Bei einem Treffen sollte er ein kleines Aufnahmegerät mitlaufen lassen. Er sollte sie dazu bringen, sich zu verraten. Als Kunsträuber und Hehler. Ich wollte sie überführen. Die Kiems, Vater und Sohn, hätten sich nicht mehr vor ihnen fürchten müssen. Hannes Kiem sagte zu. Nahm das Geld. Ich besorgte das

Gerät. Vor drei Tagen rief er mich an und sagte, die Krawinkels würden abends vorbeikommen. Dann ...«, Anratter schaute zu Boden, er schluchzte, »lief wohl alles schief.«

Tränen liefen ihm über das Gesicht.

»Sie haben ihn abgeschlachtet. Diese ganze Inszenierung war ein Zeichen. Eine Botschaft. An Luis. An mich. *Venere*, ich habe es sofort erkannt. Ich wusste, dass ich einer der Nächsten sein würde. Ich habe mich zu Hause eingeschlossen. Wenn ich ins Büro nach Bozen musste, packte ich ein Küchenmesser ein. Und ich habe mir große Sorgen um Luis gemacht. Als ich gestern schließlich allen Mut zusammengenommen und mich mittags vom Büro aus auf den Weg zu ihm gemacht habe, ist mir schnell klar geworden, dass ich verfolgt wurde. Von einem schwarzen Jeep. Ich versuchte, zu fliehen. Noch in der Stadt glaubte ich, den Jeep abgehängt zu haben, doch auf der Autobahn war er plötzlich wieder hinter mir. Es war Mary. Irgendwann versuchte sie, mich zu rammen. Ich fuhr zur Raststätte, ging ins Bistro, verkroch mich auf dem Klo, wartete hinter der Tür, das Messer in der Hand. Als sie die Toilette betrat, stieß ich sie zu Boden, auch sie zog ein Messer, stand auf, sprang auf mich zu, ich habe versucht, mich zu wehren, aber dann habe ich den Schmerz eines Einstiches gespürt, und noch einen ...«

Der Mann zog den Pullover hoch, sein Oberkörper war mit Prellungen übersät und notdürftig verbunden.

»Ich habe es geschafft, sie zu überwältigen, und bin dann durchs Fenster geflohen. Dann habe ich einen Reifen des Jeeps zerstochen und bin zu Luis gefahren. Den Wagen habe ich im Gebüsch versteckt.«

Der Geologe habe dem Blinden, der die Tage zuvor im Wald und hoch bei den Gipfeln verbracht habe, die Nachricht vom Mord an seinem Sohn überbracht. Luis Kiem sei in sich zusammengesunken, habe lange geschwiegen.

»Und plötzlich flog krachend die Tür hinter mir auf«, fuhr Anratter fort, »und da stand dieses Mädchen, Ihre Kollegin. Sie starrte uns an, griff dann sofort nach dem Messer, meinem Messer, das ich neben das Waschbecken gelegt hatte. Sie hat geschrien, war völlig panisch. Stürzte auf mich zu.« Der Mann stockte, wimmerte. »Ich … schlug es ihr aus der Hand, schubste sie weg, dann lag sie auf dem Boden. Ihre Stirn, sie … sie war aufgeplatzt. Noch immer hat sie geschrien, sie hat erst aufgehört, als ich ihr das Messer an den Hals gehalten und gebrüllt habe, dass sie still sein soll …«

Kiem sei aus seiner Starre erwacht und habe gesagt, dass er sie im Wald gefunden habe, auf der anderen Seite des Berges. Halb erfroren und kaum bei Bewusstsein. Sie habe ihm gesagt, dass sie Polizistin sei. Er habe sie dann zu sich gebracht, sie sei sofort eingeschlafen. Anratter beugte sich nach vorn, suchte Saltapepes Blick. »Ich wollte ihr nichts tun. Es war Notwehr. Luis ging gleich los, er wollte rüber zum Museum, um einen Erste-Hilfe-Koffer zu holen. Als er die Brücke erreichte, kam wie aus dem Nichts ein Auto auf den Parkplatz gefahren. Ein Wagen der Stadtpolizei. Ihr Kollege Kommissar Grauner stieg aus. Ich kenne ihn aus der Zeitung. Luis lotste ihn weg von uns, rüber zum Museum. Ihre Kollegin hat gezittert, aber keinen Laut mehr von sich gegeben. Ich hatte ja noch immer das Messer.«

Saltapepe sprang auf und versetzte dem Stuhl, auf dem er gesessen hatte, einen Tritt. Es kostete ihn seine ganze Kraft, sich zu beherrschen, den Geologen nicht am Kragen zu packen und an die Wand zu drücken. Hinter dem Tisch war Anratter immer kleiner geworden.

»Ich war völlig überfordert. Wenn die Polizei erfahren hätte, dass ich eine Kollegin verletzt hatte, ich … Ich hatte Angst, sie würden alles mir anhängen, auch den Mord«, erklärte Anratter flehend. »Ich habe Ihrer Kollegin geschworen, ihr nichts zu tun. Sie zu beschützen. Sie hatte Wasser, Essen, alles, was sie brauchte. Ich habe sie gefragt, wen ich anrufen solle, um zu übermitteln, dass es ihr gut gehe. Sie gab mir ihr Handy, zeigte mir einen Kontakt.«

»Meine Nummer«, schlussfolgerte Saltapepe.

Der Mann nickte.

»Wo ist Luis Kiem jetzt?«

Der Geologe hob die Schultern.

»Immer noch in Ridnaun?«

Anratter schaute auf, schüttelte langsam den Kopf. »Nein, das glaube ich kaum.«

18

Sie waren mit dem Hubschrauber auf dem Fußballplatz von St. Leonhard gelandet. Sie hatten die Flutlichter anmachen lassen, der Platz, der mehr Acker als Rasen war, wirkte im Neonlicht surreal, umzingelt von schwarzen schlafenden Bergen.

Einer der Polizisten zog die Handschellen tragenden Krawinkel-Geschwister an den Ärmeln zum Platzeingang, Tappeiner und die anderen Beamten folgten. Grauner bildete den Schluss, er schaute zum Zaun, der den Sportplatz umhüllte, er sah die Finger, die sich im Halbdunkeln darin festkrallten, alte Finger, zarte Finger, Kinderfinger, er sah die Gesichter, die sich gegen die Maschen drückten.

Ein paar der Polizisten hielten die Männer und Frauen zurück, die versuchten, sich ihnen zu nähern, während sie vom Platz zu den geparkten Polizeiautos gingen. Die Menge murmelte, jemand begann zu beten, mehrere Stimmen fielen mit ein.

»Die Apokalypse, die Apokalypse, sie kommt, sie ist nah ...«

»Die Tiere haben den Wald verlassen, sie haben den Wald verlassen ...«

»Hochwürden, segnen Sie uns!«

»Und vor euch, Krawinkels, hat ganz Passeier gezittert!«

»Tod den Krawinkels!«

»Die Hirsche sind weg, die Rehe, die Auerhähne, die Füchse haben Reißaus genommen, die Mäuse haben sich auch verkrochen, das Unglück, es kommt ...«

Die Beamten setzten die Geschwister in einen der Polizeiwagen. Grauner, Belli und Tappeiner stiegen in einen anderen.

»Zur Carabinieri-Kaserne«, sagte Belli.

»Nein«, widersprach Grauner. »Zum Gasthaus.«

Auf dem Dorfplatz war niemand. Es war dunkel und die Laternen leuchteten matt auf das Pflaster. Sie gingen zur *Traube*. Die Carabinieri hatten den Wirt bereits vorgewarnt, er hatte alle Tische freigeräumt, die Männer nach Hause geschickt.

Bevor sie eintraten, hielt Grauner Belli und Tappeiner noch für eine Sekunde zurück. »Nicht zu früh«, sagte er zu ihnen. Sie verstanden und nickten.

Auf einem der Tische in der Mitte des Gastraums standen eine Flasche Wasser und ein paar Gläser. Zwei der Polizisten drückten die Geschwister auf die Stühle, nahmen ihnen die Handschellen ab. Mary Krawinkel schaute grimmig, aus den Augen ihres Bruders sprach die Verzweiflung. Belli setzte sich rechts neben die beiden, Tappeiner links. Grauner nahm ihnen gegenüber Platz.

Eine Weile schwiegen alle. Der Wirt räumte Kaffeetassen in den Geschirrspüler, es klimperte. Belli warf ihm einen strengen Blick zu, dann klimperte nichts mehr. Hinter den dunkelgrünen Milchglasfenstern neben der Gasthaustür bewegten sich Schatten. Ein Grummeln war zu hören. Die Bewohner waren vom Sportplatz herbeigeeilt.

»Sprechen Sie!«, sagte Belli.

Mary Krawinkel lächelte diabolisch.

Ihr Bruder stammelte. »Wenn Sie uns nicht gehen lassen, wird Ihre Kollegin sterben.« Er schaute fragend zu seiner Schwester, sie beachtete ihn nicht.

»Wir haben mit Anratter gesprochen«, sagte Belli, »er hat uns alles erzählt. Vom Mord an seinem Vater. Von den Machenschaften im Berg.«

Grauner sah, dass das Blut in Mary Krawinkels Gesicht schoss. Gut, sie war zornig. Wer den Zorn nicht unter Kontrolle hatte, der kontrollierte auch nicht die Zunge.

»Anratter, der wird büßen, eines Tages«, zischte sie.

»Büßen?«, fragte nun Grauner. »So wie einst sein Vater, Matthäus Anratter, büßen musste, weil er das schmutzige Spiel Ihres Vaters und Ihres Großvaters durchschaut hatte? So wie Hannes Kiem büßen musste?«

Die Frau biss sich auf die Lippen. Der Commissario hörte, dass Georg Krawinkel wieder schluchzte.

»Es ist vorbei, Mary«, hauchte er.

Seine Schwester kniff die Augen zusammen.

»Einer unserer Kollegen war in Florenz. Er hat mit den Männern gesprochen, denen Sie eins Ihrer Bilder verkaufen wollten«, sagte Grauner.

»Ich wollte niemandem irgendetwas verkaufen.« Da war Trotz in ihrer Stimme.

»Das ist eigenartig, dass Sie das sagen«, fuhr der Commissario fort, »denn der vermeintliche Käufer, von dem wir hier reden, arbeitet in Wahrheit seit Jahren mit einer Sondereinheit der Carabinieri zusammen, die sich mit Kunstkriminalität befasst. Hannes Kiem sollte sich für Sie in Bozen mit einem gewissen Dr. Elia Conte di Santangelo-Bellinghausen treffen, E. S., mit ihm nach Florenz fahren und den Deal dort über die Bühne bringen. Dann aber musste er sterben. Warum?«

Sie verschränkte die Arme, schüttelte den Kopf. »Nein«, zischte sie. »Sie lassen mich jetzt gehen. Sonst ...« Die Frau schloss kurz die Augen. »Ich will freies Geleit. Bis zum Dorfrand. Bis zum Wald. Folgt mir jemand, stirbt Ihre Kollegin.«

Sie übernahm nun also den letzten Strohhalm, an den sich bereits ihr Bruder geklammert hatte. Noch immer schienen die beiden zu denken, dass die Ermittler davon ausgingen, Donnachiara sei in ihrer Gewalt. Georg Krawinkel atmete tief ein.

Seine Schwester sprach voller Hass weiter. »Ihr werdet sie nie finden. Sie wird sterben. Ihre Mutter wird nie an ihrem Grab weinen können.«

Grauner spürte Bellis Blick auf sich ruhen. Er nickte. Der Staatsanwalt lehnte sich vor. Leise und sachlich antwortete er auf die ekelhaften Worte Mary Krawinkels.

»Unsere Mitarbeiterin Sabrina Donnachiara ist in Sicherheit. Sie liegt im Krankenhaus von Bozen. Sie ist nicht in Lebensgefahr. Es wird ihr bald wieder gut gehen.«

Georg Krawinkel hob den Kopf. Er war bleich.

»Sie lügen«, zischte seine Schwester.

Tappeiner reichte dem Commissario ein Handy. Er legte es auf den Tisch, auf dem Bildschirm war ein Foto zu sehen. Donnachiara. Im Krankenhauszimmer.

In Mary Krawinkels Augenwinkel bildeten sich Zornestränen.

»Warum musste Hannes Kiem sterben?«, fragte Grauner erneut.

»Weil! Weil! Weil er mich reinlegen wollte. Er. Und ganz sicher sein Vater auch. Und Anratter.« Nun schrie sie.

Ja, schrei nur, dachte sich Grauner.

»Weil man sich gegen eine Krawinkel im Passeiertal nicht auflehnt. Alle, alle haben von unserem Geld gut und gerne gelebt. Feiglinge allesamt … Und du bist der größte von allen, Georg!«

Grauner bemerkte, dass sich die Schatten draußen vor den Gasthausfenstern schneller bewegten, er hörte Stiefelgescharre, Murmeln.

»Die Toten, sie haben nichts Besseres verdient«, fuhr Mary Krawinkel fort.

»Die Lebenden«, sagte Grauner und zeigte auf die Fenster, »sie merken, dass Ihre Herrschaft zu Ende geht, das Imperium der Krawinkels bricht in sich zusammen. Selbst Ihr Bruder hat das erkannt. Er hat Sie eingesperrt im Keller der Schule, damit Sie nicht noch mehr Unheil anrichten.«

»Kommen Sie mit, Frau Krawinkel«, sagte Belli, »wir bringen Sie in die Questura nach Bozen.«

Sie brüllte, dann sprang sie auf, der Stuhl fiel krachend um, sie rannte zum Budl, griff dahinter, einer der Polizisten packte sie an der Schulter, ein anderer am Arm. Sie brüllte weiter, tastete mit der Hand nach den Messern, Löffeln und Gabeln, die da in einem Behälter lagen. Der Wirt griff ganz langsam nach dem Behälter, zog ihn weg.

Die Polizisten drückten ihr die Arme auf den Rücken, schlossen die Handschellen. Zerrten sie zurück zum Tisch.

»Mary«, sagte ihr Bruder weinend.

»Das war's«, sagte Grauner. »Sprechen Sie, jetzt!«

Und Mary Krawinkel sprach, sie erzählte ihnen alles, mit kalter Stimme, so als berührte es sie nicht, so als hätte es nichts mit ihr zu tun. So als hätte sie kein Herz, keine Seele. Und vielleicht war es ja auch so. Ihr Bruder ergänzte einiges, es war, als wälzte er einen großen Stein von seiner Brust.

Mary Krawinkel war zu Hannes Kiem gefahren, um den Kauf des Hofes endlich abzuschließen. Er hatte nervös gewirkt, eigenartige Fragen gestellt. Ihr war sofort klar, dass da etwas nicht stimmte. Kiem fummelte sich ständig am Hemd herum. Schließlich sprang sie ihn an und riss es auf. Sah das kleine Mikrofon, dass er sich an die Brust geklebt hatte. Sie eilte zu ihrem Wagen, kam mit einem Jagdgewehr zurück und steckte ihm den Lauf in den Mund. Sagte ihm, er solle ihr verraten, wo sein Vater sich verstecke, sonst werde sie abdrücken. Er verriet es ihr. Als er behauptete, nicht zu wissen, wo Anratter lebe, zerrte sie ihn in die Scheune, fesselte und knebelte ihn.

Georg Krawinkel war in der Mordnacht in der *Traube*. Er trank. Viel. Wieder einmal. So wie auch an jenem Abend vor wenigen Tagen, als er Anratter an die Gurgel gegangen war. Seine Schwester rief irgendwann bei ihm an. Völlig außer sich. Sie sagte, Hannes Kiem habe versucht, sie reinzulegen. Er werde büßen müssen. Sein Vater, Charly, auch. Sie wisse nun, wo der sich verstecke. Hannes Kiem habe es ihr gesagt. Mary bat ihren Bruder mitzukommen. Er weigerte sich. Dann legte sie auf.

Sie fuhr allein los. Ins Ridnauntal, nach Maiern, warf das Aufnahmegerät irgendwo in die Passer. Sie suchte nach Charly, fand ihn nicht. Nirgendwo. Der Zorn in ihr ließ nicht nach. Sie fragte sich, ob er bereits zur Polizei gegangen war. Ob sie beobachtet wurde. Sie beschloss, Charly das zu nehmen, was er am meisten liebte. Die Nacht war noch jung. Hannes Kiem würde leiden. Und am neuen Morgen sollte das ganze Dorf, das ganze Tal sehen, dass man sich mit einer Mary Krawinkel nicht anlegte, niemals.

Georg Krawinkel lief aus dem Gasthaus hinaus, irrte umher, versuchte, einen klaren Kopf zu bekommen. Es gelang ihm nicht. In seiner Panik rief er von der Telefonzelle am Sportplatz aus bei der Polizei an. Dann immer wieder Mary, doch sie nahm nicht ab. Schließlich ging er nach Hause. Erfuhr erst am nächsten Morgen, wie alle anderen, wer in der Nacht sein Leben hatte lassen müssen.

Die Polizisten öffneten die Tür, drängten die Leute zurück. Die Menschen von St. Leonhard verstreuten sich schimpfend in alle Richtungen. Langsam gingen die Beamten mit den Geschwistern in ihrer Mitte zu den Autos. Dahinter folgten Grauner, Belli und Tappeiner. Bürgermeister Kofler trat bedrückt an die Ermittler heran, reichte Grauner drei Schals. Rot-weiß. ASV Passeier, stand darauf.

»Für Sie und Ihre beiden Kollegen, als kleine Erinnerung«, sagte er, »nichts für ungut.«

Im Schatten einer Hauswand stand der Pfarrer. Daneben Barbara Lechthaler und eine junge Frau, braunes Haar, erschrockenes Gesicht, Grauner verstand sofort, dass das Patti Huber sein musste, die Freundin des Toten. Er nickte ihnen kurz zu. Drüben am Waldrand, zwischen den Bäumen, sah er zwei Hirtenbuben stehen.

Er drehte sich noch einmal um, als er die Polizeiwagen erreicht hatte. Schaute auf den leeren Platz, zum Kirchturm, dann zu den Wiesen hinterm Dorf, dahin, wo Hannes Kiem tot gelegen hatte, zu den Wäldern am Hang. Die Berggipfel waren von schwarzen Wolken verhüllt. Ein weiteres Unwetter würde bald über das Tal ziehen. Keine Sterne, kein Mond. Dunkelheit. Stille.

19

Der Commissario saß in der Stube, vor sich eine Flasche Lagrein, ein halb volles Glas, ein Brettl mit einem schönen Stück Bauchspeck darauf, ein paar Essiggurken, ein bisschen Schüttelbrot. Die Tür zur Terrasse stand einen Spaltbreit offen, kalte Nachtluft strömte herein.

Auf der holzvertäfelten Wand ihm gegenüber hing der Warhol. Eingerahmt von zwei Gemälden, die Albas Tante fabriziert hatte. Das mit den schwarzen und weißen Rechtecken rechts. Das mit den wirren Strichen in Dunkelblau und Gelb links. Dazwischen der Kuchen mit Pfirsichstücken und die Rosen dieses verrückten Amerikaners. Das gefiel ihm noch am besten.

»Dreitausend Euro. Und noch einmal dreitausend für die Filmcrew«, stöhnte er und schob sich ein weiteres Stück Speck in den Mund. Er hörte das Stubenholz unter Albas Schritten ächzen, sie setzte sich zu ihm, legte ihm den Kopf auf die Schulter, schnappte sich eine Gurke.

»Wann kommt Tante Imelda?«

»Übermorgen«, antwortete sie schmatzend, und schmatzte ihm gleich noch einen Kuss auf die Wange.

»Und danach darf ich die wieder abhängen?«

»Also, die Filmcrew, Saras Freunde, die waren ganz begeistert von den Bildern.« Sie kraulte ihm den Nacken. »Dieser Kontrast, die Berge, die alte Stube, die Kühe, die moderne Kunst, genau das mache *Grauner's Little Farm* aus. Unser Hof, sagen sie, könnte ein Hotspot für die junge Kunstavantgarde werden, die sich wieder nach Ruhe, nach echten Menschen und nach Natur sehnt.«

Sie kicherte, nahm ein Stück Speck, hielt es ihm vor die Lippen, er schnappte danach, sie zog es weg. Küsste ihn.

»Alba, ich will das alles nicht. Ich weiß, ich habe Sara versprochen …«

Sie legte ihm einen Finger auf den Mund. »Pssst«, sagte sie.

Er nahm ihre Hand, schob sie sachte weg. »Nein, wirklich, Alba, das … Ich packe das nicht. Alba, ich …«

Ihr Blick änderte sich, sie hatte wohl gemerkt, dass es ihm ernst war.

»Lass uns nicht länger warten, wir sollten uns unseren Traum erfüllen«, sprach er weiter, »jetzt, sofort!«

»Ein Häuschen am Meer«, sagte sie, schaute kurz ernst, dann lachte sie.

Er lachte mit, auch wenn ihm kurz das Herz stillgestanden hatte.

»Die Alm«, sagte er dann.

Sie kraulte ihm den Rücken.

»Und dein Beruf, Johann?«

Er nahm noch einen Schluck. »Ich kann in Frühpension gehen. Geld brauchen wir nicht viel. Wir helfen Sara und Mickey noch beim Umbau des Hofes, und dann ...« Er küsste ihre Stirn.

»Wirklich, Johann, willst du das wirklich?«

»Ich will der Zukunft nicht im Weg stehen. Ich will kein alter Grantler sein. Ich will, dass Sara und Mickey hier glücklich werden. Ich will Platz machen. Und die Polizei ...« Grauner seufzte. »Ich kann keine Toten mehr sehen. Ich will keine Mörder mehr jagen. Ich habe genug Schlimmes erlebt. Es reicht.«

Sie schauten sich lange und tief in die Augen. Draußen schlug irgendwo ein Blitz ein, erhellte den Himmel. Dann grollte der Donner in weiter Ferne. Im Stall muhte eine der Kühe. Die Mitzi, da war sich Grauner ganz sicher. Die anderen stimmten ein. Wie bei einem Orchester. Der Commissario schloss die Augen, lehnte sich gegen die Kastanienholzvertäfelung der Stube, legte den Arm um Albas Schulter und genoss die Sinfonie der Kühe.

20

Sie hatten das Passeiertal verlassen, hatten Donnachiara noch kurz im Krankenhaus besucht, waren dann in die Questura gefahren, wo Saltapepe schon auf sie gewartet hatte. Sie besprachen noch die Aufgaben der nächsten Tage. Tretter, der Bauer, auf dessen Wiese der Mord an Hannes Kiem geschehen war, gestand, die Schreie im Dunkeln gehört und Mary Krawinkel mit Goldmond wegreiten gesehen zu haben. Ja, im Licht einer Straßenlaterne habe er sie erkannt, ganz sicher. Auch einige Dorfbewohner berichteten nun, dass sie von fürchterlichem Geschrei geweckt worden seien. Bürgermeister Kofler gab ausführlichst und detailreich zu Protokoll, wie die Krawinkels mit ihren Männern das Dorf unter Kontrolle gehalten hatten. Nun war alles vorbei.

»Die Patin ist überführt, die Omertà bricht auf«, sagte der Ispettore, als sie sich alle im Büro versammelt hatten.

Im Heustadel der Krawinkels wurden dreihunderttausend Euro sichergestellt. Die Seriennummern stimmten überein. Es war Dr. Elia Conte di Santangelo-Bellinghausens Scheinanzahlung. Die Krawinkels hatten den Ermittlern auch die Namen der Bandenmitglieder genannt. Jene Männer, die Grauner im Stollen niedergeschlagen und ins Loch gesperrt hatten. Die seinen Wagen, den Panda der Stadtpolizei, im Wald in einer Schlucht versenkt hatten. Sie waren bereits festgenommen worden. Morgen früh würden sie verhört werden. Es gab noch viel zu tun. Stück für Stück würden sie herausfinden, wer im Tal Schuld auf sich geladen hatte. Der Blinde blieb verschwunden. Niemand wusste, ob sie ihn jemals finden würden.

Sie verabschiedeten sich vor dem Eingang der Questura. Saltapepe sagte, er werde noch einen Spaziergang machen. Tappeiner sagte, sie würde gern mitkommen, wenn er denn möge.

Sie liefen zu den Wiesen, hinunter zur Stelle, wo die Talfer in den Eisack mündete. Am Ufer entlang hoch zum Verdi-Platz. Das schwarze Wasser rauschte. Dann bogen sie in die Gassen ein, die zum Waltherplatz führten. Als sie vor der Waltherstatue standen, sahen sie, dass jemand etwas in Neongrün auf den Boden gesprayt hatte.

Grauner sucks!
Solidarität mit Stadtpolizist_innen

Sie lachten, gingen weiter, sprachen wenig. Obstmarkt, Museumsgasse, Talferbrücke, die Straßen waren leer. Obdachlose schliefen an die Marmorsäulen der Arkaden in der Freiheitsstraße gelehnt. Über die Italienallee liefen sie zum Gerichtsplatz und von dort wieder zurück zur Talfer. Tappeiner fröstelte, Saltapepe legte ihr seine Lederjacke um die Schultern. Sie nahm seine Hand, drückte sie, so spazierten sie weiter. Hand in Hand. Es fühlte sich schön an.

Epilog

Nichts, tatsächlich nichts. Kein Gezwitscher, kein Gekrächze. Die Menschen aus dem Passeiertal hatten die Wahrheit gesagt. Die Tiere schienen sich verkrochen zu haben. Es war früher Morgen, die Sommersonne ruhte noch hinter den Gipfeln, der Himmel leuchtete bereits in einem zarten Hellblau. Doch aus dem Westen rasten schwarze Wolken heran.

Luis Kiem, den alle stets nur Charly genannt hatten, der einst im Passeiertal als Wundermaler gelebt hatte, dessen Sohn Hannes vor wenigen Tagen abgeschlachtet worden war, musste sich beeilen. Ein dicker Tropfen klatschte ihm aufs Gesicht. Bald würden die Rinnsale in den Stollen des Bergs wieder zu reißenden Bächen werden, bald würden die unterirdischen Seen wieder anschwellen und gegen den Fels drücken. Bald würden sich die Risse unten auf der Alm wieder füllen, das Wasser würde die Wiesen noch weiter auseinanderdrücken, irgendwann würden die Erdmassen ins Tal rutschen. Bald würde es passieren. Das wusste Luis Kiem schon seit Langem.

Er war über einen Stollen, von dem heute niemand mehr etwas wusste, in den Berg gegangen, er, der Blinde, brauchte kein Licht. Er hatte die Bilder wiedergefunden, die er vor einiger Zeit bei einem nächtlichen Streifzug entdeckt hatte. Bilder, die er einst gemalt hatte, und ein paar Originale, die von den Krawinkels versteckt wurden. Er hatte sie hervorgeholt, sie lagen vor ihm auf der Wiese, auf die nun die ersten Gewittertropfen platschten. Er stand da, am Rande jenes Sees, der gleich unterhalb der Knappensiedlung am Schneeberg lag, wo eine Erzrampe kerzengerade den Berg hochführte. Er wusste, dass der See tief war, so tief, dass die letzten Arbeiter, die den Berg vor vielen, vielen Jahren verlassen hatten, die großen Bergwerksmaschinen darin versenkt hatten. Weil es zu viel Müh' und Geld gekostet hätte, sie ins Tal zu bringen.

Luis Kiem, den alle immer nur Charly genannt hatten, hatte die Leinwände aus den Rahmen genommen. Er hielt sie fest, damit der Wind sie nicht wegblies. Dann legte er eine davon aufs Wasser. Ein Michelangelo Merisi da Caravaggio? Ein Tizian? Ein Raffael? Oder doch ein Luis Kiem? Nein, natürlich konnte er nicht sehen, wie sich das Wasser ins Papier fraß, aber er stellte es sich vor. Und das erfüllte ihn mit einer überwältigenden Freude.

Er legte das zweite Bild aufs Wasser. Das Wasser sog sich ins Papier. Über ihm zuckten die Blitze und der Donner grollte. Luis Kiem, der so göttlich malen konnte, dass kein Mensch der Welt jemals herausfinden würde, was Original und was Fälschung war, warf die letzten Gemälde in den See. Dann blieb er noch einige Atemzüge lang stehen, bevor er sich abwandte, während die dicken Tropfen die Wasseroberfläche zum Tanzen brachten.

Er lief zu den Felsen, hinter denen sich jener Eingang in den Berg befand, den nur er noch kannte. Wenn er sich beeilte, so dachte Kiem, würde er es noch rechtzeitig zum *Poschhaus*-Stollen schaffen. Dann würde er verschwinden, aus dem Ridnauntal, aus Südtirol, für immer. Geld hatte er genug.

Weg. Auf Wanderschaft. Für immer! Die Fälschungen, die er gemalt hatte, würden kein Unheil mehr anrichten. Zu viel, viel zu viel hatten sie schon angerichtet. Dafür würde er sich vor Gott verantworten müssen. Aber nicht nur er, nein. So manchen aus dem Tal würde er in der Hölle wiedersehen.

Danke

Christian Terzer, Armin Torggler und Verena Wurzer vom Südtiroler *Landesmuseum Bergbau*, dass ihr mir die zugleich wunderbare und verstörende Welt des Schneebergs eröffnet habt. Eike Schmidt, Direktor der *Uffizien*, für den unvergesslichen Einblick und das kostbare Gespräch. Auf bald, wie besprochen, bei einer Flasche *Tignanello!* Christoph Hoffmann, für die coolen Tage in Florenz. *25hours* forever! Paolo Marchiodi, für das Fachwissen zu Carabinieri, Polizia di Stato und Staatsanwaltschaft. Dr. Anne Port, für alle Details der Rechtsmedizin. Mona, wage dich mit mir in die Finsternis! Thomas, der das alles am Laufen hält. Yade, Ilay, Nalân, für die gemeinsamen Abenteuer. Und: Jules Verne! Für das Träumen.

Hochspannung
aus Südtirol

Leseproben und mehr unter www.kiwi-verlag.de

Kiepenheuer & Witsch

Am Ufer des Gardasees blinken Blaulichter. Im Jachtafen von Riva wurde ein Toter gefunden. Gianna Pitti, Polizeireporterin der Lokalzeitung und der wohl größte Vasco-Rossi-Fan auf diesem Planeten, ist immer zur Stelle, wenn am See etwas passiert. Mit Entsetzen stellt sie fest, dass sie das Opfer kannte. Mehr noch: Sie war eine der Letzten, die den jungen Mann lebend gesehen hat.

Kiepenheuer
& Witsch

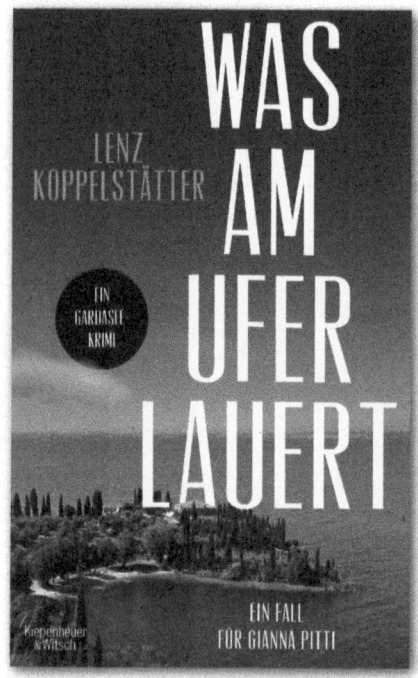

Eine unbekannte Frauenleiche, ein Entführungsversuch und ge-
heime Schriften Winston Churchills: Gianna, ihr Vater Arnaldo
und ihr Onkel Francesco verstricken sich in brisante Ermittlungen
vor traumhafter Urlaubskulisse. Langsam versuchen die Pittis, das
Geflecht aus Verbrechen und politischen und historischen Ge-
heimnissen zu entwirren — werden ihre Funde am Ende die Welt-
geschichte umschreiben?

Leseproben und mehr unter www.kiwi-verlag.de

Kiepenheuer
& Witsch